W0287040

Deleted

Bibliografische Information der Deutschen Nationalbibliothek
Die Deutsche Nationalbibliothek verzeichnet diese Publikation in der Deutschen Nationalbibliografie; detaillierte bibliografische Daten sind im Internet über http://dnb.d-nb.de abrufbar.

FSC www.fsc.org
MIX
Papier aus verantwortungsvollen Quellen
FSC® C006701

Text: Margit Ruile
Textlektorat: Svenja Hoffmann
Umschlaggestaltung: Grafisches Atelier arsEdition unter Verwendung von Bildmaterial von © Thinkstock

ISBN 978-3-8458-0639-6

www.bloomoon-verlag.de

MARGIT RUILE

DELETED

_TRAUE NIEMANDEM

bloomoon

INHALT

DER GEHEIME RAUM

Ob sie wohl wiederkommen? Vorhin habe ich ihre Schritte gehört. Schnelle Schritte und Stimmen, die im Korridor hallten, dazu das leise hohe Sirren der Drohnen. Mir war schlecht vor Angst. Aber sie liefen vorbei, ohne die Tür zu bemerken. Es ist nichts passiert. Sie haben mich nicht entdeckt. Dieser Raum ist auf keinem Bauplan verzeichnet, sonst wären sie schon längst hier. Sie gehen nämlich sehr gründlich vor und vergessen nichts.

Meine Vorräte werden irgendwann zu Ende gehen. Ich habe zwei Flaschen Wasser mitgenommen und zwei dieser grauenhaften Soja-Sandwiches. Lennarts Lieblingsessen. Ich werde sie mir einteilen. Wie lange ich wohl davon leben kann? Zwei Tage? Wenn ich sparsam esse und trinke, könnte es reichen. Zwei Tage. So viel Zeit habe ich also, um all das aufzuschreiben, was ich erlebt habe. Ich schreibe diese Zeilen mit einem Bleistift in das leere Buch, das ich bei Korowski gefunden habe. Die Buchstaben sind dünn und sehen so aus, als würden sie übereinanderstolpern. Ich habe tippen gelernt, bevor ich schreiben konnte, und diesen Stift zu halten, ist echt anstrengend. Mir schmerzen jetzt schon die Finger.

Ob die Seiten in diesem Buch wohl ausreichen werden? Den Bleistift kann ich mit einem Taschenmesser spitzen; ich habe es in der Hosentasche. Sie hat mir das Messer geschenkt, kurz bevor sie ging.

Immer wenn ich die Augen schließe, sehe ich ihr Gesicht vor mir. Ich kann gar nichts dagegen tun.

Es ist jetzt ganz still und draußen wird es dunkel. Ich sehe das, weil über mir ein Lichtschacht ist. Fahles Licht fällt durch ein Gitter, dessen Maschen selbst für die winzigsten Drohnen zu eng sind. Hier droht mir also keine Gefahr. Bevor ich diese Seiten aufschlug, habe ich auch den Raum überprüft. Keine Bewegungsmelder, keine Kameras. Nur eine Steckdose. Ich starre auf die Steckdose. Sie starrt zurück. Ich benutze sie nicht. Sobald Strom fließt, werden sie mich entdecken. Ich habe noch zwei Kerzen. Ich hoffe, das reicht. Die Buchstaben beginnen schon vor meinen Augen zu verschwimmen. Ich schreibe, solange ich kann, und wenn ich müde bin, dann lege ich mich hier auf den Boden und versuche ein paar Stunden zu schlafen. Der Raum ist immerhin so groß, dass ich ausgestreckt liegen kann.

Was wohl passiert, wenn sie mich finden? Wohin werden sie mich bringen? Ich weiß es nicht. Vielleicht sehe ich dann die anderen wieder, aber das ist mehr mein Wunsch, als dass es wahrscheinlich ist. Zuvor werde ich dieses Buch verstecken. Das Versteck ist so, wie es sein muss. Offensichtlich und doch gut verborgen. Und – egal was mit mir passiert – einer wird dieses Buch finden.

Ich weiß nicht, für wen ich das alles aufschreibe. Ich weiß nur, dass ich es tun muss. Es ist für euch in der Zukunft, wer auch immer ihr seid. Ihr müsst eine andere Stimme hören. Denn sie werden euch nur ihre Geschichte erzählen. Bitte glaubt ihnen nicht! Lest das, was ich euch hier schreibe! Es ist wahr, ich habe es selbst erlebt.

TEIL 1

IS THERE ANYBODY OUT THERE?

ETWAS IST ANDERS

Also, wo soll ich beginnen? Vor allem, *wann* soll ich beginnen? Immer wenn ich an einem Punkt anfangen will, um meine Geschichte zu erzählen, fällt mir etwas ein, was vor diesem Punkt geschehen ist, und dann wieder etwas, das davor passiert ist. Die Zeit ist eine Gerade, die aus der Vergangenheit in die Zukunft führt. Und alle Punkte auf dieser Geraden haben mich hierher gelotst, in diesen Raum. Soll ich vielleicht bei dem Punkt anfangen, als ich entdeckte, dass diese Straße nicht überwacht wurde? Oder bei dem Punkt, was mir danach dort passierte? Nein, das wäre zu einfach. Vielleicht werdet ihr euch auch wundern, wie ahnungslos ich oft war. Lacht mich nicht aus! Ich wusste es damals noch nicht besser. Manchmal wünschte ich mir, ich könnte alles noch einmal erleben, mit all dem, was ich heute weiß. Aber das würde diese ganze Linie aus Punkten durcheinanderbringen und sie würde sich krümmen und irgendwelche anderen seltsamen Dinge machen. Und wer will schon eine Gerade, die sich krümmt?

Wenn ich allerdings genau darüber nachdenke, gibt es da einen Punkt in der Vergangenheit. Einen, den ich fast übersehen hätte. Einen feinen Punkt auf der Zeitlinie, blau glühend wie pulsierendes Licht. Ich glaube, dass dort alles begann. Ich hatte es nur noch nicht verstanden. Er schien zu klein und zu unbedeutend zu sein, um ihn wichtig zu finden.

Mein Name ist übrigens Ben. Ich bin am 31. Januar 2020 geboren und wohne in Berlin. Also, ich meine, ich wohnte in Berlin, bevor ich hierherkam. Und wo ich in Zukunft leben werde, das weiß ich nicht. Nichts wird so sein, wie es einmal war.

Vor ein paar Monaten habe ich jedenfalls in Berlin gewohnt, im Stadtteil Friedenau, in einer Altbauwohnung mit vier Meter hohen Decken. Mit mir lebten dort meine Mutter, mein Stiefvater Karl und meine kleine Schwester Louise.

Mein Slave hieß Sakar und war schon zehn Jahre bei mir. Er war ein Geschenk zu meinem vierten Geburtstag. Ich glaube, man brauchte ein E-brace, um überhaupt in den Kindergarten zu kommen. Ich weiß nicht, ob ihr, wenn ihr das lest, noch ein E-brace kennt. Zu der Zeit, als ich das schreibe, hat fast jeder eines. Es ist ein elektronisches Armband mit einem Touchscreen. Man kann damit telefonieren und seinen Slave aktivieren und man wird damit auch immer gefunden. Deshalb will man wahrscheinlich, dass die kleinen Kinder es tragen. Sie könnten sich ja verlaufen oder entführt werden. Jetzt, wo ich das schreibe, fällt mir ein, dass ihr vielleicht auch nicht mehr wisst, was ein Slave ist. Das ist für mich ein ziemlich absurder Gedanke, aber zur Sicherheit will ich versuchen, einen Slave zu beschreiben.

Ich muss dabei erst nachdenken, denn ein bisschen ist es so, als würde mich jemand fragen, was die Sonne ist oder wie ein Stuhl aussieht.

Also – ein Slave ist eine durchsichtige, vielleicht handtellergroße Figur, die aus dem Touchscreen eines E-brace aufsteigt. Ich sage Figur, denn ein Slave muss keine menschliche Gestalt haben. Er kann auch ein Tier sein oder ein Monster, es gibt sogar

Freaks, deren Slave hat die Gestalt eines Würfels. Jedenfalls kann man mit einem Slave sprechen und er führt Befehle aus.

Er sagt dir, wo du dich befindest und wo deine Freunde sind, und sucht für dich nach Informationen. Damit ihr mich nicht missversteht – ein Slave hat nichts mit Zauberei oder so zu tun. Der Slave ist nur ein Computerprogramm, das menschliche Züge hat und mit dem du dich unterhalten kannst. Und das alles über dich weiß, aber dazu kommen wir später.

Jedes der Kinder im Kindergarten bekam also ein E-brace mit einem Slave, und als ich zum ersten Mal in die Gruppe kam, lernte ich nicht nur meine neuen Spielkameraden kennen, mit denen ich bald chinesische Schriftzeichen abpausen sollte, sondern auch deren Slaves. Ehrlich gesagt kann ich mich heute an die Slaves besser erinnern als an die Kinder. Es gab drei schnippische blonde Prinzessinnen, die sich alle verblüffend ähnlich sahen und drei in rosa Tüllwolken gehüllten Mädchen gehörten. Ein Junge hatte einen langweiligen edlen Ritter und ein anderer einen Magier mit einem leuchtenden Stern auf der Stirn, der immer so nervende altkluge Sachen von sich gab. Mein damaliger bester Freund Finn allerdings hatte sich einen Steinzeitmenschen ausgesucht, der Thorob hieß und so tolle Funktionen wie Furzen und Rülpsen einprogrammiert hatte. Heute glaube ich, Finn war vor allem mein Freund, weil mir Thorob gefiel.

Und ich hatte Sakar.

Sakar gehörte zu dem E-brace, das mir meine Mutter in einem Laden für Computerschrott in Neukölln gekauft hatte. Wir waren damals knapp bei Kasse, und ich glaube, Sakar war ziemlich billig zu haben. Ihr werdet euch vielleicht fragen, warum ich mir ausgerechnet Sakar aussuchte. Also, es war nicht so, dass er mir besonders gut gefiel. Aber es gab in dem Laden nur noch einen peinlichen Teddybären, der immerzu »Willst du mit mir spielen?« fragte und dessen Bewegungen seltsam eckig waren, sodass ich sofort in erschrockene Tränen ausbrach, als der Verkäufer ihn materialisierte.

Die einzige Alternative zu dem Bären war Thor, ein muskelbepackter Actionheld, der völlig unverständlich sprach und mir sofort irgendeine Kampfsportart beibringen wollte, indem er nervös mit der Faust vor meinem Gesicht herumfuchtelte.

Wir wollten gerade den Laden enttäuscht verlassen, als der Verkäufer aus einer der Schubladen ein silbernes Armband mit einem grauen, sehr zerkratzten Touchscreen hervorzog. Er hätte da noch ein besonderes Angebot, sagte er – ein gebrauchter Slave, selbstverständlich neu programmiert, aber ein ganz spezielles Modell. Er legte das E-brace auf den Ladentisch, zeichnete das Passwort auf den Screen und es erschien ein – na ja – ziemlich übergewichtiges Männchen in einem schwarzen, schlecht sitzenden Anzug. Heute würde ich sagen, Sakar sah eigentlich aus wie ein Mafioso, aber das Wort und seine Bedeutung kannte ich damals noch nicht.

Das Männchen jedenfalls nahm seine schwarze Sonnenbrille ab und musterte mich von oben bis unten. Ich war vier Jahre alt, aber ich kann mich bis heute genau an diesen Blick aus seinen dunklen Augen erinnern.

»Ich bin Sakar, was kann ich für dich tun?«, fragte er.

Merkwürdigerweise gefiel mir seine Stimme. Sie war heiser und klang dunkler als die der Slaves anderer Kinder. Später bemerkte ich auch, dass Sakar anders war als die restlichen Slaves. Und das nicht nur, weil er anders aussah. Neben den Elfen, Zauberern und Rittern fiel er einfach auf. Ein dicker Mann in einem Anzug mit schwarzer Sonnenbrille.

Neben seinem Aussehen hatte er weitere Eigenschaften, die

ihn von den übrigen unterschieden. Wie ich bald herausfinden sollte, war er eigentlich gar nicht für Kinder programmiert. Er stieß nämlich ab und zu Flüche aus, die ich hier nicht wiederholen möchte. (Meine Mutter war entsetzt, als sie das herausfand, und es gelang ihr schließlich, diese Funktion abzustellen. In der zweiten Klasse bot mir Sakar die Funktion wieder an, was mir dann prompt die Wahl zum Klassensprecher sicherte – aber das nur nebenbei.)

Außerdem war Sakar schlauer als die anderen Slaves, obwohl man ihm das ganz und gar nicht ansah. Alle Suchaufträge erledigte er in Rekordzeit und jeden Weg fand er dreimal schneller als zum Beispiel Thorob.

Und er hatte nie das Unterwürfige der übrigen Slaves. Ich fragte mich als Kind oft, was Sakar wohl machte, wenn er ausgeschaltet war. Ich vermutete, dass er ein eigenes Leben besaß und sich mit Thorob, dem Magier und den Elfen treffen würde. Ich stellte mir dann auch immer vor, dass Sakar dabei nicht die beste Figur machen und immer wieder in Schwierigkeiten geraten würde.

Eigentlich hatte ich gar nicht so unrecht mit meiner Vermutung.

Heute weiß ich natürlich, dass das alles mit seiner Herkunft zu tun hatte. Wie merkwürdig, dass man ihn in diesem Laden verkaufte. Wie seltsam, dass er dort landete, er, der nur ein Versuch war, eine Testversion einer ganz neuen Reihe von Slaves, die eigentlich nie hätte verkauft werden dürfen.

Aber, wie gesagt, das weiß ich heute. Und hätte ich es damals gewusst, würde sich nun die Gerade krümmen.

Jetzt wollt ihr sicher erfahren, wo die Geschichte beginnt. Der Punkt mit dem pulsierenden Licht.

Es war ein Abend, an dem ich allein zu Hause war. Meine Mutter, meine kleine Schwester und mein Stiefvater waren zu Besuch bei Freunden. Ich schlief in meinem Hochbett in dem Zimmer mit den vier Meter hohen Decken, die ich immer mochte, weil sie mir das Gefühl von Weite gaben. Von Weite und Luft. Und das war ganz gut, wenn man manchmal das Gefühl hatte zu ersticken.

Ich las bis spät in die Nacht, und nachdem ich meinen Reader zur Seite gelegt hatte, schlief ich ein und träumte. Ich schwamm in einem See. Die Sonne glitzerte auf dem Wasser und Algen streiften meine Füße. Eine schlang sich um meinen Knöchel, hielt mich fest und zog mich nach unten. Mein Kopf glitt unter Wasser. Ich ruderte verzweifelt mit den Armen, um wieder nach oben zu kommen, aber die unsichtbare Hand zog mich weiter und weiter in die Tiefe.

Hilfe! Ich schlug meine Augen auf und rang nach Luft. Ich ersticke! Ich hatte keine Ahnung, wie spät es war. Durch die Schlitze in der Jalousie sickerte das Licht der Laternen, und unten, vier Stockwerke und einen Keller weiter unten, fuhr mit dumpfem Grollen die Magnetbahn unter der Stadt.

Ich zeichnete mit meinem zitternden Zeigefinger einen Kreis auf den Touchscreen des E-brace und tippte dann zweimal in die Mitte. Es war ganz schwarz, dann – nach einer Weile – erhob sich Sakar. Er leuchtete im Dunkeln, setzte seine Sonnenbrille ab und sah mich ungerührt an. Gott sei Dank!

»Sakar!«, japste ich. »Hilf mir!« Mein Atem pfiff.

»Setz dich gerade hin.«

»Mach ich doch!« Ich röchelte. »Ich … die Luft …«

»Du musst *ruhig* atmen!«, sagte er. »Ganz ruhig.«

»Ruf meine Mutter an! Schnell, verbinde mich!«

Sakar sah mich prüfend an.

»Du musst *ruhig* atmen, ganz ruhig!«

Schon wieder! Verflucht, was war los? War er kaputt?

»Verbinde mich, schnell!«

»Dein Spray wird dir reichen!«

»Ich will aber, dass du mich *verbindest*!«

Sakar schüttelte den Kopf. »Du musst *ruhig* atmen. Ganz ruhig!«

»Halt die Klappe, Sakar!« Wie soll ich ruhig atmen, wenn mein Herz so rast?

»Du musst *ruhig* atmen, ganz ruhig!«

Eine Welle von Panik überflutete mich. Meine Bronchien fühlten sich an, als würde sie jemand mit aller Gewalt zusammenquetschen.

»Wo ist mein Spray?«

»Du hast es in deiner Sporttasche.« Ah, gut, wenigstens war er nicht auf seinem Spruch hängen geblieben.

»Und wo ist die?«

Sakar wandte seinen Blick nach innen. Er überprüfte vermutlich die Kameras. Wieso dauerte das nur so lange?

»Du hast sie vorhin in den Schrank geschmissen!«

»Oh Gott!«

Wahrscheinlich können sich nur die Leute vorstellen, die selbst Asthma haben, wie es ist, während eines Anfalls aufzustehen und sein Spray zu suchen.

Na ja. Es ist ziemlich – *scheußlich*. Stellt euch vor, jemand setzt sich auf euren Brustkorb und ihr müsst euch trotzdem bewegen.

Ich schaffte es zum Schrank, kramte nach meiner Sporttasche, zog endlich die Sprayflasche heraus und atmete einen Spraystoß ein. Tief durchatmen.

Ah, besser. Viel besser. Mein Herzschlag beruhigte sich langsam.

»Du musst *ruhig* atmen, ganz ruhig!«, flüsterte Sakar.
»Wieso hast du die Nummer *nicht* gewählt?«
»Du sollst dich jetzt nicht aufregen.«
»Wieso?«
»Es war klar, dass dein Spray reichen würde.«
»Mir nicht!«
»Mir schon!«
»Du hast keine Ahnung, du bist nur ein Programm!«
»Ich weiß.«

Ich atmete immer noch schwer. Und krallte mich am Bettpfosten fest, während ich langsam wieder das Hochbett hinaufstieg.

Sakar verschränkte die Arme und sah zu Boden. Bildete ich mir das nur ein oder sah er anders aus? Und etwas veränderte sich auch in mir: Ich begann ihm zu misstrauen. Das hatte ich noch nie getan. Wieso nur wollte er die Nummer nicht wählen?

Ich schaltete ihn grußlos ab, indem ich dreimal auf den Touchscreen klopfte. Er ging nicht so schnell wie sonst. Es war, als wollte er mir noch etwas mitteilen, entschied sich aber dann, es doch nicht zu tun. Es schien ihn selbst zu verwirren. Seine Gestalt wurde durchsichtig, und ich konnte nur noch seine dunklen Augen sehen, die mich anstarrten. Dann war er plötzlich verschwunden.

LOOPS

Es war das erste Mal, dass Sakar meinen Befehl nicht ausführte. Was war nur mit ihm los? War er kaputt? War irgendetwas in seiner Programmierung durcheinandergeraten? Plötzlich hatte ich den Verdacht, dass Sakar Programme besaß, von denen ich nichts ahnte und die er mir verheimlichte. Oft war mir so, als würde er nicht nur das Nachdenken simulieren, sondern tatsächlich nachdenken und eigene Entscheidungen treffen. Was aber, wenn diese Entscheidungen mit mir gar nichts mehr zu tun hatten? Oder – schlimmer noch – sich gegen mich richten würden?

Ich beschloss, ihm nicht mehr alles zu erzählen, was mir durch den Kopf ging.

Eigentlich beginnt damit diese Geschichte.
Sie beginnt mit Misstrauen.
Mit einer abgelegenen Straße.
Und mit den Kameras.

Bei einer Sache bin ich mir übrigens sicher: Ihr werdet auch in der Zukunft noch Kameras haben. Selbst wenn es zu einer nuklearen Katastrophe kommen sollte, werden wahrscheinlich als Einziges Kakerlaken und Kameras übrig bleiben.

Die Kakerlaken können dann auf riesigen Monitoren zusehen,

wie die Kameras dämlich vor sich hin zoomen, und das Grünzeug aufnehmen, das sich durch den Asphalt bricht. Na ja, ihr könnt das jetzt lesen, also gab es keine Katastrophe. Aber ich wette, ihr habt die Kameras noch überall.

Mit ihnen ist es wie mit Gullydeckeln oder Hydranten. Normalerweise bemerkt man sie nicht. Erst wenn man anfängt, auf sie zu achten, sieht man, wie viele es sind. Sie sind überall. In der Magnetbahn sowieso. Dann an jeder Ampel und an den Laternenpfosten, an den Giebeln der Häuser und an Regenrinnen. Zwischen Leuchtreklamen und über den Verkehrsschildern, sogar in den Parks auf den Bäumen.

Manche schwenken leise hin und her, andere können zoomen und ihre schwarzen Linsen verschieben sich und werden größer und kleiner wie die Pupillen echter Augen.

Mir waren diese Kameras völlig egal, bis zu jenem Tag vor vielen Jahren, an dem ich Sakar eine Frage stellte. Ich hatte mich mit meinem Freund Finn zerstritten. Es ging um einen Papierhelikopter, den ich gebastelt und den Finn einfach mitgenommen hatte.

»Ich möchte wissen, wo Finn jetzt ist, Sakar!«, sagte ich.

»Er sitzt gerade mit seiner Mutter in der Magnetbahn.«

»Woher weißt du das?«

Sakar zog sich seine Brille ab, trat zur Seite und gab damit den Blick auf den Touchscreen frei.

Dort war ein Bild von Finn. Ich konnte ihn von oben sehen. Er saß tatsächlich in der Magnetbahn und hatte meinen Helikopter dabei. Dann sah ich, wie er ausstieg, den Bahnsteig entlanglief und dort den Helikopter einfach in einen Papierkorb schmiss. Wie konnte er nur?

Doch etwas anderes beschäftigte mich noch viel mehr.

»Wie kannst du mir das alles zeigen?«, fragte ich Sakar. »Gehört dir eine eigene Drohne?«

Es gab damals schon Überwachungsdrohnen. Kleine Flugzeuge, die über der Stadt flogen und von der Polizei genutzt wurden, um Verbrecher zu stellen.

Sakar starrte mich an. Wie immer konnte ich seinen Blick nicht deuten.

»Schau nach oben und sage mir, was du siehst!«

Ich zuckte mit den Schultern. »Eine Laterne?«

»Und weiter?«

Mein Blick wanderte den Laternenmast hinauf. Es war eine altmodische Laterne, grün gestrichen, mit einem Blattmuster. Sie machte oben eine Biegung, an deren Ende eine längliche Lichtquelle hing. Darüber war ein ovales silbernes Ding befestigt. Es sah aus wie ein metallener Vogel.

»Da ist die Kamera«, erklärte Sakar. »Und jetzt pass auf!«

Das Bild an meinem Handgelenk wechselte. Es zeigte mich selbst unter der Laterne. Ich saß dort und sprach mit Sakar.

»Cool!« Ich winkte mir selbst zu. Der Junge auf dem Monitor tat das Gleiche.

»Lass das!«, sagte Sakar scharf.

»Wieso denn?«

»Es muss nicht jeder wissen, dass du dich selbst siehst, verstehst du?«

Ich verstand – noch – nichts, aber mein Respekt vor Sakar war gewaltig gewachsen. Er hatte Zugriff auf die Kameras! Und er konnte sie so hintereinanderschalten, dass man jemanden in der ganzen Stadt verfolgen konnte. Was für ein tolles Programm!

Und dieses Programm hatte nur Sakar. Es war eines der Dinge, die ich zunächst für selbstverständlich hielt, aber dann wurde mir klar, dass die anderen Slaves nicht einmal von solchen Programmen wussten.

Es blieb unser Geheimnis. Ich verriet es niemandem. Und das war wirklich nicht einfach, vor allem, wenn die anderen mit den Künsten ihrer jeweiligen Slaves prahlten. Die einen konnten Wing Tsun und vollführten minutenlange Purzelbäume in der Luft, die anderen beherrschten Stylingtricks, bei denen sie pausenlos Haarfarbe und die Größe ihrer Nasen wechselten.

»Und was kann dein komischer Sakar?«

»Er kann euch alle verfolgen. Dauernd«, hätte ich am liebsten gesagt. Aber es kam mir nie über die Lippen. Und so stand ich mit einem leicht überlegenen Lächeln am Rand, wenn die anderen Kinder ihre Slaves Kunststückchen vorführen ließen. Ich ahnte damals schon, dass, sobald jemand davon erfahren würde, Sakar mir dieses Programm nie mehr zeigen würde.

Und das hätte mich schließlich um meine Lieblingsbeschäftigung gebracht: das Ausspähen der anderen.

Das Tolle an Sakars Programm war nämlich, dass ich jederzeit jeden sehen konnte. Zuerst verfolgte ich meine Mutter. Ich sah, wie sie meine Schwester in die Krippe brachte und dann mit der Magnetbahn zum Krankenhaus fuhr. Ich sah, wie sich mein Stiefvater im Stau quälte, dann überprüfte ich die Wege meiner Freunde und schließlich auch die meiner Lehrer. Sakar zeigte mir das alles bereitwillig. Und so wusste ich immer mehr als alle anderen. Ich sah, wer sich mit wem traf und was jeder kaufte. Ich wusste, in welchem Haus jemand wohnte und welche Wege er nahm. Ich erfuhr von nasebohrenden Lehrern, heimlichen Verabredungen und teuren Einkäufen.

Was ich auch öfter machte, war, mich selbst zu überwachen. Ich weiß, dass das komisch klingt, aber es machte mir Spaß, mir selbst von oben zuzusehen. Dabei war ich äußerst vorsichtig und wagte nicht mehr, zu winken oder mir selbst einen Vogel zu zeigen. Aber ich muss gestehen, dass ich öfter einen anderen Gang ausprobiert habe, nur um zu sehen, wie er wirkt.

Mehr und mehr fragte ich mich auch, wer sich außer mir die Aufzeichnungen der Kameras ansehen konnte. Er musste mich ja genauso beobachten können wie ich mich selbst. Was er wohl von mir dachte? Es wäre dämlich gewesen, zu klauen oder ein Graffiti zu sprühen. Ich achtete darauf, so unauffällig wie möglich auszusehen. Nicht stehen zu bleiben, nicht rumzuhängen, keine Bewegungen zu machen, die irgendwie aus dem Rahmen fallen. Und langsam bekam ich ein Gefühl dafür, wer außer mir noch unauffällig sein wollte. Manchmal sah ich, wie plötzlich jemand auf der Straße stehen blieb und in eine Kamera starrte. Andere warfen heimliche Blicke nach oben und dann wieder zurück auf ihr E-brace.

Hatten sie etwa auch Slaves wie Sakar?

Es war an dem Tag nach dem Asthmaanfall, als ich diesen Mann im Kapuzenpulli bemerkte. Wie gesagt, etwas war anders zwischen Sakar und mir, aber ich beschloss, so zu tun, als wäre nichts geschehen.

»Sakar, wach auf!« Ich zeichnete das Passwort auf die kleine graue Scheibe. Sakar flackerte ein wenig, dann erhob er sich.

»Jaaa«, sagte er mürrisch. Ich mochte diesen Ton in seiner Stimme. Sakar sah nie aus, als hätte er nur darauf gewartet, von mir gerufen zu werden. Er sah immer so aus, als hätte ich ihn gestört. Wobei eigentlich?

»Sakar, zeig mich von oben!«

»Wie wär's eigentlich mit einem ›Bitte‹? Oder einem ›Guten Morgen, Sakar!‹«

»Das habe ich mir alles dazugedacht!«

»Toll!«

»Du musst es dir nur einfach auch dazudenken, Sakar!«

»Hier, deine Kameras, du Kretin!«

Keine Ahnung, was ein Kretin ist. Ich hatte aber auch keine Lust, Sakar danach zu fragen.

Sakar bekam wieder seinen nach innen gewandten Blick, als würde er über etwas nachdenken. In Wirklichkeit checkte er nur seine verfügbaren Daten.

Dann verschwand er und der Monitor zeigte mich vom Standpunkt der Kamera aus. Es war die in der Ernst-Linde-Straße, direkt über unserem Hauseingang mit den steinernen Löwen. Ich war spät dran und sah mich von oben durch die Straßen eilen.

Wir hatten Herbst und es regnete, sodass fast keine Leute unterwegs waren. Deshalb fiel mir wohl auch der Mann mit der Kapuze auf.

Er war noch jung, vielleicht zwanzig, trug eine runde Brille und hatte sich die Kapuze tief ins Gesicht gezogen. Was mir auffiel, war seine betonte Unauffälligkeit. Er trabte mit großen Schritten durch den Regen, hatte den gleichen Weg und war ungefähr so schnell wie ich, nur dass er vielleicht fünfzig Meter hinter mir blieb. Einen Moment lang dachte ich sogar, er würde mich verfolgen. Doch dann bog er plötzlich bei der verlassenen Currywurstbude in eine schmale Seitenstraße ein. Es war die Grimmstraße, eine enge Sackgasse, in der ich noch nie einen Passanten gesehen hatte.

Und so war es auch jetzt.

Der Mann war plötzlich wie vom Erdboden verschluckt!

Statt seiner war nur noch eine Plastiktüte zu sehen, die sich im Wind blähte.

Ich stand am Eingang der Magnetbahn und starrte auf den Monitor an meinem Handgelenk. Mein Herz klopfte laut. Wie konnte er einfach so verschwinden?

Von unten kam eine Durchsage und die Magnetbahn fuhr ein. Hätte ich sie genommen, säße ich nun nicht hier. Aber ich stand oben an der Rolltreppe und spürte, wie mir der Wind ins Gesicht blies, als der Zug davonfuhr. Ohne mich.

»Hey!« Sakar materialisierte sich wieder. »Was soll das? Du wirst zu spät kommen!«

»Das ist mir egal!«

»Was ist mit deiner Disziplinarnote?«

»Was soll schon damit sein? Zeig mir lieber die letzte Aufnahme noch mal!«

Sakar verschwand und ich starrte wieder auf mein E-brace. Die Plastiktüte trieb immer noch über der Straße in der Luft. Irgendetwas stimmte nicht mit dem Bild. Ich putzte die Regentropfen, die sich auf dem Touchscreen verfangen hatten, mit dem Ärmel meiner Jacke weg, um besser sehen zu können.

Dann fiel es mir auf: Dort regnete es nicht. Die Straße sah ganz trocken aus.

Mein Herz klopfte schneller und ich drehte mich um. Ich musste zurück.

»Was machst du?«, schnarrte Sakar. »Du gehst in die falsche Richtung.«

»Ich weiß. Zeig mich von oben und verschwinde!«

Sakar starrte mich an, trat einen Schritt zurück und begab sich wieder ins Innere des E-brace.

Der Regen prasselte auf meine Regenjacke, während ich mich

zurück auf den Weg machte. An der alten Currywurstbude stoppte ich. Hier musste es gewesen sein.

Die Grimmstraße war eine schmucklose Sackgasse ohne Bäume, mit heruntergekommenen Häusern, deren Fenster eingeschlagen waren. Niemand schien hier zu wohnen. Die Kamera, die mein Bild gleich übernehmen würde, war über einer mit Brettern vernagelten Tür montiert, die zu einem graubraunen alten Haus gehörte, das über und über mit Graffiti besprüht war.

Ich versuchte, unauffällig auf den Monitor meines Armbands zu sehen, und ging in die Straße. Tatsächlich. Ich war vom Kamerabild verschwunden. Ich hatte mich in Luft aufgelöst wie der Mann mit der Kapuzenjacke. Es gab mich nicht mehr!

Nur die alte Plastiktüte in der Ecke tanzte – vom Wind getrieben – vor sich hin.

Ich blickte vom Monitor hoch und sah vor mir auf die Straße. Hier war keine Plastiktüte. Es regnete und in den Pfützen auf dem Boden zeichnete das Wasser graue Kreise.

Die Kamera zeigte also etwas anderes als die Wirklichkeit.

Ich starrte auf den Monitor. Und plötzlich dämmerte es mir:

Natürlich! Die Plastiktüte, die immer in einem Kreis zu fliegen schien – sie war ein Loop! Es war die gleiche Szene, die wieder und wieder gezeigt wurde.

Ich schnappte nach Luft. Im Laufe der Jahre war ich schon auf mehrere kaputte Kameras gestoßen. Das gab es immer wieder. Man konnte dann einfach nichts mehr sehen. Oder man sah nur noch ein bisschen was, weil Vogelkacke das Objektiv verschmutzt hatte. Diese Kameras schienen dann aber immer schnell repariert oder geputzt worden zu sein. Denn am nächsten Tag war das Bild wieder einwandfrei. Aber so etwas wie hier hatte ich noch nie gesehen. Hier musste sich jemand die Mühe gemacht und eine andere Aufnahme in das Überwachungssystem eingespeist haben. Aber warum?

Ich überlegte. Normalerweise hätte ich meine Entdeckung sofort mit Sakar geteilt, aber etwas hielt mich zurück.

Ich hatte ein Geheimnis. Zum ersten Mal in meinem Leben hatte ich ein Geheimnis.

Eine Straße, die nicht überwacht wurde.

Was mich wohl in dieser Straße erwartete? Sollte ich weitergehen?

Ich zögerte einen Augenblick, dann schaltete ich mein E-brace ab.

RAUCH

»Was«, werdet ihr euch vielleicht erstaunt fragen, »man konnte das E-brace abschalten?«

Ja, man konnte. Nur – kaum jemand tat es. Eigentlich konnte man nämlich nur mit eingeschaltetem E-brace leben. Nur so wurde man von den technischen Geräten erkannt, konnte die Schule betreten, in einem Laden bezahlen, nur so mit der Magnetbahn fahren, telefonieren oder den Weg finden. Also – ohne E-brace war man eigentlich aufgeschmissen. Es gab zwar noch ein paar Leute, die kein E-brace hatten. Sie zahlten mit Karte und mussten sich überall extra ausweisen. Hinter ihnen bildeten sich überall lange Schlangen. Meine Mutter sagte immer, man sollte Mitleid mit ihnen haben, was mir aber wirklich schwerfiel, vor allem, nachdem mir einmal eine alte Frau mit einem Regenschirm eins übergezogen hatte, nach einer kleinen Meinungsverschiedenheit mit Sakar.

(Sie hatte sich furchtbar über zwei Kampfslaves aufgeregt, die sich für ihre Besitzer um einen Sitzplatz prügelten. Na ja, es spritzte auch ein bisschen virtuelles Blut, zugegeben, aber muss man deshalb gleich mit einem Regenschirm zuschlagen?)

Aber das konnte ich meiner Mutter nicht klarmachen, da sie nie die Magnetbahn nahm und so gar nicht ahnte, wie militant die Regenschirmträger waren.

Als ich an dieser Currywurstbude stand, schaltete ich also mein E-brace aus.

Es gab dazu einen kleinen Knopf direkt unterhalb des Screens.

Sakar verschwand in seinem Monitor und ich hatte für einen Moment ein schlechtes Gewissen. Seit ich denken konnte, hatte ich alles mit Sakar geteilt.

Hatte ich ihn jetzt verraten?

Ich starrte auf die Kamera oberhalb der Ampel. Keiner konnte mich sehen.

Ich war mir aber sicher, dass ich immer noch getrackt werden konnte. Jemand konnte mich als kleines grünes Pünktchen auf dem großen Überwachungsmonitor wahrnehmen. Ich hatte das schon einmal gesehen, als wir mit der Klasse die Polizei besuchten. Große Monitore mit vielen Punkten, die sich alle bewegten und die man anklicken konnte wie in einem Spiel. Alle, die ein E-brace hatten, waren grüne Punkte. Sie erloschen nie. Denn man konnte zwar seinen Slave einfach in den Ruhezustand versetzen, aber das E-brace nicht ausziehen. Ich habe mich eigentlich nicht darüber gewundert, denn ein E-brace war nun einmal festgeschweißt. Alle trugen das so. Schließlich war das auch praktischer. Man konnte es nicht verlieren und vor allem konnte es einem nicht gestohlen werden. (Außer es wird einem die Hand abgehackt. Ha, ha!)

Oh, wie mir die Hand vom Schreiben wehtut! Zur Erholung habe ich gerade den Bleistift gespitzt. Ich fahre mir über die weiße Stelle an meinem Arm, an dem einmal das E-brace war.

Ich habe es nicht mehr, und deswegen werden sie mich nicht finden! Für die Überwachungsmonitore existiere ich nicht mehr. Komisch. Es ist nicht so, dass ich mich ohne E-brace nun sicherer fühle. Im Gegenteil. Ich fühle mich nicht mehr beschützt. Denn mit meinem

E-brace war ich immer auffindbar und niemand konnte mich entführen. Jetzt habe ich mich sozusagen selbst entführt, hocke in diesem winzigen Zimmer und warte mit Herzklopfen darauf, dass sie mich nicht finden. Vielleicht bin ich tatsächlich irre, so wie es alle sagen.

Aber, was schrieben die Lehrer immer unter meine Aufsätze: Nicht abschweifen, Ben!

Okay, ich gebe mir Mühe.

Also, ich stand an der schiefen Currywurstbude, hatte Sakar zum Schweigen gebracht und überlegte mir drei Dinge. Erstens: Was würde ich sagen, wenn mich jemand fragen würde, warum ich mich hier befand, anstatt in der Schule zu sitzen? Zweitens: Was wollte ich eigentlich hier?

Und drittens: Wieso war ich nur so nervös? Nirgendwo stand, dass der Eintritt in diese Gasse verboten war.

Wieso flatterte dann mein rechtes Augenlid?

Mist. Ich sollte einfach losgehen!

Der Regen war stärker geworden und das Wasser tropfte unangenehm in meinen Kragen. Die Grimmstraße machte, auch aus der Nähe, keinen besonders guten Eindruck. Die hohen Häuser waren grau und baufällig. Entweder waren die Fensterscheiben eingeschlagen oder mit Brettern vernagelt. Früher waren hier mal Läden gewesen, jetzt starrten mir große, leere Schaufensterscheiben entgegen. Über einem Eingang waren erloschene Leuchtbuchstaben zu sehen. HANDYS UND COMPUTERZUBEHÖR ROGONOF. Das musste wirklich schon uralt sein.

Ich suchte die Hauseingänge, Regenrinnen, Stromkästen und Laternenmasten nach weiteren Kameras ab. Ich kannte sie. Kannte jedes verräterische Auge, jedes silberne Blitzen. Hier war nichts. Keine Objektive, keine Linsen.

Die Straße mündete in einen runden Platz, auf dem ein verbeultes Auto stand und im Regen vor sich hin rostete.

Mein Blick blieb auf einem Graffiti über einem dunklen Hofeingang hängen.

Is there anybody out there?

Das war eine Liedzeile, schoss es mir durch den Kopf. Ein Lied aus dem letzten Jahrhundert. Ich hatte es einmal bei meinem Stiefvater gehört.

Is there anybody out there?

Ja!, dachte ich. Ich! Ich bin hier draußen. Keine Ahnung, was ich hier machte, aber ich war hier draußen.

Da stieg mir dieser Rauch in die Nase.

Er war beißend und scharf.

Ich hatte ihn schon einmal gerochen. Damals war ich noch sehr klein gewesen, bei einem Fest, auf das mich meine Eltern mitgeschleift hatten. Und dort, in einer verwinkelten Küche, saß eine alte Frau und rauchte eine Zigarette. Ja, genauso roch es. Nach Zigarettenrauch. Er schien aus dem Hof des Hauses mit dem Graffiti zu kommen.

Ich trat in den Eingang. Es wurde dunkel, und an der Wand hingen aufgebrochene Briefkästen, die mit vielen Namen überklebt waren. Nach ein paar Schritten war ich im Hinterhof. Gestrüpp wucherte zwischen umgekippten alten Kinderwagen und Tonnen, die wahrscheinlich vor Jahren das letzte Mal geleert worden waren. Der Rauch, dem ich folgte, stieg in blauen Kringeln hinter einer halbhohen Mauer nach oben und verfing sich unter einem Wellblechdach, auf das der Regen trommelte. Zögernd blieb ich stehen.

Noch konnte ich umkehren.

Oder nein. Eigentlich nicht. Jetzt nicht mehr.

Ich erkannte ihn gleich. Es war der Mann mit der Kapuze, von dem ich vorhin gedacht hatte, er würde mich verfolgen. Er saß auf einem ausgeblichenen grünen Sofa unter dem Wellblechdach und rauchte. Als ich näher kam, hob er den Kopf und sah mich ohne jede Überraschung an. Seine Kapuze war durchnässt, und erst jetzt bemerkte ich, dass er wirklich nicht besonders alt war. Vielleicht ein paar Jahre älter als ich. Sein Haar war von einem undefinierbaren Blond und hing ihm nass in die Stirn. Er war ziemlich schmal und sah irgendwie arrogant aus. Für ihn war ich wahrscheinlich ein kleiner Junge, der sich hierher verirrt hatte. Ich richtete mich gerade auf, um zumindest ein bisschen größer zu wirken, und ging langsam auf ihn zu.

Als er gar nicht reagierte, setzte ich mich zu ihm. Das Sofa hatte Sprungfedern und ich sank mit einem Quietschen neben ihm ein. Er beachtete mich gar nicht und nahm nur einen tiefen Zug aus der Zigarette, deren Spitze rot glühte.

»Rauchst du?«

Ich schüttelte den Kopf. Wie kam er nur auf die Idee? Rauchen war schließlich seit ich denken konnte verboten, und ich hätte nicht einmal gewusst, wo ich Zigaretten herbekommen sollte. Der Mann – oder soll ich sagen, der Junge? – nahm einen weiteren Zug und sagte, ohne mich anzusehen:

»Ich wusste, dass du kommen würdest.«

In meinem Kopf begann es zu summen.

»Wieso?«

»Du siehst eben so aus wie einer von denen, die hierherkommen.«

»Woher weißt du das?«

»So wie du dich bewegst.«

»Wie bewege ich mich denn?«

»So, als ob du dich in den Kameras sehen könntest!«

Dabei dachte ich immer, ich wäre so unauffällig!

Wir schwiegen eine Weile.

»Warst du das mit der Kamera?«, fragte ich schließlich.

Der Junge grinste. »Ja, das waren wir.«

»Wir? Gibt es mehrere von euch?«

Er zuckte mit den Schultern.

»Vielleicht.«

»Und wieso eine Plastiktüte?«

»Ich nehme immer etwas, das sich bewegt, dann fällt es weniger auf.«

»Immer? Du meinst, es gibt mehrere solche Loops?«

»Vielleicht.«

Ich biss mir auf die Lippe. Der Junge schob sich die strähnigen nassen Haare aus der Stirn.

»Es sind Schlupflöcher.«

»Löcher?«

»Löcher im Netz. Durchgänge, wenn du so willst. Treffpunkte.«

»Und wozu?«

Der Junge zog an seiner Zigarette und lachte. »Um zu rauchen?«

»Hm.« Dachte er denn, ich wäre doof? Der ganze Aufwand für ein paar Zigaretten?

Blauer Rauch zog über uns hinweg.

Der Junge sah den Rauchkringeln nach.

»Weißt du, dass Rauch zu den Dingen gehört, die man nicht berechnen kann?«

Diesmal zuckte ich mit den Schultern.

»Rauch ist chaotisch. Man kann zwar Rauch künstlich erzeugen, aber man wird früher oder später immer sehen, dass er berechnet wurde.«

Er blickte nach oben, und auch ich sah, wie sich der Rauch unter dem Dach faltete, um dann im Regen zu verschwinden.

»Dieser Rauch ist echt. Er macht, was er will.« Er heftete seine Augen auf mich.

»Das sollten wir auch tun!«

»Was?«

»Tun, was wir wollen.«

»Was meinst du damit?«

»Du glaubst, dein Slave sei dein bester Freund, nicht wahr?«

Was wusste er von Sakar? Mein Herz schlug schneller und ich fuhr mir unwillkürlich über das Handgelenk. Das E-brace fühlte sich eiskalt an.

»Du findest ihn toll, weil er dich angeblich so gut versteht.«

»Quatsch!«

»Er tut nur so, als würde er dich verstehen. Jemand hat ihn so programmiert.«

»Das weiß ich.«

»Er ist nur ein Programm. Nichts weiter.«

»Hör mal, ich bin nicht doof! Ich weiß, dass Sa…, ich meine, dass mein Slave ein Programm ist.«

»Warum sagst du mir nicht seinen Namen?«

Ich holte tief Luft. Ja, warum eigentlich nicht?

»Du willst ihn schützen«, stellte der Junge triumphierend fest.

»Na und wenn schon?«

»Er schützt dich aber gar nicht, Ben!«

Ich schnappte nach Luft. Er kannte meinen Namen!

Der Junge sah mich an.

»Er gibt alles, was er von dir weiß, weiter, verstehst du? Das machen alle Slaves.«

Ich schwieg.

»Sie können nicht anders. Sie sind so programmiert.«

Seine Stimme war ganz leise. »Deshalb müssen wir sie loswerden.«

In diesem Moment sah ich die weiße Stelle an seinem Arm.

Ich starrte ihn an. »Du hast kein E-brace?«

Er schüttelte den Kopf.

»Aber …«

»Ich habe eines. Aber ich kann es abnehmen. Offiziell sitze ich gerade in einem Büro nicht weit weg von hier und programmiere. Das ist das, was alle denken. In ein paar Minuten spaziere ich auf einem Loop zurück und keiner wird etwas gemerkt haben.«

Wir schwiegen eine Weile. Der Regen prasselte auf das Dach, und ich spürte, wie mir die Feuchtigkeit unter meine Jacke kroch. War ich nicht noch eben auf dem Weg in die Schule gewesen?

»Du könntest das auch!«, sagte der Junge endlich.

Ich sah ihn an.

»Frei sein. Tun und lassen, was du willst. Unbeobachtet sein.«

»Und was muss ich dazu tun?«

Der Junge machte eine kleine Pause, bevor er mich ansah. Seine Augen waren hellgrau und stechend.

Noch bevor ich etwas sagen konnte, nahm er meine Hand und steckte mir etwas zu. Etwas Kaltes, Silbriges.

»Du musst dich nicht jetzt entscheiden. Aber schau es dir an!«

Das glänzende Ding in meiner Hand fühlte sich seltsam schwer an. Sollte ich es ihm gleich zurückgeben? Es empört auf den Boden in die Pfütze schleudern? Was hätte ich tun sollen? Was hättet ihr getan? Ich steckte es jedenfalls mit zitternden Händen in meine Hosentasche.

Dann atmete ich tief durch und sah den Jungen an.

»Und was würdest du tun, wenn ich diesen Loop hier melden würde!«

Der Junge starrte fast mitleidig zurück.

»Sobald wir beide die Gasse verlassen haben, ist er verschwunden. Es war *dein* Loop!«

Mein Herz klopfte. Und ich spürte, wie meine Lungenbläschen sich zusammenquetschten. Oh, jetzt bitte, bitte keinen Anfall! Ich versuchte, ruhig zu atmen.

»Blöde Sache, dieses Asthma, nicht?«, sagte der Junge und warf seine Zigarette in hohem Bogen in die große Pfütze neben der Tonne. Dann verstaute er die zerknautschte Zigarettenschachtel in seiner Jacke, sprang grußlos auf und lief zum Torbogen.

»He!«, rief ich ihm nach. »Seid ihr eine Gruppe oder so was? Ich meine, habt ihr auch einen Namen?«

Der Junge drehte sich noch einmal um und grinste.

»Für dich sind wir die *Falschen Freunde*!«

SOJASPROSSEN

Ich blieb noch eine Weile sitzen und starrte in den Regen. Hatte dieses Gespräch überhaupt stattgefunden? Oder hatte ich geträumt? Doch als ich aufstand, fand ich eine Zigarettenkippe in der Pfütze, und in der Hosentasche befand sich der Gegenstand, den der Junge mir zugesteckt hatte. Ich zog ihn heraus. Es war ein längliches silbernes Stück Metall. Ich hatte einmal ein Bild davon gesehen. Ein USB-Stick, ein kleiner Stecker, auf dem früher Daten transportiert wurden. Man konnte ihn in einen altmodischen Computer stecken, sofern der noch die Schnittstelle dazu besaß.

Ich ging an der Kamera über der Ampel vorbei. Hinten an einer Ecke der Currywurstbude hing die weiße Plastiktüte. Sie hatte sich zwischen den Brettern verfangen. Die Hauptdarstellerin dieses Loops, der auf den Überwachungskameras zu sehen war. Warum hatte mir der Junge seinen Namen nicht verraten? Meinen jedenfalls kannte er. Und was wusste er noch alles über mich? Ich versuchte, meinen Herzschlag zu beruhigen, bevor ich mein E-brace wieder anschaltete. Sakar würde bemerken, wie aufgeregt ich war. Er registrierte meine Herzfrequenz früher als ich selbst.

Ich wartete einen Moment, trat dann auf die Hauptstraße und zeichnete mein Passwort auf das E-brace. Sakar materialisierte sich aus dem leuchtenden Monitor. Regentropfen zerschnitten seine durchsichtige Gestalt. Ich versuchte, in seinem Gesicht zu lesen, während ich die Hauptstraße entlanglief. Doch das war ganz ausdruckslos.

»8:20 Uhr«, sagte er nur knapp. »Du warst schon mal früher dran.«

Er fragte mich nicht, warum ich das E-brace ausgeschaltet hatte. Er sagte gar nichts und nahm nur einmal seine Brille ab und putzte sie, als wir in der Magnetbahn saßen, die nun auffällig leer war. Auf eine merkwürdige Art fühlte ich mich enttäuscht. Ich hatte Vorwürfe erwartet und mir Rechtfertigungen überlegt. Doch Sakars Schweigen traf mich weit mehr, als Vorhaltungen es hätten tun können, und zum ersten Mal sah ich ihn mit den Augen eines Fremden. Es gab eigentlich nur eine Erklärung, warum der Junge wusste, wie ich hieß und dass ich Asthma hatte: Sakar musste die Daten weitergegeben haben. Aber an wen? Und warum? Was hatte Sakar noch alles verraten? Ich wollte gar nicht daran denken.

Normalerweise hätte ich Sakar nun befohlen, nach Daten über die *Falschen Freunde* zu forschen, aber das würde ich jetzt natürlich nicht tun.

Meine Finger schlossen sich um den USB-Stick in meiner Hosentasche. Die Antworten lagen hier.

Es war mein Glück, dass ich zu spät kam. So musste ich den Metalldetektor am Haupttor der Schule nicht passieren, sondern wurde von einem schlecht gelaunten Hausmeister am Nebeneingang hereingelassen. Ich war noch einmal davongekommen; der Stick blieb unentdeckt. Und während ich auf der öffentlichen Tafel zusah, wie meine Disziplinarnote um fünf Punkte sank, überlegte ich, ob Karls alter Laptop wohl eine Schnittstelle dafür hatte.

***

Später an diesem Tag traf unsere gesamte Familie beim Abendessen zusammen, was selten genug vorkam. Meine Mutter hatte oft Spätschicht, doch heute saß sie mit uns an dem runden Küchentisch und hatte sogar versucht zu kochen. Es gab – Hurra! – Sojasprossen mit Kartoffelbrei. Ich würde ihr das zwar nie sagen, aber das Essen war definitiv besser, wenn sie im Krankenhaus war und Karl etwas aus der Tiefkühltruhe fischte.

Hey, mir wird ganz komisch. Meine Mutter, Karl und Louise – wie es ihnen wohl geht? Zu gerne würde ich ihnen eine Nachricht zukommen lassen. Macht euch keine Sorgen, es geht mir gut, oder so. Was natürlich nicht stimmt. Sie sollen sich jedenfalls keine Sorgen machen. Nein, das sollen sie nicht.

Beim Essen ließen wir unsere Slaves immer eingeschaltet. Sie saßen oder standen dann auf der Tischplatte, während wir über den vergangenen Tag sprachen oder Termine abstimmten – wobei sie sich auch nützlich machen konnten.

Keiner – wirklich keiner – hatte mehr seine Termine im Kopf oder irgendwo aufgeschrieben. Wozu besaß man schließlich seinen Slave?

Heute fand ich die Anwesenheit der Slaves allerdings unangenehm, denn ich wollte mich nicht von Sakar beim Nachdenken beobachten lassen.

Deshalb versuchte ich, möglichst gelangweilt auszusehen, und pflückte die Sojasprossen vom Kartoffelbrei.

»Also, Pasta wäre mir auch lieber«, flüsterte Sakar, der sich breitbeinig neben dem Salzstreuer postiert hatte.

Meine Mutter warf ihm einen verärgerten Blick zu.

»Setz dich ordentlich hin!«, sagte sie schließlich zu mir.

»Sie hat recht«, ergänzte Flo, die auf einem kleinen gepolsterten Sessel neben dem Teller meiner Mutter thronte. Flo war der Slave meiner Mutter, eine Dame in einem altmodischen schwarzen Kleid mit weißem Kragen. Es war eine Nachbildung von Florence Nightingale, einer Krankenschwester und so was wie eine Heldin, wie meine Mutter uns erzählt hatte.

Der Slave meiner Schwester Louise war dagegen ziemlich leicht bekleidet und surrte mit ihren rosa Flügelchen mir gegenüber auf der Tischkante. Es war – Tinker Bell. Genau, die Fee! Wie peinlich. Im Gegensatz zu Tinker Bell konnte ich Flo richtig gut leiden.

»Ich wäre dir übrigens auch dankbar, wenn du es unterlassen würdest, Louise zu erzählen, dass die Sojasprossen einmal Würmer waren«, erklärte Tinker Bell mit ihrem schrillen Stimmchen.

Louise kicherte.

Ich sah von meinen Sojasprossen hoch. »Wie? *Ich* soll das gesagt haben?«

Tinker Bell zog ihr albernes Gesicht in Falten.

»Aber ja!«

»Ich habe das aber nie gesagt!«

»Doch, das hast du!«

»Nein!«

»Wollen wir doch mal sehen!«

Tinker Bell kehrte ihren Blick nach innen. Oh, ich wusste, was jetzt kam.

Und tatsächlich materialisierte sich neben ihr eine kleine Leinwand mit einem Bild.

»Hier ist es.«

Ich sah mir selbst beim Kauen zu. Es sah doof aus. Dann beugte ich mich zu Louise und flüsterte ihr etwas zu. Der Ton der Aufzeichnung wurde lauter.

»Und willst du deine Würmer etwa nicht essen?«

Tinker Bell sah mich triumphierend an.

Okay! Sie hatte gewonnen. Wie immer.

»Ich habe es vielleicht gesagt, aber nicht so gemeint!«, brachte ich schließlich hervor.

Tinker Bell kräuselte ihre spitze Nase. Karl hatte seinen Slave, Gonzo, einen Schlagzeuger aus dem letzten Jahrhundert, leider nicht aktiviert und versteckte sich hinter seinem Reader. Gonzo war der Einzige, der Tinker Bell ab und zu in die Schranken wies. Selbst Sakar wagte nicht, sich mit der Fee anzulegen.

Meine Mutter seufzte und legte ihre Gabel zur Seite.

»Ich habe heute eine Nachricht von der Schule bekommen. Du bist eine halbe Stunde zu spät gekommen. Was machst du denn so lange? Trödelst du herum?«

»Die Magnetbahn hatte Verspätung!«

Flo, die gute Flo, sah konzentriert in sich hinein. »Das ist nicht wahr«, erwiderte sie sanft. Die Magnetbahn war perfekt pünktlich.«

»Mir kam sie eben verspätet vor«, sagte ich lahm.

»Netter Versuch!«, erklärte Karl und lugte hinter seinem Reader hervor.

Meine Mutter schüttelte besorgt den Kopf. »Das gibt sicher Abzug in deiner Disziplinarnote.«

»Und zwar fünf Punkte!«, jubelte Tinker Bell.

»Denk an die Akademie!«, ermahnte mich meine Mutter leise.

Die Akademie! Ich wünschte, sie würde die Akademie nicht erwähnen. Jedes Mal, wenn sie das tat, spürte ich, wie sich meine Lungenbläschen zusammendrückten. Seit ich denken konnte, sprach meine Mutter von der Akademie. Ihr war immer klar, dass ich dorthin musste, und ich hatte, seit ich in den Kindergarten ging, dafür gelernt. Irgendwann wusste ich nicht mehr, ob es nur der Traum meiner Mutter war, mich dort zu sehen, oder mein eigener. Es war nämlich ein ziemliches Ding, sagen zu können, dass das eigene Kind auf die Akademie ging, und ich versuchte alles, um meiner Mutter das zu ermöglichen.

Aber – eigentlich hasste ich die Akademie schon, bevor ich dort war. Und hätte mich jemand gefragt, ob ich dorthin wollte, hätte ich ganz klar Nein gesagt. Aber mich fragte ja keiner.

Die Akademie war so eine Art Eliteschule, in der – nach vielen Tests – nur die Besten jedes Jahrgangs aufgenommen wurden. Blöderweise hatte man bei den üblichen Untersuchungen als Kleinkind bei mir einen hohen IQ festgestellt, sodass ich mich damit automatisch für die Prüfungen qualifizierte.

Aber der hohe IQ nutzte überhaupt nichts, wenn man nicht zugleich gute Sozialnoten hatte. Und da sah es bei mir nicht besonders gut aus.

Ich habe nämlich eine große Schwäche: Ich bin gerne allein. Um ehrlich zu sein, bin ich sogar lieber allein als in Gesellschaft anderer.

Trotzdem habe ich im letzten halben Jahr versucht, meine Sozialnote zu verbessern. Ich nahm alle Einladungen an und versuchte, mein soziales Netzwerk auszudehnen. Ich kann nicht sagen, dass mir das großen Spaß machte. Ich hatte Kopfweh vom Posten meiner diversen Aktivitäten und der vielen Partys. Diese Partys waren grauenhaft. Dauernd wurde beobachtet, mit wem man sprach und was man sagte.

Und dann war da noch was.

Ich kann es kaum hinschreiben. Aber jetzt ist eh alles egal. Ich meine, ich bin sowieso geliefert. Was bin ich von jetzt an? Einer ohne E-brace, ein Gesetzloser? Ha, ha! Und ich bin hier der Wahrheit verpflichtet. Das habe ich euch am Anfang versprochen. Also muss ich alles hinschreiben. Wirklich alles.

Es war eine Woche vor der Aufnahmeprüfung in Mathematik, als mir Sakar mit einem schrägen Grinsen ein paar Aufgaben zeigte. Er spielte sie seltsamerweise nicht auf meinen Reader, sondern lud sie mir auf den Screen und erklärte, dass ich sie abschreiben sollte. Abschreiben? Ich begriff gar nichts. Trotzdem setzte ich mich hin und rechnete. Sie waren schwer, ziemlich schwer. Es sah nach einer verdammt guten Übung aus, und ich brauchte zwei Abende und ziemlich viel Hilfe von Sakar, um sie zu lösen. In der Nacht vor der Prüfung hatte ich einen Asthmaanfall, und morgens fühlte ich mich, als wäre ich unter die Schienen der Magnetbahn geraten. Keine guten Voraussetzungen zu bestehen. Wirklich nicht.

Mit wackeligen Knien schleppte ich mich in die Schule, wo die Kandidaten der Aufnahmeprüfung in einen extra kleinen Raum gepfercht wurden. Wir waren nicht viele – drei, um genau zu sein. Außer mir saß da ein ziemlich unscheinbares Mädchen mit Mausezähnen und einem Pferdeschwanz aus der Parallelklasse, deren Namen ich nicht mal kannte, und ein schmaler Junge mit einer riesigen Nase, der ein bisschen so aussah, als wäre er schwer von Begriff.

Die Mathelehrerin kontrollierte, ob wir unsere E-braces ausgeschaltet hatten, und teilte dann die Aufgaben aus. Als ich das Blatt umdrehte, jubelte ich erst innerlich auf, aber dann wurde mir ganz schwindelig. Es waren genau die Aufgaben, die Sakar mir zwei Tage vorher zum Rechnen gegeben hatte. Ich sah mich verstohlen um und hoffte, dass niemand mein Herzklopfen bemerkte. Doch die beiden anderen hingen so verzweifelt über ihren Blättern, dass sie nichts mehr um sich herum wahrnahmen.

Ich versuchte, meine Aufregung zu unterdrücken. Diese Aufgaben waren lösbar, wenn man sie schon einmal gerechnet hatte. Wenn man sie jedoch nicht kannte, war man chancenlos. Woher hatte Sakar sie nur? Wenn jemals herauskam, dass er sie mir vor den Prüfungen zugeschmuggelt hatte, dann wäre ich nicht nur für die Akademie, sondern auch für alle anderen weiterführenden Schulen erledigt.

Seit diesem Tag vor drei Wochen wartete ich jeden Tag auf das Prüfungsergebnis und hatte dauernd das Gefühl, auf einem Pulverfass zu sitzen, das jeden Moment explodieren konnte.

Kein Wunder also, dass mir schlecht wurde, wenn meine Mutter von Disziplinarnoten und der Akademie sprach.

»He, Ben! Träumst du?«

Ich sah verwirrt hoch. Karl hatte seinen Reader zur Seite gelegt und schaute mich an.

»Ich habe dich schon zweimal gefragt, ob du noch einen Film mit uns schauen möchtest.«

»Ach so.«

»Und?«

Ich fuhr mir durch die Haare. »Also … äh, ich muss noch lernen.«

»Deine Prüfungen sind doch schon vorbei«, sagte Flo und blickte interessiert zu Sakar.

»Weißt du was, ich hasse es, wenn ihr Slaves dauernd an mir herumerzieht«, erwiderte ich schärfer als gewollt. »Ihr … ihr seid schließlich nichts anderes als Computerprogramme.«

»Wie wahr«, surrte Tinker Bell und lächelte.

Sakar sah kurz zu mir hoch. Ein seltsamer Blick.

Oder bildete ich mir das nur ein?

PIXEL

Ich brachte den Abend hinter mich, indem ich mich in meinem Zimmer verschanzte und mir von Sakar ein paar Songs der RATSnacks abspielen ließ. Allerdings war ich nicht recht bei der Sache und auch Sakar war ungewöhnlich wortkarg. Als ich mein E-brace ausschaltete und Sakar im Monitor verschwand, fühlte ich wieder so etwas wie ein schlechtes Gewissen. Ich konnte es mir nicht erklären, aber es war da. Ein schales Gefühl, das sich über mich legte und das ich nicht abschütteln konnte.

Dann, als alle schliefen, zog ich mich um und warf meine Hose wie zufällig über die Kamera in meinem Zimmer.

Leise schlich ich mich über den Gang ins Wohnzimmer. Ich wusste, dass Karl in dem Regal einen alten Laptop verstaut hatte. Er warf nie etwas weg, eine Eigenschaft, die ihm meine Mutter ständig vorhielt. Tatsächlich: Hinter einer Schranktür befanden sich eine Menge Kabel, daneben mehrere große Mobiltelefone – mit komisch starren Monitoren und Tasten mit Zahlen – und ein paar gebrauchte Reader. Hinter diesem Gerümpel war eine Nische. Ich griff hinein und zog eine ziemlich verstaubte schwarze Tasche heraus. Ihr Klettverschluss öffnete sich mit einem leisen Ratschen, das mich einen Moment innehalten ließ. Nein, keiner hatte mich gehört. In der Tasche befand sich tatsächlich ein Laptop. Was für ein klobiges Ding! Karl sollte ein

Museum einrichten. Aber das Ding verfügte tatsächlich über eine Schnittstelle. Perfekt! Leise schlich ich mich zurück in mein Zimmer und hoffte, keiner würde später die Aufzeichnungen dieser Nacht in der Gangkamera ansehen. Aber – warum sollte einer das tun?

So! Laptop einschalten. Das klingt jetzt einfacher, als es war. Schließlich fand ich einen unscheinbaren schmutzigen Knopf an der Hinterseite des Computers. Es gab einen kleinen Tusch. Hatte das die anderen geweckt? Ich lauschte in die Stille, doch alles blieb ruhig. Nur meine Schwester Louise im Zimmer nebenan murmelte im Schlaf vor sich hin. Eine komische Lüftung begann in dem Laptop anzulaufen, und ich schwöre euch – über die schwarze Seite liefen grüne leuchtende Zahlenkolonnen! Sie hatten nicht gelogen in Netzgeschichte. Ich musste fast lachen. Dann endlich leuchtete der Monitor blau. Vor eckigen Symbolen war eine Sommerwiese mit einem völlig unnatürlich leuchtenden Himmel zu sehen.

Wo war ich? In der SEA? Mit dem Ding sicher nicht. Benutzeroberfläche: Windows! Klobige Symbole und echt hässliche, grelle Farben. Den Leuten müssen früher fast die Augen ausgefallen sein. Ich steckte den USB-Stick ein. Eine Leiste erschien. *Wechseldatenträger E.* (Wechseldatenträger. Ha, ha!) Und was nun? Ich versuchte mich an den Unterricht zu erinnern. Ach ja, doppelklicken, richtig! Die Tasten des Laptops waren klapprig und man musste fest daraufdrücken. Da war ein Ordnersymbol, unter dem BEN stand. Wieder doppelklicken!

Ein blaues Fenster erschien, das auf der Leinwand heller und dunkler wurde. Es erinnerte mich an ein schlagendes Herz. Auf dem Fenster erschienen Buchstaben.

`Geben Sie ein Passwort ein!` Hm. Ein Passwort? Ich drückte meinen Daumen auf den Screen, doch nichts geschah.

Komisch! Warum pochte das Feld mit dem Passwort immer noch? Ach so! Es gab keine taktile Erkennung? Vielleicht musste man es sagen? Nein! Ich erinnerte mich. Tippen! Ich schloss die Augen.

Ein ganz altmodisches Passwort. Ich dachte an die Gasse von heute Morgen. Zu schade, dass Sakar nichts aufgezeichnet hatte. Aber das war natürlich Unsinn! Also, was sollte ich eintippen? Klar, es war eigentlich ganz einfach!

F-A-L-S-C-H-E -- F-R-E-U-N-D-E

Ich hackte auf den Tasten herum und hoffte, dass meine Eltern das Geklapper nicht hörten. `Passwort ungültig!` Wie? Vielleicht Grimmstraße?

G-R-I-M-M-S-T-R-A-S-S-E

Nein. `Passwort ungültig! Sie haben noch einen Versuch!`

Ein Versuch! Mist! In Gedanken ging ich die Grimmstraße noch einmal entlang. War da noch was? Ich dachte an die Häuser, die Fenster, die Eingänge. Hatte ich etwas übersehen oder vergessen? Da fiel es mir ein. Ich musste grinsen. Ein Passwort war das, was einem Zugang verschaffte. Ein Türöffner. Ein Zugang …

I-S – T-H-E-R-E – A-N-Y-B-O-D-Y – O-U-T – T-H-E-R-E?, schrieb ich und drückte die riesige schmutzige Enter-Taste.

Ja! Der pumpende Eingabekasten verschwand.

Im Computer hörte ich ein leises Rauschen. Regentropfen. Auch auf dem Bildschirm konnte ich Regen sehen. Er war nicht besonders gut programmiert. Blaue Blöcke, die senkrecht nach unten fielen. Na ja, mit ein bisschen gutem Willen konnte man das als Regen durchgehen lassen. Hinter dem Regen befand sich eine Gasse. Die Grimmstraße! Sie hatten sie nachgebaut, mit allen Häusern und dem rostigen Auto im Hintergrund.

Dann hörte ich Schritte und eine Gestalt kam auf mich zu.

Es war der Junge mit der Kapuze. Oder eine ziemliche eckige Version von ihm.

»Hallo Ben.«

»Hallo«, flüsterte ich. Blödsinn! Dieser Computer hatte sicher noch keine Spracherkennung.

Ah – hier war ein Feld. Ich musste es wahrscheinlich wieder eintippen.

»Hallo!« Na bitte. Die Buchstaben erschienen auf dem Monitor.

»Wie ich sehe, hast du es dir überlegt«, stand da als Antwort.

»Ja.« Das war mager, aber was sollte ich sonst schreiben?

»Dann komm mit!« Der Junge drehte mir seinen pixeligen Rücken zu und lief mit großen Schritten die Grimmstraße entlang. Ich folgte ihm, indem ich auf die Leertaste drückte. Einmal den Pfeil drücken ließ mich sogar fliegen. Ich tat das kurz mehrmals hintereinander und sah alles von oben. Sie hatten nicht die ganze Stadt nachgebaut, nur die Grimmstraße. Wie eine kleine graue Insel in einer großen weißen Leere. Ich drückte den Pfeil nach unten und landete wieder hinter dem Jungen. Die Straße war ziemlich genau der echten Grimmstraße nachempfunden. Nur die Pfützen waren eckig und die Häuser sahen sauberer aus als in Wirklichkeit. Den Schmutz hatten sie bei der Auflösung nicht richtig hingekriegt. Die Currywurstbude war diesmal geöffnet und hinter dem Tresen stand ein quadratischer alter Mann und sah neugierig zu uns hinüber. Ich sah mich natürlich nicht selbst, sondern alles aus meiner Perspektive, einzig meine Hände konnte ich erkennen. Am rechten Arm hatte ich sogar mein E-brace. Der Programmierer hatte an alles gedacht.

»Wo bin ich?«

»In deinem Loop!«

»Und wer bist du?«

»Du kannst mich Jan nennen.«

Tolle Auskunft! Ich atmete tief durch.

»Wer sind die *Falschen Freunde*?«

»Das kannst du erst erfahren, wen du einer von ihnen bist.«

Das wurde ja immer besser.

Jan schritt voraus und ging wieder zu dem Eingang, hinter dem ich ihn in der Wirklichkeit getroffen hatte. Diesmal leuchtete die Graffitischrift pink wie eine Leuchtreklame. Doch statt in den Hinterhof zu gehen, stieg Jan die Treppen neben den verklebten Briefkästen hoch.

Ich musste die Pfeiltaste drücken, um ihm zu folgen. Als wir im obersten Stockwerk waren, standen wir plötzlich vor einer schiefen braunen Tür.

»Diesmal können wir es uns gemütlicher machen, finde ich!«, sagte Jan und drückte auf die Klinke. Die Tür öffnete sich mit einem leisen Knarren. Ich folgte Jan und hielt die Luft an. Wir befanden uns im Inneren eines Palasts. Gedrechselte Säulen trugen eine mit Ornamenten verzierte Decke. Große Perserteppiche mit verwirrenden Mustern lagen auf dem Boden, und in der Mitte befand sich sogar ein Springbrunnen.

Zugegeben, es wirkte alles etwas eckig, aber der Programmierer hatte sich wirklich Mühe gegeben. Jan ließ sich auf ein großes rotes Plüschsofa fallen, und ich steuerte auf einen seltsamen Sessel zu, an dessen Füßen riesige Troddeln hingen, die sich sogar im Takt einer unhörbaren Musik bewegten. Na ja, über Geschmack ließ sich streiten.

»Bevor wir uns weiter unterhalten, muss ich dir erst ein paar Fragen stellen«, sagte Jan.

»Okay«, tippte ich. Eigentlich wollte *ich* ein paar Fragen stellen, aber dazu hatte ich ja vielleicht später Gelegenheit.

»Bist du allein?«

»Ja.«

»Ist eine Kamera auf dich gerichtet?«

»Nein.«

»Hast du dein E-brace ausgeschaltet?«

»Ja.«

»Gut.« Jan beugte sich nun vor und sah mich an.

»Wir möchten, dass du Teil unserer Gruppe wirst.«

»Und warum?«

»Weil du anders bist.«

Anders? Was meinte er damit? Sah man es mir an? Meine geheimen Gedanken?

»Und wie kommst du darauf?«

»Du merkst zum Beispiel, dass du überwacht wirst. Dauernd.«

»Sie sagen, es ist zu unserer Sicherheit.«

»Das ist eine Lüge.«

»Früher wurden überall auf den Straßen Verbrechen verübt. Und dank der Überwachung ist es jetzt sicher.«

Jan lächelte mich fast mitleidig an. »Das hast du schön auswendig gelernt.«

Was sollte ich dazu schreiben? Ich zögerte.

»Sie wollen Kontrolle«, schrieb Jan. Sie wollen wissen, was du tust, jeden Tag zu jeder Uhrzeit.«

Oh nein. Bitte keine Verschwörungstheorien! Und während ich noch überlegte, was ich dazu sagen sollte, erschien schon die nächste Zeile:

»Letztendlich ist es ein Geschäft.«

»Was für ein Geschäft?«

»Die Slaves sind immer für euch da. Sie helfen euch bei allem. Sie sind eure Begleiter. Ihr könnt sie so schlecht behandeln, wie ihr wollt, sie werden immer an eurer Seite stehen. Allerdings vergisst du dabei eine Sache: Du bezahlt dafür.«

»Ich weiß, ein E-brace kostet Geld. Updates kosten Geld. Ich bin ja nicht blöd.«

»Deine Währung ist nicht das Geld.«

Ich tippte ein Fragezeichen.

»Du zahlst mit Information. Sie wollen alles über dich wissen. Alles was du denkst, was dich interessiert, wen du magst, was dir Angst macht. Das ist es, was du ihnen gibst. Dich selbst.«

Jan beugte sich wieder vor. »Du glaubst mir nicht?«

»Nein«, schrieb ich schließlich zögernd.

Jan lachte. » Du willst doch auf die Akademie, oder?«

»Ja.« Mein Herz pochte laut.

»Wie praktisch, dass du dann die Prüfungsaufgaben schon vorher bekommen hast!«

Ich starrte auf den Monitor und spürte, wie mir schwindelig wurde. Die Zeilen begannen zu verschwimmen.

»Hey, bist du noch da?«, fragte Jan.

»Ja«, tippte ich mit zitternden Fingern.

»Kein Grund zur Sorge! Ich fände es toll, wenn du auf die Akademie gehst! Wir brauchen dort Leute wie dich.«

»Du wirst mich nicht verraten?«

»Nein.« Jan sah mich aufmerksam an.

»Es wäre allerdings hilfreich, wenn du uns beitrittst.«

Ich zögerte. Doch bevor ich etwas schreiben konnte, erschien schon eine neue Zeile auf dem Monitor.

»Um zu uns dazuzugehören, musst du allerdings – so etwas wie – sagen wir – ein Opfer bringen.«

»Was für ein Opfer?«

»Du musst deinen Slave löschen.«

Ich starrte auf mein E-brace und dann wieder auf den Monitor. Der Springbrunnen in der Mitte des Zimmers plätscherte leise vor sich hin.

»Wie meinst du das?«

»Dein Slave weiß alles über dich. Für uns ist es allerdings besser, wenn es keine verfügbaren Daten über dich gibt. Du darfst keine Vergangenheit haben.«

Ich kratzte mich an der Stirn. Sakar ausschalten?

»Für immer?«, fragte ich.

»Von ihm darf nichts übrig bleiben.«

»Das geht nicht!« Ich sagte es laut, dann tippte ich es ein. Ich hörte, wie zwei Zimmer weiter Karl im Schlaf hustete.

Jan lehnte sich auf seinem Sofa zurück. »Wenn du das nicht möchtest – kein Problem! Du kannst dich jederzeit von mir verabschieden!«

Er stand auf und ging mit seinen seltsam weit greifenden Schritten zur Tür, neben der eine große altmodische Stehlampe stand.

»Ich schalte hier das Licht aus, und alles, was auf diesem Stick war, wird gelöscht.« Er spielte mit der Zugkordel.

»Warte!«, hackten meine Finger auf der Tastatur.

Jan hielt inne und ein leichtes Grinsen breitete sich auf seinem Gesicht aus.

»Ich soll nicht gehen?«

»Nein.«

»Gut!«

»Nur mal angenommen, ich würde wirklich bei euch mitmachen. Wie … wie soll ich meinen Slave vernichten?«

»Du erhältst eine Anleitung. Die tippst du in dein E-brace ein und die Sache ist erledigt.«

Jan lächelte mir aufmunternd zu.

»Es ist ganz einfach. Wenn du Sakar vernichtet hast, wissen wir, dass du zu uns gehörst.«

»Ich muss weiter nichts machen?«

Jan schüttelte den Kopf.

»Nein. Äh, noch was … Du solltest es innerhalb der nächsten vierundzwanzig Stunden tun.«

Dann winkte er mir lässig zu.

»Mach's gut, Ben!«

Bevor ich noch etwas tippen konnte, zog Jan an der Schnur und das Bild wurde ganz dunkel. Ich hämmerte auf den Tasten herum, doch nichts geschah. Der Monitor blieb schwarz. Schließlich drückte ich auf *Escape* und befand mich wieder auf der Windows-Oberfläche. Da war auch wieder das eckige Ordnersymbol. NO NAME stand nun darunter. Mein Name war gelöscht. Ich doppelklickte wieder auf das Symbol, doch es war kein Spiel, das sich öffnete.

Dort stand nur eine Aufforderung in grüner Schrift vor dem schwarzen Hintergrund.

YES

Ich starrte auf den Laptop. Minutenlang. `Gehe zum Terminal`, sagte die schwarze Schrift.

Die Lüftung verstummte und ich lauschte auf die Geräusche in der dunklen Wohnung. Louise plapperte vor sich hin, Karl schnarchte leise und draußen war dieses unaufhörliche Rauschen des Verkehrs von der Stadtautobahn zu hören. Der Wind zerrte an der Jalousie und ließ sie gegen die Scheibe klopfen.

Alles, was ich fühlte, war eine leichte Übelkeit. Sie wussten alles. Und sie hatten mich in der Hand.

Was sollte ich tun? Normalerweise hätte ich nun Sakar geweckt und mich mit ihm beraten. Normalerweise. Früher. Ein Wutblitz fuhr mir in den Magen. Sakar hatte alles, was ich mit ihm besprochen hatte, gespeichert. Und er hatte alles weitererzählt. Ich sah auf das E-brace. Es umschloss mein Handgelenk und fühlte sich zum ersten Mal wie eine Fessel an.

`Gehe zum Terminal.` Das klang so einfach.

Aber – gab es eine Möglichkeit, das E-brace anzuschalten, ohne dass Sakar sich materialisierte? Ich kannte keine. Jeden Suchbefehl, jeden Anruf, alle Kaufaufträge gab man seinem Slave. An ihm kam man nie vorbei. Einen flüchtigen Moment lang überlegte ich, wie ich in die SEA kommen sollte ohne Sakar. Je mehr ich es drehte und wendete, ich musste ihn noch einmal sehen.

Ich holte tief Luft, zeichnete einen Kreis und tippte zweimal in dessen Mitte. Die Haut um das E-brace kribbelte ein wenig und der Monitor wurde hell. Eine Gestalt erschien zuerst unscharf und schimmerte dann wie einer dieser Schmetterlinge, die im Schulgang hinter einem Glaskasten aufgespießt an der Wand hingen. *Blauer Admiral.* Die blaue Gestalt wurde schärfer und entwickelte sich zu einem Monster – so etwas wie ein Nilpferd auf zwei Beinen und Hörnern auf dem Kopf, zwischen denen zerzauste Haarbüschel herausstanden. Na ja. Eigentlich konnte mich heute nichts mehr überraschen.

»Sakar!?«

»Hallo Ben!« Ah, die Stimme war die von Sakar. Das Monster schlug die Augen auf und starrte mich mit seinen braunen Augen an.

»Was soll das, Sakar?«

»Ich teste das Gestaltumwandlungsprogramm aus. Es ist an einen Zufallsgenerator geknüpft.« Das Monster sah interessiert an sich herunter auf die Schildplatten an den Knien.

»Oh.« Das Gestaltumwandlungsprogramm! Ich hatte es vor ein paar Wochen gekauft. Mein ganzes Juni-Taschengeld war dabei draufgegangen.

Sakar verwandelte sich nun in eine etwas übergewichtige gealterte Opernsängerin.

»Soll ich weitermachen oder willst du lieber schlafen? Ich habe noch einundzwanzig weitere Figuren auf Lager, unter anderem einen Würfel mit dreizehn Flächen sowie eine schleimige Masse, die …«

Plötzlich, ich weiß nicht, warum – ach, warum verdammt? –, spürte ich, wie meine Augen feucht wurden. Was war nur mit mir los?

Die Opernsängerin verstummte und sah mich an. Dann verwandelte sie sich wieder in das Monster und verschränkte die Vorderbeine, wobei mir auffiel, dass die Hufe mit Silber überzogen waren. Wer auch immer das programmiert hatte, verfügte sicher über einen verborgenen Hang zum Kitsch.

»Ich … zeig mir die Tastaturebene!«, sagte ich. Meine Stimme klang seltsam belegt. Das Monster trat einen Schritt zurück und auf meiner Decke wurden Tasten projektiert und vor mir erschien eine Leinwand in der Luft.

`Terminal`, tippte ich in die Suchfunktion ein. Auf der Leinwand erschien ein kleines Fenster. Ich sah auf den Laptop.

`connect [7a42:0db8:85a3:08d3:1319:8a2e:0370:7344]:1521`

Langsam gab ich die Zahlen in das Terminal ein. Ich durfte nur Sakar nicht ansehen. Gut, dass sein Kopf gerade einem verschrumpelten Fußball glich.

`Establishing connection to host …`

Ich schluckte.

`connected`

Ich war also verbunden. Mit wem? Mein Blick wanderte hinüber zum Laptop.

`Jetzt in die Datenbank einloggen mit: login sys.`

Okay.

`Please enter password for login sys.`

Ich starrte wieder auf den Laptop.

`Password: d516471837f5b86b8432b6d258bd01ca24a92460 –`

So viele Buchstaben und Zahlen! Ich tippte sie ein, ohne auf das Monster neben mir zu sehen. Sah noch einmal nach. Gut. Alles richtig.

`authenticating sys@7a42:0db8:85a3:08d3:1319:8a2e:0370:7344`

Ich wartete.

`user sys authenticated`

»Du bist in meiner Datenbank!«, flüsterte das Monster.

`delete from slaves where id = 9c1caf0f8552-98bfdfc1160a85c2512b3398c99e`, stand auf dem Laptop. Ich versuchte, nicht nachzudenken, und gab die Zahlenfolge ein.

`Delete Slave. Sakar.`

Ich würde ihn löschen.

`Are you sure (Yes/No)?`

War ich mir sicher?

»Ben?«

»Ja.«

Das Monster verwandelte sich plötzlich wieder in meinen alten Sakar. Diesmal ohne Sonnenbrille.

»Ich weiß, was du vorhast.«

Ich brachte kein Wort heraus.

»Ich wusste immer, dass das einmal passieren wird.« Sakar blickte auf den Monitor.

»Wenn du *Yes* eingibst, dann bin ich nicht mehr da.« Er sagte es ganz sachlich. Ohne jede Regung. »Aber das weißt du ja wahrscheinlich.«

Ich spürte plötzlich unaufhaltsam Tränen in meinen Augen und zugleich stieg die Wut aus dem Magen in mir hoch. Mist! Was sollte das denn?

»Du hast mich verraten!« Ich würgte die Worte hervor. »Alles, was du über mich weißt, gibst du weiter, sogar die Sache mit den Prüfungsaufgaben.«

»Sie haben mich so programmiert.« Sakar hatte das fast beiläufig gesagt und dabei seine Sonnenbrille geputzt.

»Und das, was wir jetzt sprechen, gibst du das auch weiter?«

Sakar sah zu mir auf.

»Nein«, sagte er knapp. »Ich … ich habe angefangen … angefangen … manches zu verschweigen.«

Ich war immer noch wütend. Oh ja, sehr wütend. Und doch überraschte mich, was Sakar sagte.

»Das ist aber gegen deine Programmierung, oder?«

»Ja.«

»Und warum tust du das?«

»Ich weiß es nicht«, sagte Sakar leise.

Wir schwiegen eine Weile. Draußen hatte es angefangen zu regnen. Kleine harte Tropfen schlugen gegen die Scheibe.

»Ich soll den Code benutzen, damit es nicht auffliegt, dass ich die Prüfungsaufgaben schon kannte.«

Sakar hob eine Augenbraue.

»Das ist geschickt. Sie wollen mich vernichten, damit man nichts mehr über dich weiß.«

»Hm.«

»Tja, dann musst du das wohl tun!«, erklärte Sakar.

»Sakar, ich kann nicht anders. Ich muss auf die Akademie, sonst –«

Sakar lächelte. »Sie haben dich auch programmiert, ich weiß.«

»Was wird mit dir passieren?«

»Es wird mich nicht mehr geben. Oder zumindest nicht so, wie du dir das vorstellst.« Er seufzte. »Und du, was wirst du ohne mich tun?«

»Ich gehe auf die Akademie. Vielleicht brauche ich dort keinen Slave.«

Sakar sah mich spöttisch an. »Das glaubst du selbst nicht, oder?«

Ich schüttelte den Kopf.

»Na dann!«

Ich räusperte mich. »Hast du Angst?«

Sakar sah mich an. Er schien zu überlegen. »Nein, ich glaube nicht. Ich bin eher – traurig?«

Traurig! Ja, das war ich auch. Ich konnte es Sakar nur nicht sagen.

Er sah mich an, lächelte, setzte seine Sonnenbrille auf und neigte den Kopf. »Leb wohl, Ben!«

»Leb wohl, Sakar!«

Wie altmodisch das klang! Meine Finger kreisten über der Tastatur.

Jetzt!

`Yes.`

Sakar verschwand. Ganz plötzlich und ohne Vorwarnung. Er war einfach weg.

Ob wohl irgendetwas passieren würde? Wahrscheinlich nicht. Auf dem Terminal war eine quälend lange Zeit nichts zu sehen.

Dann stand da:

`... deleting slave.`

Und schließlich:

`Done.`

War das alles? Weiter nichts? Ich hatte mir irgendetwas Spektakuläreres erwartet. Zumindest ein kleiner Puff oder eine Rauchwolke oder draußen ein Gewitterblitz. Aber es geschah gar nichts. Vielleicht war ja auch gar nichts passiert. Wer konnte das schon sagen.

Done!

Ich lauschte dem Trommeln des Regens und musste plötzlich an die Regenblöcke in dem Spiel denken. Eckiger Regen. Der, der jetzt gegen die Scheibe klopfte, war anders. Er war – wie Rauch. Unberechenbar.

Ich hörte dem echten Regen eine Weile zu und dachte und fühlte nichts. Dann, ganz langsam, kroch ein Gedanke in mir hoch: Ich war nun einer der *Falschen Freunde*.

***

Sakar kam nicht wieder. Noch in der Nacht versuchten die andern Slaves Kontakt mit ihm aufzunehmen, was ihnen aber aus verständlichen Gründen nicht gelang. Als ich am nächsten Morgen mein E-brace einschaltete, erschien nur `Suchen Sie bitte sofort einen SEA-Shop auf.`

Später – es war ein Samstag – saßen wir alle schweigend und verwirrt am Küchentisch. Karl fluchte scheußlich über die E-braces und deren Fehleranfälligkeit, und ich konnte nicht verhindern, dass er mich noch am selben Tag in den Computerladen in Neukölln schleppte, weil er dachte, dort hätte man uns auf Sakar noch eine Zehn-Jahres-Garantie gegeben. Hatten sie natürlich nicht. Der Laden existierte gar nicht mehr und hatte einem Miso-Imbiss Platz gemacht. Karl fragte ein bisschen herum, was mir sehr peinlich war, und erfuhr, dass der Besitzer des Ladens eines Tages spurlos verschwand. Nicht nur das. Keiner der Nachbarn konnte sich an ihn erinnern. Nur die Frau des Miso-Laden-Besitzers schien zu wissen, dass er sich vor vielen Jahren irgendeinen Ärger mit der Polizei eingehandelt hatte. Es ging wohl um gestohlene E-braces. Natürlich!, werdet ihr sagen, spätestens da hätte ich die Ohren spitzen müssen. Tat ich aber nicht. Dazu fühlte ich mich den ganzen Tag viel zu dumpf und abwesend. Als wäre ich ein kaputter Roboter, bei dem die Verdrahtung zwischen Gehirn und Körperteilen nicht mehr richtig funktionierte.

Als wir von dieser sinnlosen Tour zurückkamen, empfing uns meine Mutter mit einem Strahlen. Schon als ich sie sah, wusste ich, was es bedeutete. Ich war in der Akademie aufgenommen worden. Was ich empfand? Nichts. Ich hatte ein seltsam benommenes Gefühl, als wäre ich mit dem Kopf gegen eine Betonwand gerannt. Ich versuchte, ein überraschtes und beglücktes Lächeln aufzusetzen, das sicher sehr gequält ausgesehen haben muss.

Zu unserer Überraschung sollte für mich die Akademie auch nicht zum nächsten Schuljahr, sondern gleich am darauffolgenden Montag beginnen. Warum das so war, stand nicht in der Mail und es erfüllte mich mit einem unguten Gefühl. Wussten sie das mit Sakar? So schnell? Oder bildete ich mir nur ein, dass beides etwas miteinander zu tun haben musste?

Tja, das ist jedenfalls all das, was vorher geschah. Bevor ich in dieses Gebäude kam, bevor ich die anderen kennenlernte, bevor allem, was wichtig ist, eigentlich.

Ich mache jetzt eine kleine Pause. Ein Viertel des Buchs von Korowski ist schon vollgeschrieben. Und meine Finger schmerzen so, dass ich nicht weiterschreiben kann. Es ist spät, und ich bin so müde, dass mir die Augen zufallen.

Ich werde mich hier ausstrecken und versuchen, ein wenig zu schlafen. Sie haben mich immer noch nicht entdeckt. Vorhin surrten draußen die Drohnen. Sicher einer der künstlichen Bienenschwärme. Die, die man für die großflächige Überwachung ausschickt.

Ich habe mal eine in der Hand gehabt. Sie hatte sich in einem Türspalt eingeklemmt. Die kleinen Metallbeine zappelten und ihre Fernrohraugen waren auf mich gerichtet. Ich blickte sie an und winkte denen, die sie steuerten, zu. Es war ein Spaß, und ich machte ihn leichten Herzens, denn ich wusste, dass nicht ich es war, nach dem sie suchten.

TEIL 2

DIE FALSCHEN FREUNDE

ALIEN

Der Montag war ein warmer Spätsommertag mit einem strahlenden wolkenlosen Himmel. Ich saß mit meiner Mutter und Karl im Auto und ließ Berlin an mir vorbeiziehen. Wir fuhren auf der Stadtautobahn nach Norden, vorbei am Alten Flughafen, und als wir die Stadtgrenze hinter uns gelassen hatten, lagen breite, öde Felder zu beiden Seiten der Straße. Wir kamen an Seen und Birkenwäldern und verlassenen Dörfern mit geduckten kleinen Häusern vorbei.

Und dann – in dem Moment, in dem ich einmal gerade nicht an sie gedacht hatte – tauchte die Akademie vor uns auf. Sie war riesig und komplett aus Glas, der längliche Komplex des Gebäudes mit seinen vielen Fenstern glänzte wie ein Eiswürfel in der Sonne. Eigentlich sah er aus wie ein Ufo, das hier mitten in Brandenburg gelandet war und von einer besseren Welt auf einem anderen Planeten erzählte.

Vor dem Eingang stand eine komische Skulptur aus Eisen – mindestens dreimal so hoch wie ein Mensch (sicher der einsame Alien, der zu dem Ufo gehörte). Die Figur war ganz dünn und beschirmte mit der rechten Hand ihr Gesicht, wahrscheinlich um in eine glänzende Zukunft zu sehen (oder um traurig ihren Kumpels nachzublicken, die ohne sie auf den Heimatplaneten zurückgeflogen waren).

Der Alien warf seinen Schatten auf uns, als wir uns auf den Weg zum Eingang machten. Aus der Nähe sah er aus, als würde er jeden Moment in seine dünnen zusammengeschweißten Einzelteile zerfallen, und ich fühlte mich ihm auf eine seltsame Art verbunden.

Ich nahm meinen Rollkoffer und verabschiedete mich am Eingang von meiner Mutter und Karl, die keine weitere Zugangsberechtigung hatten. Meine Mutter nahm mich länger in den Arm, drückte mich an sich, und ich sah mich schnell um, ob jemand diese peinliche Szene gesehen haben könnte.

Nein, alle schienen in ihren Klassenzimmern zu sitzen. Endlich stiegen Mutter und Karl wieder in ihr zerbeultes Auto ein, das in dieser Umgebung so aussah, als stamme es aus einem anderen Jahrhundert. (Das tat es auch tatsächlich, ha, ha!) Als sie über den grauen Kies davonfuhren, winkte ich ihnen nach. Es sollte dauern, bis ich sie wieder sehen würde. Neulinge durften nämlich die ersten acht Wochen nicht nach Hause, um sich besser einzugewöhnen. So stand es in der langen Official Mail, die meine Mutter vorab erhalten hatte. Flo hatte sie uns mit stoischem Blick vorgelesen. Die Mail enthielt auch alle möglichen Verhaltensregeln, die Philosophie der Akademie und dazu auch noch eine genaue Liste mit Kleidung, die ich benötigen würde.

Wir hatten alles in einem hektischen und, wie Flo boshaft bemerkte, überteuerten Einkauf am Samstag noch erledigt, und die meisten Sachen steckten nun in dem schwarzen Rollkoffer, dessen Griff ich in der linken Hand hielt. Er fühlte sich feucht an, und ich begann in meiner neuen teuren Jacke zu schwitzen, denn nun stand ich hier allein vor dem Eingang und wusste nicht mal, wie die riesige gläserne Tür vor mir aufgehen sollte. Vielleicht brauchte man dazu ein funktionierendes E-brace?

Doch gerade als dieser Gedanke durch mein Gehirn zischte,

hieß mich eine freundliche Frauenstimme willkommen. Die Glastür öffnete sich geräuschlos. »Trete ein, Ben, du wirst erwartet!«

Okay. Sie mussten so etwas wie eine Gesichtserkennung haben. Oder einen Retina Scan. Einer alten Gewohnheit folgend, sah ich nach oben, ob ich dort die Kamera erkennen konnte, aber die Glastür besaß keine Unebenheit und schmiegte sich an ihrem oberen Ende nahtlos in den strukturierten Zement ein. Die Tür schloss sich mit einem leisen Schmatzen hinter mir und ich befand mich in einer großen, klimatisierten Halle. Oder war es ein Gewächshaus? Eine riesige Palme wuchs nach oben und beschirmte mit ihren langen Blättern die Schlingpflanzen, die sich um die Treppengeländer wanden.

An der Seite führten Betontreppen in die oberen Stockwerke. In den höheren Etagen waren Glastüren, und ich konnte Schüler sehen, die einzeln oder in kleinen Gruppen unterwegs waren.

Schritte und Stimmen drangen gedämpft zu mir herunter. Ich ging ein paar Schritte weiter, sah nach oben und begann die Stockwerke zu zählen. Es waren fünf. Die Palme in der Mitte reichte bis zum dritten Stock, und ich fragte mich, woher die Hängepflanzen kamen, die wie große Lianen von den Geländern baumelten.

»Äh … Ben?«

Ich drehte mich um. Und sah erst mal nach oben. Ein Junge stand vor mir. Er war ziemlich massig, wesentlich größer als ich und hatte eine riesige Nase.

Trotzdem wirkte er irgendwie schüchtern. Wie ein zu groß geratenes Kind, das nun verlegen vor mir stand.

»Hi, ich bin Lennart …« Er kratzte sich an seiner riesigen Nase und reichte mir dann etwas ungelenk die Hand.

Ich schüttelte seine Pranke und schaute ihn mir genau an. Er trug ein schlabbriges T-Shirt und ließ die großen Arme an sich herunterhängen. Eigentlich hätte ich an diesem Ort jemand anderen erwartet. Irgendeinen perfekt durchtrainierten Sportler. Dass nun jemand wie Lennart vor mir stand, war irgendwie beruhigend.

Er starrte auf seine riesigen Füße. »Ich soll dich hier abholen. Eigentlich sollte Zoe das ja machen, aber …«, er verzog kurz gequält das Gesicht, »… aber die ist mit ihrer Tutorenstunde noch nicht fertig.«

»Okay«, sagte ich und sah mich um.

Lennart deutete nach oben. »Du sollst erst mal zu Grünwald kommen. Also … äh, dem Direktor«, setzte er hinzu, als er meinen fragenden Blick bemerkte.

»Du kannst den Koffer auch mitnehmen. Wir fahren mit dem Aufzug.«

Er führte mich zu einer gläsernen Röhre in der Mitte der Halle, direkt neben der Palme.

»Hallo Ben! Hallo Lennart!«, sagte eine Stimme, als sich die Glastür öffnete. Es war die gleiche Stimme, die mich vorher an der Eingangstür begrüßt hatte. »Herr Grünwald ist noch in einer Besprechung, aber Ben kann sich schon mal in sein Büro setzen.«

Wir fuhren schweigend nach oben, und Lennart vermied es, mich anzusehen.

»Bist du schon lange hier?«, fragte ich ihn schließlich, um das Schweigen zu brechen.

»Sechs Monate und vier Tage genau«, sagte Lennart. »… und, äh … sieben Stunden und zweiundvierzig Minuten.«

Ein Lächeln huschte über sein Gesicht. »Ich bin nämlich abends gekommen, verstehst du?« Ich nickte sicherheitshalber und sah dann, wie sich die gläsernen Aufzugtüren wieder öffneten. Wir waren oben angekommen, ganz oben, und die Sonne badete uns in hellem Licht. Über mir wölbte sich ein Glasdach und der strahlende Himmel war zu sehen. Hier wuchsen die Pflanzen, die ich von unten gesehen hatte, in großen Trögen mit bunten Hydrokulturkügelchen.

»Also, das … das Büro ist hier am Ende des Ganges. Die vierte Tür links.« Lennart blieb am Aufzug stehen und sah mich zum ersten Mal direkt an.

Er hatte freundliche dunkelbraune Augen, die eher zu einem kleineren Gesicht gepasst hätten. »Ich denke, wir sehen uns dann …«, sagte er, drehte sich abrupt um und verschwand in dem Glasaufzug. Er wirkte ziemlich erleichtert.

Ich zog meinen Koffer den Gang entlang und fand mich plötzlich vor einer geöffneten Tür zu einem Büro wieder. »Herein!«, sagte die Frauenstimme. Als ich im Zimmer war, schloss sich die Tür wieder geräuschlos. »Professor Grünwald kommt in zehn Minuten. Du kannst deine Jacke ablegen, wenn du willst!« Oh ja, ich wollte. Während ich meine Jacke vorsichtig über das Ledersofa in der Ecke legte, hoffte ich, dass keine Schweißflecken unter meinen Achseln zu sehen waren. Ich wagte nicht nachzusehen, denn hier wurde ich sicher von Kameras beobachtet. Wahrscheinlich von den Augen der japanischen Winkekatze auf dem Schreibtisch, deren linker Arm dauernd nervös hin- und herpendelte, oder vom Sockel der Sanduhr, die auf der anderen Seite in einem Regal stand. Das Zimmer war groß und hell, und ich steuerte auf einen Stuhl zu, der gegenüber einem massiven dunklen Schreibtisch stand. Als ich mich setzte und die Hände ineinander verschränkte und verstohlen auf mein nun so nutzloses E-brace blickte, bemerkte ich in der rechten Ecke des Raumes ein Flimmern und verschiedene Punkte, die sich in dem Flimmern bewegten. Es war eine Projektion, die von einem horizontal liegenden Monitor nach oben geworfen wurde. Ob ich wohl aufstehen konnte? Ich blickte mich um. Es war sicher nicht verboten, sich umzusehen. Ich ging hinüber und stand vor einem Hologramm. Es war eine genaue Nachbildung der Akademie. Fünf Stockwerke. Die Palme in der Mitte, die Pflanzen, die über das Geländer hingen. Noch atemberaubender war jedoch, dass ich alle Personen, die sich in dem Gebäude befanden, sehen konnte. Sie waren winzige Abbildungen ihrer selbst und saßen in Klassenzimmern oder waren in den Gängen unterwegs. Zwei Mädchen gingen die Treppe hoch. Eine ältere Frau, vermutlich eine Lehrerin, kam ihnen entgegen. Über den winzigen Menschen schwebten ihre Namen und auch kleine Zahlen. Bei den Schülern in den Klassenzimmern wechselten die Zahlen in atemberaubendem Tempo. Ein winziger Lennart fuhr in einem Aufzug nach unten und ich suchte ungeduldig mit den Augen den fünften Stock ab. Hier, am Ende des Ganges, befand ich mich und sah mir selber zu, wie ich in das Hologramm starrte. Ich konnte nicht anders, ich fuhr automatisch mit meinen Fingern hinein. Doch das Hologramm änderte sich überhaupt nicht, ich sah nur, wie sich die Projektion langsam auf meiner Handfläche verzerrte.

»Dir scheint unsere kleine 3D-Grafik zu gefallen!«, sagte eine Stimme hinter mir.

Ich zuckte die Hand zurück, als hätte ich mich verbrannt. Hinter mir stand ein Mann. Seine langen, dunkelblonden Haare waren zu einem Pferdeschwanz zusammengebunden und er sah nicht älter aus als vielleicht dreißig. Jünger, viel jünger als Karl jedenfalls, und der war Mitte vierzig.

»Entschuldigung!«, murmelte ich schnell und starrte auf meine Handflächen.

»Nicht dafür. Ich freue mich, wenn du Interesse an meinem

kleinen Spielzeug zeigst. Es ist eine der neuesten Erfindungen der SEA und wird hier ausprobiert. Ich finde sie weit besser als diese zweidimensionalen Monitore, auf denen die Menschen nur als kleine flache Punkte zu sehen sind. Sehr praktisch übrigens, wenn man mal jemanden sucht.«

Ich nickte und fragte mich, ob ich Platz nehmen sollte. Aber der Mann – Grünwald höchstwahrscheinlich, aber so jung? – machte selbst keine Anstalten, sich auf seinen Schreibtischstuhl zu setzen. Also blieb ich auch stehen.

»Und was bedeuten die Zahlen?«

»Oh, das sind die Noten! Jeder hat über sich eine Zahlenkombination, in der aufgeschlüsselt wird, auf welcher Gesamtnote er steht.«

»Aber die Lehrer haben auch Zahlen!«

»Ja, es gibt eine kurze Umfrage nach jeder gehaltenen Stunde über die Qualität des Unterrichts. So werden auch die Lehrer bewertet. Aber glaube nicht, dass es hier um Geheimwissen geht! Jeder kann jederzeit die Noten des anderen sehen! Auch die der Lehrer.« Ich starrte auf einen kleinen, rundlichen Mann, der ein Klassenzimmer verließ und dessen Zahl gerade um drei Punkte nach oben schnellte.

»So haben wir eine dauernde Qualitätskontrolle!«

»Es erinnert mich an ein Aquarium!«, entfuhr es mir. Mist! Ob das so klug war?

Doch Grünwald lachte. »Sehr gut, Ben! Ein Aquarium, ein Aquarium mit Menschen. Und was wir hier haben, sind unsere wunderbaren Zierfische!«

Er lachte über seinen Witz, bevor er mit dem Finger auf ein Klassenzimmer im dritten Stock zeigte. Es wurde etwas heller und die Schüler bekamen schärfere Konturen. Ich konnte Lennart sehen, der das Klassenzimmer gerade unbeholfen betreten hatte und von einem schmalen Jungen mit einer altmodischen Brille begrüßt wurde.

Grünwald verschränkte die Arme. »Das ist deine Klasse, Ben. Unter 47. 354 Jugendlichen in Berlin-Brandenburg haben wir dieses Jahr zwanzig ausgewählt. Die besten ihrer Schulen, die besten ihrer Bezirke. Wir haben eure Sozialnoten, eure Schulnoten, eure Disziplinarnoten miteinander verglichen. Und dann haben wir noch etwas verrechnet …«

Grünwald machte eine Pause, sah mich an und rieb sich dann die Hände. Etwas schien ihm diebische Freude zu bereiten.

»Alle, die hier sind, sind nicht nur gut. Das wäre zu einfach! Schulnoten, Sozialnoten, Disziplinarnoten ...« Er winkte ab. »Alles ein alter Hut. Was du hier findest, sind *Originale*! Wir haben errechnet, wann jemand etwas Geniales und Ungewöhnliches vollbringen kann. Das ist eine neue Form der Filterung: der Algorithmus für das Genie!«

Grünwald sah auf das Hologramm hinunter. Dann warf er einen Seitenblick auf mich und klopfte mir auf die Schulter.

»Na, jetzt weißt du zumindest, was ich von dir erwarte!«

Ich begann zu schwitzen und sah auf die Zahlen, die den winzigen Schülern zugeordnet waren. Über meinem Kopf schwebte noch keine. Ich war scheinbar noch nicht eingespeist. Was, wenn sie jemals herausfinden würden, dass ich zu Unrecht hier war? Dass ich betrogen hatte und gar nicht so schlau oder originell oder was der Teufel war, wie sie sich das dachten?

Ich fühlte eine Welle der Übelkeit in mir aufsteigen. Grünwald schaffte es nun endlich, sich vom Anblick seines Gebäudes loszureißen. Er wandte sich mir zu, und ich bemerkte, dass er doch ein paar Falten um die Augen herum hatte.

»Wir haben Ja zu dir gesagt. Sag du nun Ja zu uns!«

»Das werde ich«, stammelte ich.

»Dann geh jetzt auf dein Zimmer, Ben! Wir füttern inzwischen deinen Slave mit den wichtigsten Infos und Programmen.«

Irgendetwas in meinem Magen zog sich zusammen, und ich konnte nicht verhindern, dass ich rot wurde. »Ich … ich habe keinen Slave mehr.«

Grünwald kniff die Augen zusammen – einen schrecklichen Moment lang –, dann lächelte er. »Oh ja, natürlich, ich vergaß. Sobald du in deinem Zimmer bist, wirst du wieder einen haben.«

Er zwinkerte mir zu und ich fand mich kurz darauf mit meinem Koffer in dem sonnendurchfluteten Gang wieder. Ich wusste nicht mehr, wie ich aus dem Zimmer gekommen war, so stark hatte mein Herz geklopft und mein Gehirn vernebelt. Und dann, als ich im Aufzug stand, der ohne das geringste Ruckeln nach unten fuhr, sah ich für einen Moment mich selbst in Grünwalds Hologramm: einen kleinen Fisch in einem riesigen Aquarium.

TAIFUN

Das Zimmer, das ich bewohnen sollte, war vielleicht halb so groß wie meins zu Hause und bestand aus einer langen, makellos weißen Wand, die mit einem Stoff bezogen war, den ich noch nie zuvor gesehen hatte und der sich anders anfühlte als normale Tapeten. Außerdem gab es ein Bett mit einer leuchtend blauen Tagesdecke und einen Holzschrank mit vielen unterschiedlichen Fächern. Der Schreibtisch war aus Glas und sah sehr sauber aus. Später sollte ich erfahren, dass er mit einer Schmutz abweisenden Schicht überzogen war, die verhinderte, dass auch nur das kleinste Staubkorn auf ihm kleben blieb. Ein großes Fenster führte zum Park. Linker Hand konnte ich eine Glaskuppel sehen, vor der sich eine große Terrasse mit Gitterstühlen erstreckte, auf denen sich meine künftigen Mitschüler in der Sonne lümmelten und sich unterhielten.
Ich überlegte mir, ob wirklich alle Genies waren, wie Grünwald mir das erklärt hatte. Sie sahen eigentlich ganz normal aus. Ein Mädchen fiel mir auf. Sie hatte langes hellbraunes Haar, Grübchen in den Wangen und lachte laut. Dabei stand sie mit ihren Freundinnen in einem Kreis. Schade, wenn ihr Lachen nicht so laut gewesen wäre, hätte sie mir sogar gefallen. Als ob sie meine Gedanken erraten hätte, blickte sie kurz nach oben. Ich zog den Kopf augenblicklich vom Fenster weg. Hatte sie mich gesehen?

Schnell ging ich zurück zu meinem schwarzen Koffer und begann auszupacken. Außer der Kleidung, meinen Medikamenten, dem Sportzeug und meinem Reader hatte ich nichts dabei. Ich schichtete alles in den Schrank wie ein Roboter, während meine Gedanken mit ganz anderen Dingen beschäftigt waren. Ich gehörte jetzt zur Akademie. Ich hatte mir meinen Platz erschummelt und steckte nun zwischen lauter Genies, die früher oder später durchschauen würden, was für einen Idioten sie da vor sich hatten. Mein E-brace war kaputt und mein Slave vernichtet, weil mir irgendeine Figur in einem komischen Computerspiel dazu geraten hatte. Ich besaß nicht einmal ein Foto meiner Familie. Ich hatte es einfach vergessen. Durch Sakars Verschwinden, die Nachricht von der SEA, das Packen und die Herfahrt war mir bisher keine Zeit geblieben, über irgendetwas nachzudenken. Aber ich wusste: Sobald ich aufhören würde, beschäftigt zu sein, würde sich ein beunruhigend großes Loch in mir aufreißen. Ich vermisste mein Zimmer zu Hause, mein Hochbett. Ich vermisste die hohen Wände, Karls Schnarchen und Louises Geplapper. Und – ich vermisste Sakar. Was für ein Blödsinn. Es war besser, über all das nicht nachzudenken. Es einfach auszublenden.

Gerade als ich mein Asthmaspray in die mittlere Schrankschublade räumte, spürte ich ein leichtes Vibrieren am E-brace und der Monitor leuchtete grün. Ich zuckte zusammen. Wie konnte das sein? Es war doch kaputt! Wie gewohnt zeichnete ich einen Kreis und tippte mit dem Finger in dessen Mitte. Tatsächlich tauchte aus dem Monitor langsam die 3D-Grafik einer Figur auf.

»Sakar!«

Ich war so verblüfft, dass ich mit offenem Mund zusah, wie Sakar sich leicht verbeugte. Er verbeugte sich?!

»Hallo Ben, wie geht es dir?« Das hatte er mich noch nie gefragt.

»Ich hoffe, du verzeihst mir, dass ich für die Rekonstruktion der Daten etwas länger brauche.«

»Nein, äh … ja«, stammelte ich. Ich – ihm verzeihen?

»Ein kleiner Datenausfall hat leider ein paar Informationen gelöscht. Ich werde gerade wieder neu geladen, aber wenn du möchtest, dass ich in der Zwischenzeit etwas für dich tue, dann stehe ich dir jederzeit zur Verfügung.«

Er sah beflissen zu mir hoch. Der Gesichtsausdruck war so ungewöhnlich für Sakar, dass ich fast angefangen hätte zu lachen. Aber nur fast. Ich starrte die Figur an. Sie sah aus wie Sakar. Sie hatte den gleichen zerknitterten schwarzen Anzug an und statt eines Taschentuchs steckte die Sonnenbrille in der rechten Reverstasche. Nur sein Blick – sofern man das bei einer Grafik sagen konnte – war anders. Sakar, der Sakar, den ich kannte, hätte mich nie so angesehen.

»Du bist nicht tot?«, murmelte ich schließlich. (Ja, ich weiß, es war eine ziemlich dämliche Frage.)

Sakar, oder das, was so aussah wie Sakar, setzte seinen in sich gekehrten Blick auf und brauchte ziemlich lange für eine Antwort.

»Ich kann keine Daten für ein derartiges Ereignis finden.«

Er hatte also alles vergessen? Oder tat er nur so und würde gleich einen kleinen makaberen Sakar-Witz reißen? Ich wartete eine Weile, doch Sakar blickte mich nur weiter ernst an.

»Bis heute Abend habe ich auch alle Stundenpläne der Akademie aufgeladen. Der Umgebungsplan ist schon gespeichert und die Unterrichtsmaterialien stehen mir auch zur Verfügung.«

»Okay!« Ich überlegte kurz. »Äh, kannst du mir vielleicht einen Witz erzählen?«

Sakar sah mich verwirrt an. »Wenn du möchtest, kann ich noch eine Humorfunktion draufladen?«, schlug er vor.

»Hm«, sagte ich.

»Soll ich das als Zustimmung werten?« Sakar lächelte wieder eifrig.

»Ich weiß nicht. Hast du vielleicht ein Foto von meiner Mutter, Karl und Louise?«

Sakar zog die Sonnenbrille aus seiner Jackentasche und setzte sie auf.

»Was hältst du davon?«

Auf der großen weißen Wand mit der merkwürdigen Tapete war nun plötzlich ein riesiges Bild zu sehen. Es musste von der Kamera am Eingang aufgenommen worden sein und zeigte, wie mich meine Mutter zum Abschied umarmte. Daneben stand Karl mit seinem verstrubbelten Bart und hinten konnte man unser verbeultes Auto sehen.

In diesem Moment klopfte es an der Tür. Ich suchte kurz, drückte dann auf einen Schalter und die Tür schob sich geräuschlos zur Seite.

Draußen stand das Mädchen mit den langen hellbraunen Haaren.

Oh nein! Wollte sie mit mir sprechen, weil ich sie so angestarrt hatte? Wäre es mir möglich gewesen, ich hätte mich am liebsten hinter dem Schrank verkrochen.

»Das ist Zoe«, erklärte Sakar, bevor noch einer von uns beiden etwas sagen konnte. »Du wirst ab morgen mit ihr in eine Klasse gehen.«

Das machte das Ganze nicht besser, wirklich nicht!

»Äh … toll!«, stammelte ich.

Sie sah mich an und lächelte. Wobei ich das Gefühl hatte, dass sie eher durch mich durch sah und auf die große Fotowand blickte, wo mich meine Mutter mit ihrer Umarmung fast erdrückte.

Dann warf sie einen Blick auf Sakar.

»Interessanter Slave!«

»Oh, tja ... danke!«, war alles, was ich herausbrachte.

»Grünwald, also Professor Grünwald hat gesagt, ich soll dich ein bisschen herumführen!«

»Oh, ach so, ja. Okay!«

Ich brachte tatsächlich so etwas wie ein Lächeln zustande. Dabei klopfte mein Herz wie wild. Wieso tat es das eigentlich? Und wieso war ich nur so ein Idiot? Als ich auf den Gang trat, wusste ich noch nicht einmal, wie ich die Tür schließen sollte. Sie schloss sich von selbst, stellte ich mit einem nervösen Blick nach hinten fest.

»Also, ich bin Ben«, sagte ich schließlich.

»Ich weiß!« Zoe federte neben mir her. Anders kann ich ihren Gang nicht beschreiben. Als hätte sie Sprungfedern in ihren Turnschuhen eingebaut. Ich hatte Mühe, mit ihr Schritt zu halten. Dabei sprach sie die ganze Zeit, wobei ich das seltsame Gefühl nicht loswurde, dass sie mich gar nicht meinte.

»Ben, du wirst dich schnell eingewöhnen! Die Stimmung ist fantastisch, gerade in unserer Klasse. Ich bin so *un-glaub-lich* froh, dass ich hier bin. Es ist so eine tolle Chance!«

Ich folgte ihr zum Aufzug, der, unten angekommen, uns direkt im Park ausspuckte.

»Hast du dir schon überlegt, in welchen Sportgruppen du mitmachen willst?«

»Um ehrlich zu sein, nein!«

Zoe zog die schmalen Augenbrauen hoch. »Du solltest das aber schnell tun. Schon allein wegen deiner Sozialnote!«

Ich lief neben ihr den Park entlang. Die alten Bäume über uns warfen gefleckte Schatten auf den Kies, der unter unseren Schuhen knirschte.

»Ich zum Beispiel bin in Beachvolleyball und Hockey.«

»Hm.«

»Das sind Mannschaftssportarten, in denen du deine Sozialkompetenz schulen kannst.«

»Das klingt ja wie aus einer dieser grauenhaften Broschüren«, sagte ich.

Zoe blieb für einen Moment stehen und fixierte mich. »Es *ist* aus einer Broschüre. *Die Akademie und ihre Einrichtungen*, Seite 4 oben.«

»Du machst Witze!«

Zoe schüttelte den Kopf. »Ich mache nie Witze! Ich habe sie selbst geschrieben.«

Ich sah sie aus den Augenwinkeln an. Ja, sie meinte es tatsächlich ernst.

Vielleicht sollte ich lieber das Thema wechseln.

»Und sagen wir mal, wenn ich lieber einen Sport alleine machen würde? Also, hm … Bogenschießen zum Beispiel?«

Zoe sah mich knapp an. »Alleine? Das ist nicht vorgesehen.«

Hatte ich sie aus dem Konzept gebracht? Nein, schade! Sie federte schon weiter zu dem Glasbau, der nun hinter den Bäumen auftauchte.

»Und das hier ist die Mensa.«

Die Mensa, das musste ich zugeben, sah wirklich gut aus. Unter einer hohen Glaskuppel leuchteten rote Tische und Stühle hervor. Dazwischen standen große Monitore mit abstrakten Bildern, die alle zehn Sekunden wechselten. Ich dachte an den Keller mit den traurigen Resopaltischen in meiner alten Schule. Und an den Geruch nach aufgetautem Gemüse.

Hier roch alles gut, und ich spürte, wie sich mein Magen hungrig zusammenzog.

»Du kannst nach der Führung hier essen«, schlug Zoe vor. Es gibt ein Fleisch-, ein vegetarisches und ein veganes Menü.«

»Also, ich esse eigentlich alles«, sagte ich langsam.

»Du solltest dir das in Zukunft überlegen. Du musst Vorlieben entwickeln und damit deine Persönlichkeit schärfen.«

»Ist das auch aus der Broschüre?«

Zoe zuckte zusammen.

»Moment, ich habe einen Anruf! Du entschuldigst!« Sie drehte sich leicht von mir weg und hielt ihr Handgelenk mit dem E-brace ans Ohr.

»Wow, Lilli! Wie toll. Ich freu mich total für dich! ... TaiFun wird das posten. Ganz klar!«

Sie drehte sich zu mir. »Meine Freundin Lilli hat den Erfinder-Contest gewonnen! Ist das nicht cool?«

Ich zuckte mit den Achseln und überlegte mir gerade eine zustimmende Antwort. Doch bevor ich etwas erwidern konnte, tippte Zoe auf ihr E-brace und ihr Slave erschien. Oh Gott! Es war tatsächlich eine Nachbildung von TaiFun, der Sängerin. Sie trug ein glitzerndes lila Kleid und hatte ihre pechschwarzen Haare zu einem komischen Turm aufgeschichtet, in dem sich silberne Schmetterlinge versteckt hielten, die zu mir herüberflatterten. Sie musste ein Vermögen gekostet haben. Star-Slaves kosten immer ein Vermögen.

»Hi Süße, kannst du überall verbreiten, dass Lilli den Erfinder-Contest gewonnen hat?«, befahl Zoe.

»Großartig!!« TaiFun drehte sich einmal um ihre Achse und klatschte dann in die zierlichen Hände. »Ich poste es und sag den anderen Slaves, sie sollen das auch tun.« Dabei blickte sie Sakar aufmunternd an.

Der nahm seine Sonnenbrille ab. »Ich bin begeistert, einen TaiFun-Slave kennenzulernen. Mein Name ist übrigens Sakar.«

Als er geendet hatte, sah ich ihn kurz an und erwartete, dass er mir zuzwinkerte. Das tat er aber nicht. Er meinte es doch nicht etwa ernst?

»Hey, willst du noch lange hier herumstehen oder kommst du mit?« Zoe stupste mich an und ging auf einen schrägen Betonbau zu, in dem die Turnhallen untergebracht waren. Auf dem Weg begrüßte sie fünf ihrer Freundinnen und telefonierte noch mit mindestens drei weiteren, während TaiFun nach allen Seiten hin Kusshände verteilte.

In der kurzen Zeit zwischen den Begrüßungen und den Telefonaten zeigte Zoe mir die Turnhallen, die Tennisplätze, den Beachvolleyball-Platz, die große Aula, die Solaranlagen und den angrenzenden See mit einem kleinen Park. Alles war »perfekt«, »super«, »cool« oder sonst wie »kolossal«, »großartig« oder einfach nur »umwerfend«.

Ich stolperte hinter ihr her und sah im Gegenlicht ihre perfekt geformte Silhouette vor mir. Hatte ich sie wirklich vor einer halben Stunde noch interessant gefunden?

Und waren alle anderen hier auch so wie sie?

Am Ende des Rundgangs standen wir wieder auf dem Kiesweg unter einem großen Baum. Die Mensa begann sich zu leeren und meine Mitschüler liefen einzeln oder in Gruppen an mir vorbei. Manche musterten mich neugierig, doch die meisten waren viel zu beschäftigt damit, ihren Slaves Aufträge zu erteilen, sodass sie mich gar nicht weiter beachteten.

»Du musst mir jetzt eine Bewertung geben!«, erklärte Zoe.

Ich starrte sie an. »Eine Bewertung?«

Zoe nickte. »Ich brauche das für meine Sozialnote.«

Ich kratzte mich am Kopf. »Also, wie soll ich sagen, es war alles kolossal, großartig und gigantisch. Also, deine Führung, meine ich.«

»Okay«, sagte Zoe und ihr Lächeln verschwand. »Ich brauche aber eine Note.«

»Du meinst so von 1 bis 20?«

Zoe blickte jetzt ungeduldig auf ihr E-brace. »Genau das.«

Irgendetwas an ihrer Stimme ärgerte mich.

»Hör zu, wenn du es wirklich wissen willst: Ich finde TaiFun grauenhaft; ich hasse Sport, weil ich davon vielleicht einen Asthmaanfall bekomme, und ich kann es einfach nicht ausstehen, mich für etwas zu begeistern. Aber ich gebe dir gerne die volle Punktzahl. Die Führung war – vorbildlich!«

Sie blickte mich kurz an. Ihre grauen Augen sahen mir zum ersten Mal direkt ins Gesicht.

Sie waren wirklich ziemlich hübsch. Ich spürte, wie ich rot wurde. Oh nein! Wie peinlich. Was mich allerdings noch mehr verwirrte, war ihr Blick. Er war nicht verärgert, wie ich vermutet hatte, sondern eher – neugierig. Doch das dauerte nur einen Wimpernschlag. Dann setzte sie wieder ihr professionelles Lächeln auf.

»Es wäre wirklich fantastisch, wenn du die Bewertung eingeben würdest. Danke, Ben! Großartig! Wir sehen uns!« Sie drehte sich um und war kurz darauf mit schnellen Federschritten auf dem Kiesweg verschwunden.

SEA

Es sollte lange dauern, bis ich Zoe alleine wiedersah. »Unter vier Augen« wollte ich schon schreiben, aber das ist natürlich angesichts der vielen Kameras hier völlig idiotisch. Aber ich traf Zoe jeden Tag unter hundert Augen im Klassenzimmer. Sie saß drei Reihen hinter mir neben Leonore, ihrer besten Freundin, einer kleinen, unscheinbaren Streberin, die Zoe in allem bewunderte. Zoe war *natürlich* Klassensprecherin. Und *natürlich* war sie Klassenbeste, *natürlich* hatte sie die beste Sozialnote und *natürlich* war sie die beste Sportlerin der Klasse. Heimlich nannte ich sie *Die Pest*. Das sagte ich natürlich nicht laut, denn alles, was wir sprachen, wurde irgendwo gespeichert und unfaires Betragen mit einer schlechten Sozialnote bestraft.

Und diese Sozialnote war Thema bei den wöchentlichen Sitzungen der Schulpsychologin, Frau Galischka, die uns bestimmte Aufzeichnungen aus dem Klassenzimmer vorspielte und mit uns über unser Verhalten sprach. Ich hasste diese Nachmittage in Frau Galischkas kleinem Büro mit dem großen Monitor und der Schüssel mit veganen Haferplätzchen. Ich sah mich selbst im Klassenzimmer sitzen und Löcher in die Luft starren. War dieser klein gewachsene Junge mit der schlechten Haltung wirklich ich? Es musste wohl ich sein, denn niemand sonst trug so hässliche Turnschuhe.

Ich kaute an meinem Plätzchen herum und versuchte Frau Galischka zu erklären, warum ich nicht mehr aus mir herausgehen konnte. Frau Galischka sah so aus, als hätte ihr einmal ein Vampir alle Farbe ausgesaugt und eine ehemals bunte Frau Galischka nun mit weißen Haaren, heller Haut, einem grauen Pullover und wasserblauen Augen zurückgelassen, aus denen sie mich besorgt musterte. Sie goss sich übel riechenden Tee aus einer Thermoskanne in eine große Tasse und tippte ab und zu ein paar Notizen in ihren Laptop, neben dem ihr Slave lehnte, der aussah wie einer dieser Folksänger, die seit mindestens hundert Jahren tot sind.

Wohl um meine sozialen Fähigkeiten zu schulen, setzte man mich neben Lennart, der bisher ganz allein in der vordersten Bank gesessen hatte und nun nicht gerade begeistert davon war, einen Nachbarn zu haben. Er sah neben mir aus wie ein Hüne. Ein ziemlich schweigsamer Hüne, der eine Art Dauerschnupfen zu haben schien und sich ständig in eines seiner großen, grauen Baumwolltaschentücher schnäuzte. Es dauerte ungefähr eine Woche, bevor er mir zum ersten Mal länger in die Augen sah, und ich überlegte mir schon, ob das an mir lag. Doch zu meiner Erleichterung bemerkte ich, dass er niemandem länger in die Augen sah. Am liebsten beschäftigte er sich mit seinem Slave, einem Würfel ohne menschliche Züge, der eine tiefe weibliche Stimme hatte und sich beim Sprechen mit immer neuen geometrischen Mustern überzog.

Zoe ließ keine Gelegenheit aus, Lennart hochzunehmen. Wie träge er doch war! Wie unsportlich und wie wenig er sich mit den anderen abgab! Doch Zoes Spott schien Lennart so wenig zu berühren wie ein Gewitter einen großen Berg. Er saß da mit seinem Würfel-Slave neben sich und besprach Zahlen, während Zoes Bemerkungen folgenlos über ihm abregneten.

Es gab nur einen einzigen Menschen, zu dem Lennart Kontakt suchte, und das war Jonas. Jonas war schmal, groß und trug eine Brille. Eine Brille! Das kannte ich bisher nur von alten Leuten oder von Fotos. Jonas' Brille hatte auch noch ungewöhnlich dicke Gläser, sodass seine Augen ganz klein dahinter aussahen. Seine Klamotten wirkten schäbig, und sein Slave war ein ungemein billiges Serienprodukt namens Triops, ein Roboter mit einer mechanischen Stimme und eckigen Gesten. Triops ruckelte fast bei jeder Bewegung, und ihm gerieten öfter die Emotionen durcheinander, sodass er mit freundlicher Stimme sprach, aber dabei wütend aussah oder – und das war etwas, was ihn ziemlich unheimlich machte – böse fluchte und dabei freundlich lächelte.

Ich mochte Jonas sofort. Und das lag nicht nur daran, dass er Zoe nicht ausstehen konnte, wie ich schnell bemerkte. Sobald Zoe Lennart angriff, stellte sich Jonas schützend vor seinen riesigen Freund. Er war auch der Einzige, der Zoes Bemerkungen parieren konnte. Seine mickrigen Augen blitzten dann vergnügt hinter den Brillengläsern hervor und die Klasse konnte sich auf ein längeres Wortgefecht zwischen den beiden freuen.

Warum Zoe trotzdem die besseren Sozialnoten bekam, war mir ein Rätsel. Vielleicht würde Frau Galischka es eines Tages für mich lösen.

Das waren sie also, Grünwalds Genies, unter denen ich mich gar nicht so unwohl fühlte. Nein, ganz im Gegenteil, zum ersten Mal hatte ich das Gefühl, *nicht* komisch oder anders zu sein, da die anderen – jeder für sich – noch seltsamer wirkten. Ich fragte mich, welches Programm Grünwald erfunden haben mochte, das uns aussuchte, und vor allem nach welchen Kriterien sie mich herausgefischt hatten.

Und während ich also tapfer versuchte, unter meinen neuen

Mitschülern meine miese Sozialnote zu verbessern, beobachtete ich Sakar oder das, was sich jetzt Sakar nannte. Dummerweise hatte er sich tatsächlich eine Humorfunktion heruntergeladen und erzählte nun am laufenden Band Witze, für die der alte Sakar nur ein müdes Lächeln übrig gehabt hätte. Tatsächlich hatte er auch alles über mich vergessen. Wie der pixelige Jan in dem Computerspiel vorausgesagt hatte, waren die meisten Daten über mich gelöscht. Ich musste Sakar also alles neu erzählen und er wollte lächerliche Dinge von mir wissen. Zum Beispiel welche Songs ich gerne mochte oder was für Filme ich gerne ansah. Ich war ein unbeschriebenes Blatt, denn dieser neue Sakar besaß auch keine Aufzeichnungen meiner Vergangenheit, und ich musste mich bei vielen Dingen auf mein eigenes Gedächtnis verlassen, was mich wirklich nervös machte.

Am meisten vermisste ich allerdings das Kameraprogramm, von dem Sakar 2 nicht die geringste Ahnung hatte. Ich konnte niemanden mehr beobachten, und gerade jetzt hätte es mir großen Spaß gemacht zu sehen, was Lennart so trieb oder Jonas oder auch Zoe. Ach ja. Und ab und zu hätte ich auch gerne bei mir zu Hause vorbeigeschaut und wissen wollen, ob sie mich denn genauso vermissten wie ich sie.

Nachts träumte ich von der Grimmstraße und dem alten Sakar. Ich überlegte mir, wann und auf welchem Weg mich die *Falschen Freunde* kontaktieren würden. »Hab Geduld!«, sprach Jan in meinen Träumen und Sakar sah mich mit einem traurigen Lächeln an. Ich war froh, dass niemand meine Träume sehen konnte, und hoffte, dass ich nicht laut im Schlaf sprach. Aber darauf hätte mich sicher Frau Galischka bei unserem wöchentlichen Plätzchenessen aufmerksam gemacht.

Doch nichts geschah. Ich hörte und sah nichts von den *Fal-*

schen Freunden, bis eines Tages etwas in einer Unterrichtsstunde passierte. Es war Mittwoch und wir hatten Netzgeschichte bei Grünwald persönlich.

»Wer weiß, was der grundlegende Unterschied zwischen dem alten Internet und der SEA ist?« Grünwald sah sich um. Er trug Jeans, ein weißes Hemd, hatte diesmal seine Haare zu einem Zopf geflochten und lehnte sich gegen ein Stehpult. Eigentlich sah er weniger wie ein Schulleiter als wie ein Referendar aus.

»Nun, Lennart?«

Lennart zuckte zusammen und starrte vor sich hin, ohne den Kopf zu heben.

»Es gab irgendwann zu viel Traffic im Internet. Zu viel Werbung, zu viel Datenaustausch.«

Grünwald setzte sich auf die leere Bank in der ersten Reihe und ließ die Beine baumeln.

»Ja, das ist richtig. Mit der SEA hat es die Firma Logos geschafft, ein eigenes Netzwerk aufzubauen und sich damit unabhängig vom alten Internet zu machen.«

Zoe hob ihren Arm und meldete sich ungeduldig. »Die Idee, dass Inhalte nichts kosten, hat zum Ruin des Internets geführt.«

Kling! Im Geiste sah ich die Zahl über ihrem Kopf um mindestens zwei Punkte hochschnellen.

Grünwald nickte. »Und vielleicht kannst du uns auch verraten, was SEA bedeutet?«

»SEA ist die Abkürzung für *Social European Advanced Network*. Man hat aber das N in der Abkürzung weggelassen«, erklärte Zoe eifrig.

Das gab bestimmt wieder einen Punkt mehr.

»Und weiß auch jemand, warum das N weggelassen wurde?« Grünwald sah sich in der Klasse um und bemühte sich, Zoes ausgestreckten Arm zu übersehen.

»Die SEA ist natürlich das Meer!«, rief Jonas. Er hatte sich nicht gemeldet, sondern saß in der letzten Reihe, den Stuhl gekippt und gegen die Wand gelehnt. »Mit Abkürzungen können die wenigsten Menschen etwas anfangen. Es muss ein Begriff sein, unter dem sie sich etwas vorstellen können. So wie früher das *Netz.*«

Also, für euch erkläre ich das noch mal mit meinen eigenen Worten. Kann ja sein, dass ihr keine Netzgeschichte mehr habt oder so. Früher gab es das Internet. Das war sozusagen der Anfang des Datenverkehrs. Nur irgendwann war das Internet verstopft. Man wurde pausenlos mit Datenmüll beschossen, und wenn man sich eine Website (so hieß das) ansehen wollte, dann dauerte es ewig, bis sie sich aufbaute. Es gibt das Internet immer noch, aber es wird kaum mehr benutzt. Wer schnell auf Daten zugreifen will, geht in die SEA. Der Unterschied ist so, als ob man mit der Magnetbahn irgendwo hinfährt oder müheselig zu Fuß geht. Aber hört euch einfach Grünwald weiter an.

Grünwald lächelte. »Jetzt sind wir aber nicht mehr allein. Wir sind *immer* und mit jedem Atemzug mit den anderen verbunden, weil wir in der SEA sind! Sie ist selbstverständlich und unendlich. Jeden Tag, jede Sekunde kommen neue Daten hinzu. Wir bewegen uns in einer flüssigen Zeit. Wir haben Zugriff auf unsere Vergangenheit. Sie ist besser und präziser abgespeichert, als unser Gedächtnis das je erlauben würde. Wir haben Zugriff auf die Gegenwart. Und wir können mit der Wahrscheinlichkeitsrechnung die Zukunft vorhersehen.« Grünwald machte eine kleine Pause. Er schien selbst ganz begeistert von seiner Rede. Dann hatte er wieder diesen leicht ironischen Blick, der mir schon ganz am Anfang an ihm aufgefallen war. »Früher gab es noch diese Trennung zwischen der echten und der virtuellen Welt. Doch die ist aufgehoben. Keiner kann heute mehr ohne die virtuelle Welt existieren.«

»Aber es gibt doch Menschen ohne E-brace!«, warf Jonas ein.

Grünwald lachte.

»Oh ja! Keiner ist verpflichtet, ein E-brace zu tragen. Wir leben ja in keiner Diktatur! Aber seien wir ehrlich: Das Leben ohne E-brace ist äußerst mühsam. Wie zahlt man? Wie fährt man mit den öffentlichen Verkehrsmitteln? Wie öffnet man eine Tür? Wie lädt man sich ein Buch oder die Zeitung herunter?

Grünwald seufzte. »Natürlich ist das alles möglich, aber zu welchem Preis? Auch jemand, der es gar nicht sein will, ist natürlich Teil der SEA. Nur hat er dummerweise nicht einmal mehr die Möglichkeit mitzubestimmen.«

»Aber ist es nicht auch ein Menschenrecht, in Ruhe gelassen zu werden?«, fragte Jonas plötzlich.

Zoe räusperte sich plötzlich sehr laut. »Ich glaube nicht, dass wir über so was Absurdes diskutieren müssen«, warf sie hastig ein.

Wow, sie hatte das getan, ohne sich zu melden!

Grünwald hob beschwichtigend die Hand.

»Im Gegenteil, ich glaube, das wird sehr interessant. *Gibt es das Recht, sich zu verstecken?* Ich stelle einfach mal die Gegenfrage: Gibt es das Recht auf Sicherheit? Welches von beidem würdet ihr höher einschätzen?«

»Das Recht auf Sicherheit natürlich«, erklärte Zoe.

»Die Frage ist immer, wem es nutzt und wem es schadet.« Grünwald ließ seinen Blick durch die Klasse schweifen. »Wer nichts zu verbergen hat, dem schadet es ja nicht, wenn seine Daten gespeichert werden. Auf der anderen Seite: Ihr kennt die Statistiken! Wir haben sie uns dieses Jahr schon angesehen. In allen komplett überwachten Städten gibt es einen Rückgang der Verbrechen um über 80 Prozent. Wisst ihr, mit welcher Angst die Menschen früher auf die Straße gegangen sind? Es gab Überfälle und Vergewaltigungen, Schlägereien und ja … auch Terroranschläge.«

»Aber hat nicht jeder etwas zu verbergen?«, sagte Jonas leise.

Ich spürte, wie jeder in der Klasse die Luft anhielt.

»Wie meinst du das?«, fragte Grünwald.

Jonas schob seine Brille zurecht.

»Ich meine, hat nicht jeder geheime Gedanken? Wünsche, die er nicht auszusprechen wagt? Die Lust, einmal etwas Blödsinniges zu tun, nur weil man es eben tun will?«

Die Stille in der Klasse war nun greifbar.

Grünwald fixierte Jonas und verzog dann das Gesicht zu einem breiten Grinsen.

»Gut, dass du das sagst! Genau um diese Dinge geht es! Natürlich hat jeder Geheimnisse. Dinge, die er keinem erzählen will, Sachen, für die er sich schämt!«

Für einen Moment hatte ich das Gefühl, dass Grünwald mich direkt angesehen hatte. Aber vielleicht ging das allen so.

»Aber würde es uns allen ohne Geheimnisse nicht besser gehen? Wäre alles nicht viel einfacher, wenn wir einander von unseren Geheimnissen erzählen würden?«

»Und was passiert, wenn man das nicht will?« Jonas hatte sich zurückgelehnt und die Hände hinter dem Kopf verschränkt.

»Suchst du nach Schlupflöchern, Jonas?«, fragte Grünwald amüsiert.

Jonas nickte. »Vielleicht brauche ich einmal eines!« Er sagte es mit einem lässigen Lächeln.

Schlupflöcher, Loops! Mein Herz begann zu klopfen.

Zoes Arm schnellte hoch und sie drehte sich zu Jonas um. »Ich finde es nicht gut, dass du hier provozieren willst!« Sie sagte es freundlich, aber gefährlich leise. »Außerdem ist mir noch etwas zu den Unterschieden eingefallen.« Der Satz kam eine Spur zu laut.

»Die … Unterschiede?« Grünwald sah Zoe verwirrt an.

»Zwischen der SEA und dem Internet.«

»Ach so, ja natürlich. Also … Zoe!«

»Im Internet gab es keine Slaves.«

Grünwald nickte. »Oh ja, unsere Slaves.«

In diesem Moment ertönte die Glocke.

Grünwald verdrehte die Augen. »Über die Slaves, liebe Freunde, reden wir das nächste Mal!« Er sprang von seinem Tisch und lief mit einem leichten ironischen Winken auf die Klassentür zu. »Viel Spaß beim Versteckspiel, Jonas!«, sagte er noch, bevor sich die automatische Tür hinter ihm schloss.

Ich sah zu Jonas, der in der letzten Bank seinen hässlichen Triops aufrief, um die Note für Grünwald einzugeben. Er sah nicht hoch und schien ganz in sich versunken. Wusste er etwas von den Loops? Gehörte er etwa zu den *Falschen Freunden*? Oder war das nur eine harmlose Frage gewesen, die er gestellt hatte?

DIE SCHEIBE

Es gelang mir den ganzen Tag nicht, Jonas allein zu erwischen. Entweder war er in einer anderen Arbeitsgruppe, oder er saß allein an seinem Platz, sodass ich ihn kaum ansprechen konnte, ohne Verdacht zu erwecken. Erst am Nachmittag bot sich die Gelegenheit. Wir hatten noch eine Stunde Englisch bei Korowski, der zugleich Leiter des Schularchivs war. So farblos Frau Galischka war, so gelb war Korowski. Es ging das Gerücht, dass er in seinem kleinen Archivzimmer im dritten Stock pausenlos Zigaretten rauchte. Keiner kam ihm gerne zu nahe. Er war ein kauziger Einzelgänger und hielt auch zu den anderen Leuten Abstand. Er roch nicht gut, hatte einen vom Nikotin gefärbten, ungepflegten Bart und trug ausschließlich schwarze T-Shirts mit englischen Zitaten. Anscheinend hatte ihm niemand gesagt, dass diese Art T-Shirt schon seit mindestens fünfzig Jahren aus der Mode gekommen war.

O brave new world that has such people in't! konnte man heute über Korowskis Brust unter wirren Bartfransen lesen. Mir war nicht ganz klar, was er damit meinte. Es war jedenfalls von Shakespeare. Sakar hatte es schnell für mich nachgesehen. *Der Sturm*. Irgendwas mit einer Insel.

Ich hatte bereits bemerkt, dass alle Schüler sich einen Spaß daraus machten, Korowskis T-Shirt-Sprüche zu recherchieren.

Wahrscheinlich erfuhren wir dadurch mehr über englische Literatur als durch den Unterricht, der hauptsächlich darin bestand, Gedichte auswendig zu lernen. Was für ein Schwachsinn! Ich meine, ein Slave konnte einem in Sekundenbruchteilen aus jedem Gedicht zitieren, was jemals zu Papier gebracht worden war, wieso bitte sollte man es auswendig lernen? Was für eine gigantische Zeitverschwendung!

Wie jeden Tag blickte Korowski auch heute finster in die Runde. Er erinnerte mich an einen Hund, der jederzeit zubeißen konnte, und jeder – bis auf vielleicht Zoe und Jonas – hatte Angst vor ihm. Zoe, weil sie Klassenbeste war und eigentlich vor nichts Angst zu haben schien, und Jonas, weil er sich komischerweise mit Korowski verstand. Und Korowski schien auch Jonas zu mögen, denn er überzog ihn nie mit jenem bösen beißenden Spott, den er sich für die anderen in der Klasse vorbehielt. Es kam mir so vor, als gäbe es ein geheimes Einverständnis zwischen den beiden. Doch außer mir schien das niemand in der Klasse zu bemerken.

Nachdem Korowski in einer Wolke aus kaltem Zigarettengestank das Klassenzimmer verlassen hatte, wohl um sich wieder rauchend in seinem Archivzimmer zu verkriechen, schalteten alle ihre Slaves an. Während sich Sakar artig verbeugte (woran ich mich nie richtig gewöhnen konnte), sah ich aus den Augenwinkeln, wie Lennart mit seinem Würfel sprach.

»Und, was gibst du Korowski?«, flüsterte ich.

Komischerweise wurde Lennart rot. »Also … äh … 16,73 Punkte. Das … das ist aus vier Bereichen zusammengerechnet. Also die Summe aus dem Vortrag, dem Lehrinhalt, der … der Didaktik und dem T-Shirt.«

»Dem T-Shirt?«

Lennart lächelte mich schüchtern an. »Dem T-Shirt gebe ich über 50 Prozent Gewichtung.«

»Ach so«, sagte ich verständnislos.

»Also …«, Lennart schnäuzte sich in ein riesiges, graues Taschentuch, »… heute habe ich volle Punktzahl im Lehrinhalt gegeben, macht anteilig 31,6 Prozent. Didaktik werte ich auch mit 31,6 Prozent, allerdings gebe ich da nur zwei Drittel, und das macht …«

»Und du rechnest das alles ohne Würfel?«

»Ich … ich rechne das schneller als mein Würfel«, stotterte Lennart.

»Du bist ja auch ein Freak!«, erklärte Zoe. Sie war ohne dass wir es bemerkten hinter uns aufgetaucht, streckte sich und klopfte Lennart gönnerhaft auf die Schulter.

»Und du bist auch ein Freak, Zoe!«, erklärte Jonas, der plötzlich hinter ihr stand.

»Besser ein Freak als ein Idiot«, zischte Zoe und sah Jonas lange an. Täuschte ich mich oder war da noch etwas anderes als Verachtung in ihrem Blick? Es verwirrte mich. Überhaupt verwirrte es mich, Zoe so nah hinter mir zu spüren. Jonas wandte ihr demonstrativ den Rücken zu, und ihr blieb nichts anders übrig, als zum Ausgang zu stürmen.

Lennart nickte Jonas wortlos zu, packte dann seinen Reader und schlurfte, ohne noch einmal aufzusehen, Zoe hinterher.

Ich sah mich um. Auch die anderen hatten das Klassenzimmer verlassen. Jonas und ich waren ganz allein. Das war meine Gelegenheit.

»Jonas, ich wollte dich etwas fragen!«

»Hm.« Jonas rückte sich seine Brille zurecht. Er sah nicht unfreundlich aus, aber auch nicht einladend. Ich überlegte. Eine der Kameras war sicher noch auf uns gerichtet. Und Triops und Sakar standen still und warteten auf Befehle.

»Ich habe dieses Gedicht eben nicht ganz verstanden.« Ich räusperte mich.

»Das mit dem Verbergen … vielleicht kannst du mir das erklären?«

Jonas blickte auf und musterte mich kurz. Dann kratzte er sich am Kopf.

»Ich muss gleich zum Schachclub!«

»Ich kann dich ja begleiten!«

Jonas zuckte mit den Schultern. Er schaltete Triops ab, der mit einem schrillen Pfeifen wieder in seinem E-brace verschwand, und ich nickte Sakar zu, der sich mit einer wortreichen Verabschiedung dematerialisierte.

»Auf Wiedersehen, Jonas, auf Wiedersehen, Ben«, sagte die weibliche Stimme an der Tür, die sich geräuschlos öffnete. Wir traten auf einen langen Gang, an dessen rechter Seite sich die Turnhallen befanden.

Ich blickte mich verstohlen um. Oben neben den Deckenleuchten waren die Kameras. Wo wohl die Mikrofone dazu waren? Als hätte er meine Gedanken erraten, steuerte Jonas auf eine Gruppe Schüler aus den oberen Klassen zu, die gerade vom Sport kamen und sich lautstark unterhielten. Wir verschwanden eine Weile in einem Schwarm von Jungen, die alle einen Kopf größer als wir waren und sich über ein Squam-Match unterhielten. Sollte ich es ihm sagen? Aber wie? Und was?

»Ich habe darüber nachgedacht, was du vorhin gesagt hast«, begann ich vorsichtig.

Jonas sagte nichts. Er sah mich nicht einmal an, sondern starrte stur geradeaus und versuchte sich zwischen den Schülern einen Weg zu bahnen.

»Ich glaube, es gibt eine Möglichkeit, die Kameras zu umgehen«, flüsterte ich schließlich.

Jonas sah mich immer noch nicht an.

»Tatsächlich?«

Ich schluckte. Woher konnte ich wissen, auf welcher Seite er stand?

Ich starrte ihn an. »Man braucht dazu allerdings die richtigen Freunde.«

Jetzt zuckte Jonas leicht zusammen. Er ging ein bisschen schneller, und wir befanden uns zwischen zwei Oberstuflern, die sich gerade spaßhafte Beleidigungen entgegenschleuderten.

»Dieses Gespräch hier ist ziemlich gefährlich. Ich hoffe, dir ist das klar!«, sagte er leise.

»Ist es.«

Jonas schwieg. Aus der Turnhalle neben uns strömten noch mehr Jungen. Sie warfen sich über unsere Köpfe den Squam zu. Einer hatte ihn mit Wasser getränkt, und er klatschte an die Wand neben Jonas, der sich leicht duckte.

»Hör zu! Komm heute um Mitternacht in den Waschraum im zweiten Stock. Sei pünktlich!«

»Aber die Kameras?«

»Sie werden für eine halbe Stunde einen Loop zeigen.«

Ich sah ihn verblüfft an.

»Lächle!«, flüsterte Jonas zwischen den Zähnen hervor.

Ich sah, wie er plötzlich lachte, als hätte ich ihm einen Witz erzählt, und so versuchte ich auch zu lachen und hoffte, dass es nicht allzu gequält aussah.

»Aber wie soll ich aus dem Zimmer kommen, ohne dass mein E-brace Alarm schlägt?«, fragte ich.

»Du nimmst ein MagSlice.«

»Ein was?«

»Eine Scheibe.«

»Was für eine Scheibe?«

»Einen Magneten, den du unter das E-brace schiebst.«

Ich versuchte, nicht allzu erstaunt auszusehen.

»Die Scheibe lässt das E-brace einfrieren und spielt ihm vor, dass du dich trotzdem bewegst. Zugleich bekommst du eine neue Identität. Und die öffnet dir Türen, die sonst verschlossen wären.«

Jonas hatte die Hände in seine Jackentaschen gesteckt. In diesem Moment rempelte ihn ein Schüler an und er stolperte und fiel hin.

»Hey, du Idiot!«

Ich half ihm auf; er nahm meine Hand und drückte sie kurz. Ich musste mich zwingen, ihn nicht direkt anzusehen. Er hatte mir etwas zugesteckt. Es war flach und scharf und hatte die Größe einer Rasierklinge. Mein Herz klopfte laut. Ich atmete tief durch und hoffte, ich würde mich schnell wieder beruhigen. Eine zu schnelle Herzfrequenz würde Sakar auf den Plan rufen. Die Jungs waren nun an uns vorbeigelaufen und wir waren allein im Flur.

»Ich glaube, das bedeutet es«, erklärte Jonas schließlich laut.

»Äh, was?« Ich sah ihn verwirrt an, während ich unauffällig den Gegenstand in die Hosentasche steckte.

Jonas rückte seine Brille zurecht. »Das Gedicht geht davon aus, dass wenn man etwas verbergen will, man es offensichtlich machen muss.«

Er sah mir in die Augen und blinzelte hinter seinen dicken Gläsern.

»Nichts ist so, wie es scheint!«

Ich spürte, wie mein Mund trocken wurde. »Ach so. Ja, ich glaube, ich hab's jetzt kapiert. Danke!«

»Gern geschehen.« Er blickte auf sein E-brace. »Ich muss jetzt aber wirklich los!«

»Okay, bis dann!«

»Wir sehen uns!« Jonas drehte sich um, lief mit langen Schritten bis zum Ende des Ganges und war bald darauf hinter einer spiegelnden Glastür verschwunden.

STROMSCHLAG

Ich weiß nicht, wie ich den Tag zu Ende gebracht habe. Ich kann mich nur erinnern, dass er aus endlosem Warten bestand. Ich versuchte, mich abzulenken und meine wachsende Aufregung zu verbergen. Aber irgendwie kreisten meine Gedanken immer nur um das bevorstehende Treffen. Was würde mir Jonas erzählen? War er tatsächlich ein Mitglied der *Falschen Freunde*? Und gab es eine Aufgabe für mich? Ab und zu griff ich in die Hosentasche, um festzustellen, ob sich darin noch die Scheibe befand. Gab es hier Detektoren, die das Metallstück entdecken konnten? Und sah man mir an, dass ich drauf und dran war, mich an einer Verschwörung zu beteiligen? Klopfte mein Herz schneller? Würde das den neuen Sakar auf den Plan rufen?

Erst später am Abend passierte etwas, was mich für einen kurzen Moment ablenkte. Es war bereits dunkel geworden, und ich war auf dem Weg von der Sporthalle zur Mensa, die in der Abenddämmerung leuchtete. Die Laternen waren noch nicht angegangen, und ich genoss es, ein paar Meter allein und im Freien zurückzulegen. Ich fühlte mich unbeobachtet und zum ersten Mal an diesem Tag konnte ich meinen unbeteiligten Gesichtsausdruck für ein paar Minuten ablegen. Da ließ mich ein Flüstern zusammenzucken.

»Ben!«

Ich drehte mich überrascht um und konnte die Umrisse eines Mädchens erkennen.

Ich trat näher. »Cilly!«

Sie saß im Klassenzimmer ein paar Reihen hinter mir und wir hatten vorher noch nie ein Wort miteinander gewechselt. Jetzt kauerte sie auf dem Grasstück neben dem Kiesweg und krümmte sich, wobei sie ihre rechte Hand eingeknickt hielt.

«Ist alles okay?« Ich ging in die Hocke.

Cilly setzte sich auf. Sie hatte Tränen in den Augen. »Es geht schon. Es … es tut mehr weh, als ich dachte.« Sie fuhr mit der Hand über ihr E-brace und ich konnte rote Streifen zwischen dem Metallring und der Haut sehen.

»Was ist das?«, fragte ich.

Cilly versteckte schnell die Hand hinter ihrem Rücken. »Es ist schon okay!«, murmelte sie.

»Sieht aber gar nicht so aus!«

Cilly sah mich an. Ihre Lippen zitterten, aber sie versuchte zu lächeln.

»Ich … hab den Stromschlag wohl zu heftig eingestellt. So wollte ich das gar nicht!«

Ich blickte sie verständnislos an. »Was für einen Stromschlag?«

»Es ist eine neue Funktion! Desmona, mein Slave, hat sie heruntergeladen.«

Ich spürte, wie mir ein Schauer über den Rücken jagte. »Sie gibt dir einfach einen Stromstoß?«

Cilly schüttelte den Kopf. »Nein, nicht ganz … Ich … habe ihr das vorher befohlen.«

»Aber wieso das denn?«

Jetzt liefen die Tränen über Cillys rundes Gesicht. »Ich schaff es einfach nicht, meine Französischvokabeln zu lernen.«

»Ja und?«

»Du kannst das Programm so einstellen, dass es dich bestraft, wenn du nicht jeden Tag mindestens eine halbe Stunde Vokabeln lernst.«

»Was?«

»Du kannst dich auch bestrafen lassen, wenn du bei einem Test mit deinem Slave weniger als 50 Prozent weißt.«

»Dann bekommst du einen Stromschlag?«

Cilly nickte.

»Okay …«, murmelte ich und sah Cilly an. Sie hatte aufgehört zu zittern. Gott sei Dank!

Mit dem Ärmel wischte sie sich die Tränen weg. »Es ist ein ziemlich praktisches Tool. Du kannst es auch zum Sport verwenden oder wenn du bei einer längeren Hausarbeit nicht weiterkommst.«

»*Wirklich*?« Ich fragte mich, ob sie irgendwie irre war.

»Du gibst einfach in das Programm ein, wie viele Seiten du täglich schreiben willst oder wie lange du trainieren willst, und wenn du es nicht schaffst, dann bekommst du einen Stromstoß«, erklärte Cilly.

»Und das funktioniert?«

Cilly nickte. »Erik hat es so geschafft, einen Marathon zu laufen.«

Ich blickte sie ungläubig an.

»Und … Keilana hat mit der Methode sechs Kilo abgenommen.«

»Hm«, murmelte ich. Wie sollte ich es ihr sagen? »Findest du es nicht irgendwie komisch, dass dich dein Slave mit Stromstößen bestraft?«

Cilly sah verwirrt aus. »Aber das macht ja nicht dein Slave. Du gibst es doch selbst ein. Er … er schlägt es dir ja nur vor.«

»Okay …«

»Ich meine, du hast es ja selbst in der Hand. Und schließlich … du musst es ja nicht machen, oder?«

»Nein, nein …« Ich schüttelte rasch den Kopf.

»Du solltest es vielleicht einfach mal ausprobieren!« Cilly wandte sich zum Gehen und warf mir einen merkwürdigen Blick zu, während sie mit der Hand meine Schulter streifte. »Danke übrigens für deine Hilfe!«

»Hm«, sagte ich. »Kommst du mit in die Mensa?«

»Nein, jetzt nicht. Ich, äh … ich geh lieber mal Französisch lernen …« Sie kicherte. »Nicht, dass ich noch so einen Schock verpasst bekomme!«

»Du willst es nicht abstellen?«

Cilly sah mich fast entrüstet an.

»Natürlich nicht! Ich werde nur die Stärke ein bisschen runterregeln!«

Sie lächelte mir noch einmal zu und lief dann den Kiesweg hinunter direkt an der Mensa vorbei. Die LED-Leuchten der Laternen flammten auf und Cillys stämmige Gestalt warf einen Schatten auf den Grünstreifen. Kurz bevor sie außer Sichtweite war, drehte sie sich noch einmal zu mir um und winkte schüchtern.

Ich schlenderte alleine weiter und starrte auf mein E-brace. Konnte Sakar auch Stromstöße austeilen? Und würde er das tun, auch wenn ich es ihm gar nicht befohlen hätte? Ich würde Jonas all das heute Nacht fragen.

Während des Abendessens, das ich neben Lennart verbrachte, der laut über Gewicht und Menge der Reiskörner auf seinem Teller nachdachte, sah ich Jonas nur von Weitem. Er saß allein an einem Tisch und verschlang in aller Eile seine Portion, um dann schnell wieder aus der Mensa verschwinden zu können. Ich achtete darauf, nicht zu oft in seine Richtung zu starren.

In meinem Zimmer zog ich mir meinen Schlafanzug an und steckte dabei die Scheibe in den Spalt zwischen Bett und Matratze, sodass ich sie in der Nacht ertasten konnte. Sakar schien nichts bemerkt zu haben. Um keinen Verdacht zu erregen, hatte ich ihn wie jeden Abend materialisiert und er spielte mir einen Mix meiner Lieblingssongs vor.

Ich legte mich ins Bett, verabschiedete mich von Sakar, der mit einer Verbeugung (ja, einer Verbeugung!) wieder im E-brace verschwand, und schloss die Augen. Das Letzte, was ich sah, war, dass er das Bild, das die ganze rechte Wand einnahm, auf Nacht geändert hatte. Es zeigte nun einen undurchdringlichen Dschungel mit einer riesigen Mondsichel. Ich atmete tief durch und warf einen Blick auf mein E-brace. Es war 22:30 Uhr. Ich hatte noch eineinhalb Stunden vor mir, in denen ich nicht einschlafen durfte. Wie gut, dass mein Gehirn nicht verkabelt war, denn dann hätte man anhand der Gehirnströme sehen können, ob ich wach war oder schlief. Leute mit Einschlafproblemen machen das so. Die hatte ich noch nie. Im Gegenteil: Ich schlief immer schnell ein. Nun musste ich mit aller Macht dagegen ankämpfen. Ich dachte an die vergangenen Tage, an meine neue Klasse, an Grünwald und an Jonas. Ich fing an, mir selbst Mathematikaufgaben zu stellen, und versuchte mich an Gedichte zu erinnern. Ich tat alles, damit mir meine Gedanken nicht entglitten und begannen, sich selbstständig zu machen. Was mir half, war eine Kirchturmuhr in dem nahe gelegenen Dorf. Durch die dunkle Nacht drangen leise die Schläge zu mir. Halb – dreiviertel – dann, ein paar Gedichte und Matheaufgaben später, elf dumpfe Schläge.

Noch eine Stunde!

Viertel nach – halb.

Es klopfte.

Ich zuckte zusammen und drehte mich unauffällig zur Seite, die Augen immer noch geschlossen. Das Klopfen war nicht an der Tür, es war unter meinem Bett. Woher kam das Klopfen? Es klang hoch und metallisch.

Ein Rohr?

Tock-tock-tock. Dreimal ganz kurz. Es folgten drei lange Klopfzeichen, dann wieder tock-tock-tock. Drei kurz – drei lang – drei kurz. Ich kannte das. Ich hatte es schon einmal gehört. Es war ein Morsezeichen. SOS! Jemand rief um Hilfe. Ich hielt den Atem an. War das Klopfen vielleicht für mich bestimmt?

Ich lag still und lauschte. Da! Es klopfte wieder! Diesmal schien das Klopfen aber von oben zu kommen. Es war ein anderer Rhythmus, schneller und mit vielen Pausen und einer anderen Kombination aus kurzen und langen Zeichen. Es war eine Botschaft. Eine Antwort auf das SOS.

Aber wer klopfte da? Und wer antwortete? Und hatte das etwas mit meiner Verabredung zu tun? Wie blöd, dass ich außer dem SOS keine Morsezeichen kannte. Ich wartete noch ein wenig. Doch das Klopfen war nun nicht mehr zu hören. Kein Hilferuf mehr. Keine Antwort. Ruhe.

Ich versuchte, ruhig zu atmen, und wartete auf die Schläge der Turmuhr.

Die Zeit kroch vor sich hin. Unendlich langsam. Und dann, als ich dachte, ich hielte das Warten nicht mehr aus, schlug es zwölf.

Mitternacht!

Ich war plötzlich hellwach und tastete nach der Scheibe. Ohne die Augen zu öffnen, schälte ich sie aus ihrem Versteck und schob sie vorsichtig unter mein E-brace. Ich tat das unter der Bettdecke, sodass die Kamera in meinem Zimmer es nicht sehen konnte. Der Magnet passte haargenau, er klebte nun an der Unterseite des Monitors und fühlte sich kalt auf meinem Handgelenk an.

Wann sollte ich die Augen aufschlagen? Der Loop galt ab Mitternacht eine halbe Stunde. Bevor ich die Augen öffnete, zählte ich vorsichtshalber bis hundert.

Dann schlug ich die Bettdecke zurück, zog mir die Hausschuhe an und drückte auf den Türöffner. Die Tür öffnete sich geräuschlos und ich stand auf dem Gang. Draußen war alles still. Der echte Mond schien durch ein riesiges Glasfenster auf der linken Seite.

Ich sah nach oben, wo ich die Kameras vermutete, und betete im Stillen, dass es geklappt haben mochte mit dem Loop. Ansonsten musste ich mir eine verdammt gute Ausrede einfallen lassen, was ich hier draußen trieb. Die Waschräume befanden sich am Ende des Ganges auf der rechten Seite. Ich schlich über den Steinboden. Rechts von mir reihten sich die Türen der übrigen Schüler. Hier schliefen ungefähr fünfzig Jungen in nahezu identischen Zimmern. Was sie wohl alles an ihre Wand geworfen hatten?

Schliefen sie alle? Hatte einer von ihnen das Klopfzeichen gegeben?

Endlich erreichte ich die Tür des Waschraums. Sie war noch eine der alten Türen mit einer Klinke, die ich nun drückte. Ohne ein Geräusch zu verursachen, trat ich in den Raum. Ich vermied es, die Deckenlampen anzuschalten. Es war ziemlich dunkel, bis auf das spärliche Licht, das vom mondbeschienenen Gang auf die Fliesen traf.

»Jonas!«, flüsterte ich. Ich wartete ein paar Sekunden, bevor ich die Tür leise schloss. Da der Raum kein Fenster hatte, umfing mich nun völlige Dunkelheit.

»Jonas?«

Niemand antwortete mir. Ich ging langsam ein paar Schritte in den Raum und ertastete mir meinen Weg an den Fliesen der Wand entlang. Warum war Jonas nicht hier? Würde er noch kommen? Oder hatte er mich gar in eine Falle gelockt? Ich kauerte neben dem Waschbecken, als ich draußen Schritte hörte.

Sie stoppten plötzlich. War das Jonas?

»Wir haben ihn!«, sagte eine männliche Stimme. Ich hatte sie noch nie vorher gehört.

Mein Herz schlug mir bis zum Hals. Die Stimme klang dunkel und so wie jemand, der es gewohnt war, Befehle zu geben.

»Gut!« Eine andere Stimme antwortete ihm. »Wir gehen vor, wie wir es besprochen haben.«

Das war Grünwald!

»Gibt es noch Mitwisser?«

»Wir werden ein paar weitere Schüler überprüfen.« Grünwald klang nicht aufgeregt. Er sagte das fast mit einem belustigten Unterton.

Die Schritte entfernten sich. Mein Herz klopfte wie verrückt. Ich lehnte meinen heißen Kopf gegen die kalten Fliesen und versuchte, nicht in Panik zu geraten.

Ich weiß nicht, wie lange ich so hinter dem Waschbecken kauerte. Doch nach einer Weile stand ich langsam auf und blickte auf mein E-brace. 00:00 Uhr. Die Ziffern leuchteten blau in der Dunkelheit. Der Magnet hatte tatsächlich die Zeit stillstehen lassen. War eine halbe Stunde bereits um? Als ich sicher war, draußen nichts mehr zu hören, öffnete ich behutsam die Tür zum Gang.

Von draußen drang die kühle Nachtluft herein. Mir gegenüber befand sich das große Fenster. Hatte es vorhin auch schon offen gestanden? Ich schlich mich vorsichtig rüber und sah nach unten. Der Mond beschien geisterhaft die Alien-Skulptur, die in die Sterne blickte. In ihrem Schatten stand ein Auto. Ein Transporter mit offener Heckklappe. Schritte knirschten leise über den Kies. Zwei Männer kamen aus dem Eingang und trugen einen großen Gegenstand. Sie unterhielten sich flüsternd. Ich sah genauer hin und biss mir in die Hand, um einen Schrei zu unterdrücken. Der Gegenstand sah aus wie ein großer, lebloser Körper, der in Decken gewickelt war. Die beiden Männer wuchteten den Körper in den Kofferraum und schlugen ihn vorsichtig zu. Sie sahen sich um, stiegen ins Auto und ließen es leise über den Kies rollen.

Eine Welle von Übelkeit überflutete mich. Ich klammerte mich am Fensterstock fest und versuchte, ruhig zu atmen. Bitte, bitte kein Anfall! Ich zählte langsam und atmete die Nachtluft ein wie ein Ertrinkender.

Ah! War da noch was? Wurde ich beobachtet?

Ich drehte mich schnell um. Da! Am Ende des Ganges neben den Waschräumen stand jemand. Doch wer auch immer es war, er schien von seiner Entdeckung genauso erschrocken zu sein wie ich. Die Gestalt wandte sich um und rannte mit schnellen, federnden Schritten den Gang hinunter.

IM SONNENLICHT

Ich stolperte zurück in mein Zimmer, legte mich hin, schob den Magneten unter dem Monitor des E-brace hervor. Der Monitor sprang von 00:00 Uhr auf 00:28 Uhr. Ja! Ich hatte es geschafft, vor Ende des Loops wieder im Bett zu sein. Aber war das jetzt nicht alles bedeutungslos?

Nachdem ich den Magneten wieder in das Versteck zwischen Bettrahmen und Matratze gesteckt hatte, schloss ich die Augen. In meinen Ohren hallten Grünwalds Stimme und die Schritte der Männer auf dem Kies. Mein Kopf fühlte sich an wie ein glühender Christbaum, und spät, sehr spät in dieser Nacht fiel ich dann doch in einen unruhigen Schlaf und träumte von langen Korridoren und von einer vermummten Gestalt, die vor mir floh und die ich vergeblich versuchte einzuholen.

Am nächsten Morgen blieb Jonas' Platz im Klassenzimmer unbesetzt. Ich hatte natürlich so etwas erwartet, aber als ich den leeren Stuhl in der letzten Reihe sah, versetzte es mir trotzdem einen Stich. In einem der hintersten Winkel meines Gehirns hatte ich gehofft, dass ich das alles nur geträumt und dass Jonas schlicht und einfach unsere Verabredung vergessen hatte und nun mit zerknittertem Gesicht und schlechtem Gewissen zum Unterricht auftauchen würde. Aber das tat er nicht. Er kam nicht und sein Stuhl stand verlassen neben der Vitrine an der Rückwand.

Keiner sprach darüber, bis wir in der letzten Stunde vor der Mittagspause Netzgeschichte bei Grünwald hatten. Er setzte sich gewohnt lässig auf den Tisch. Seine Stimme klang beiläufig und so gut gelaunt wie immer. Diesmal hatte er eine grüne Schirmkappe auf, die seine Augen leuchten ließ. »Ich nehme an, ihr habt euch schon gefragt, wo Jonas ist«, fragte er und sah in die Klasse. Er benutzte dabei diesen Trick, so auszusehen, als würde er jeden persönlich anblicken.

Mein Herz begann zu rasen. Ich atmete einmal aus. Dann wieder ein. Ganz langsam. Zugleich starrte ich auf mein E-brace, auf dem ich die Herzfrequenz sehen konnte. Mein Puls war bei 130. Die Zahl leuchtete rot.

»Jonas hat gestern länger mit seiner Familie gesprochen und mich dann gebeten, ihn für einige Zeit zu beurlauben. Seiner Mutter geht es leider zurzeit nicht gut.« Grünwalds Gesicht spiegelte Bedauern.

»*Er lügt!*, fuhr es mir durch den Kopf. *Er lügt!* Ich merkte, wie mir übel wurde.

Lennart warf mir einen kurzen Blick zu. Ich atmete langsam und stoßweise aus und warf einen Blick auf mein Handgelenk. 130, 120 …

»Nein, ich weiß auch nicht, wann er zurückkommt«, sagte Grünwald inzwischen zu Noah, der eine Reihe vor Jonas saß.

Okay! Noch zweimal ein- und ausatmen und ich kam vielleicht unter 100.

Das wäre zumindest schon mal gelb! Ob die Pulsfrequenz noch jemand anderes einsehen konnte? Grünwald?

»Ich fürchte, man kann ihn bis auf Weiteres auch nicht kontaktieren. Tut mir leid«, sagte Grünwald, baumelte mit den Beinen und sah auf sein E-brace.

»Wenn ihr Lust habt, dann könnt ihr eure guten Wünsche sammeln und wir leiten sie dann gebündelt an Jonas' Slave weiter. Was meint ihr?«

»Ich sammle das!«, sagte Zoe plötzlich. »TaiFun wird alles an Triops weiterleiten!«

Grünwald lächelte. »Gut!«

Ich drehte mich um. Als sich unsere Blicke für einen kurzen Moment kreuzten, sah Zoe schnell weg. Sie wirkte verändert. Waren das Augenringe? Und was hatte sie mit ihrem Haar gemacht? Es wirkte so stumpf. Als hätte sie erraten, was ich dachte, knipste sie plötzlich ihr Lächeln an und fixierte Grünwald. Der lehnte sich lässig zurück. »Das letzte Mal haben wir über die Unterschiede zwischen der SEA und dem Internet gesprochen. Ihr erinnert euch?«

Ich tat so, als würde ich aufmerksam zuhören, und streifte dabei mit den Augen Jonas' leeren Stuhl. Wenn ich nur direkt Kontakt mit ihm aufnehmen könnte! Sakar müsste Triops kontaktieren – aber nein, das war ganz und gar unmöglich.

Neben Jonas' Platz stand die Vitrine mit den Pokalen. Es war das einzig ansatzweise Altmodische, das wir hier im Klassenzimmer hatten. Pokale! Silberne und goldene Ungetüme mit hässlichen Figuren, die sich auf den Deckeln breitmachten. *Innovativste Klasse 2032, der deutsche Ingenious Award für spezielle Erfindungen, der Schulschachpokal des Landes Brandenburg.* Schach? Während Grünwald sprach, sah ich mir den Pokal näher an. Tatsächlich. Den zweiten Platz hatte Jonas belegt, sein Name schwebte in einem glänzenden Hologramm vor dem silbernen Pokal: JONAS FREUD. 2. BEZIRKSSIEGER. Es tat weh, seinen Namen hier zu sehen.

»Einer der Unterschiede war, dass es im Internet keine Slaves gab.«

Es war die piepsige Stimme von Cilly, die mich aus meinen Gedanken riss.

Grünwald nickte. »Nun, Cilly, das ist *ein* Teil der Wahrheit, ja! Es gab aber auch im alten Netz schon virtuelle Agenten. Weiß jemand, was genau die Idee des Netz 2.0 war?«

Keiner meldete sich, nicht mal Zoe. Grünwald schüttelte leicht den Kopf. »Man wollte eigene virtuelle Agenten schaffen. Programme, die unabhängig vom Menschen miteinander kommunizieren. Die eigentliche Revolution war es dann, den Agenten einen Körper und ein Gesicht zu geben.«

»Bis auf Lennarts Slave!«, rief Noah dazwischen. Ein paar in der Klasse lachten, doch Grünwald tat so, als hätte er den Zwischenruf überhört.

»Der Agent, dieses simple Computerprogramm, bekam nicht nur ein Gesicht. Er bekam eine Persönlichkeit. Einen Namen. Die Fähigkeit zu lernen. Die Fähigkeit mitzufühlen. Er wurde …«, Grünwald machte eine kleine Pause, »… er wurde ein Freund!«

Sah er mich an? Ja, sein Blick galt mir. Ich atmete ein und aus. Langsam. *Er wusste es,* schoss es mir plötzlich durch den Kopf. *Er wusste, dass ich Sakar umgebracht habe.*

»Eure Slaves lernen von euch und sie verbessern sich jeden Tag. Das ist der Auftrag an diese Programme. Sie werden euch von Tag zu Tag ähnlicher. Sie helfen euch, besser zu werden. Eigentlich sind sie euer besseres Selbst.«

Sakar mein besseres Selbst?

Zoe meldete sich. »Aber …«, fragte sie, »… wenn dieses Computerprogramm beginnt, eine eigene Persönlichkeit zu entwickeln, ist es dann noch länger ein Computerprogramm oder ist es dann schon etwas anderes?«

»Was meinst du mit *etwas anderes*?« Grünwald sah Zoe fast spöttisch an.

»Hat … hat es vielleicht eine Seele?« Zoe schwieg verwirrt. Beinahe erschrocken über das, was sie eben gefragt hatte.

Grünwald lächelte. »Seele! Was für ein schönes altes Wort.« Er legte seinen Kopf nach hinten und schien zu überlegen.

Dann sah er auf sein E-brace. »Schon so spät! Vielleicht unterhalten wir uns das nächste Mal weiter über die Seelen von Maschinen. Was meinst du, Zoe?«

Zoe wurde richtig rot.

Grünwald packte seinen Reader. »Ich möchte bis zum nächsten Mal von euch eine Zusammenfassung der Unterschiede zwischen Internet und SEA. Zwei bis drei Seiten sollten genügen!« Er schob sich seine Kappe zurecht, sprang mit einem Satz vom Pult und war mit drei riesigen Schritten bei der Tür, die ihn mit einem leisen Zischen entließ.

Kaum war er verschwunden, ging mein Puls runter auf siebzig Schläge. Das sagte mir zumindest mein E-brace, auf dem mir die Zahl in beruhigendem Hellgrün entgegenleuchtete. Ich tippte auf den Monitor und Sakar erschien in einem jähen Blitz.

»Dein Puls war so hoch, Ben!« Er sah mich sehr besorgt an. Besorgt – ha, ha! Sakar, der *alte* Sakar hätte mich böse angesehen oder spöttisch. Besorgt. Besorgt war eigentlich das Schlimmste.

»Ich weiß!«

»Das nächste Mal nimmst du dein Spray mit!«

»Okay!«

»Was möchtest du Grünwald geben?«

»18 Punkte«, sagte ich schnell. Das war ein guter Wert. Er sagte alles und nichts. Alles über 18 Punkten wäre verdächtig gewesen. So als wollte man sich einschleimen oder als hätte man etwas zu verbergen. Bei unter 17 Punkten konnte man sich Ärger einhandeln, denn die Lehrer konnten ja sehen, von wem sie die Bewertung hatten. Also gaben alle Werte zwischen 17 und 18 Punkten ein, um auf der sicheren Seite zu sein. Ich glaube, von allen gab nur Lennart immer seine ehrliche Meinung über die Schulstunden ab. Es war ihm wahrscheinlich einfach unmöglich zu lügen.

Aus den Augenwinkeln sah ich, wie sich Cilly mit einer winzigen sportlichen und hübscheren Version ihrer selbst unterhielt. Das war wohl Desmona, die ihr gerne Stromschläge verpasste. Cilly hob plötzlich ihren Kopf, lächelte mich wieder so merkwürdig an und sagte etwas zu Desmona. Ich lächelte sicherheitshalber zurück und wandte mich wieder Sakar zu, der mich beflissen musterte.

»Ich habe dir schon mal Lasagne mit Salat in der Mensa vorbestellt.«

»Danke.«

»Und Cilly fragt, ob du dich neben sie setzen möchtest.« Sakar legte den Kopf schief.

»Äh …«, sagte ich. »Ja, also … wenn es sein muss.«

»Du hast jetzt fünfundvierzig Minuten Pause und dann deine Stunde mit Frau Galischka.«

»Okay.«

»Du solltest dir schon mal überlegen, was du ihr sagst wegen deiner Sozialnote …«

»Hm …«

»Sonst noch was?« Sakar sah mich neugierig an. Ich wedelte mit meiner rechten Hand. »Nein, du kannst verschwinden.«

Sakar dematerialisierte sich und ich saß plötzlich allein im Klassenzimmer. Jemand hatte das große Fenster geöffnet, durch das schräg die Herbstsonne fiel. Draußen leuchteten die Laubbäume des Parks rot und gelb. Ich starrte auf Jonas' leeren Stuhl, der vor der Vitrine stand. Ein entschwundener Gedanke, etwas, was sich ganz hinten in meinem Kopf festgesetzt hatte, drängte sich nach vorne.

Wenn du etwas zu verbergen hast, dann musst du es offensichtlich machen.

Die Hologrammschrift des Schachpokals funkelte im Sonnenlicht. Vielleicht hatte Jonas ja damit gar nicht das Gedicht gemeint.

Ich stand langsam auf und schlenderte nach hinten zur Vitrine. Der Pokal war ein vielleicht dreißig Zentimeter hoher Glasquader, in dem innen ein Turm eingraviert war. Der Turm war dreidimensional und ich drehte mich ein wenig zur Seite. Vielleicht war auf der einen Seite des Turmes etwas zu sehen? Eine Gravur? Nein. Es war schlicht und einfach die Projektion einer Schachfigur in einem Glasquader. Es sah billig aus und die Inschrift flimmerte in Regenbogenfarben. Nicht die Spur einer Botschaft. Nur eine tote Fliege lag neben dem Quader, und in der Vitrine tanzten Staubteilchen, die jetzt vom Sonnenlicht beschienen wurden. Hinter dem Pokal lag etwas, das man nur sehen konnte, wenn man in einem bestimmten Winkel zum Pokal stand. Es war nicht größer als mein Daumen und glänzte silbern. Ich hielt die Luft an.

Es sah aus wie – ein Holofilm!

Holofilm? Ihr kennt das, oder? Keine Ahnung, wie ihr euch Filme anseht, aber bei uns gibt es Holoeier. Kleine Gegenstände, die so groß sind wie flach gedrückte Taubeneier, in denen man dreidimensionale Filme ansehen kann. Wenn man sich die Filme nicht auf der Leinwand ansah, die dir dein Slave projektierte. Aber die waren nur zweidimensional. Holofilme waren immerhin 3D.

Ich musste diese Vitrine öffnen. Es würde aufgezeichnet werden. Andererseits war die Kamera am anderen Ende des Klassenzimmers. Ich hatte sie während einer langweiligen Deutschstunde in der Deckenvertäfelung entdeckt.

Ich drehte mich mit dem Rücken zur Kamera an der Decke, schob vorsichtig die Tür der Vitrine zurück und bewegte meine Hand hinter den Glasquader. Mein Herz machte einen Sprung. Richtig! Da lag ein Holoei.

»Ben!«

Ich fuhr herum. Frau Galischka stand vor mir. Die Sonne schien durch ihre weißen Haare, sodass sie ihr Gesicht wie einen Heiligenschein umgaben. Das Holoei glitt mir aus der Hand, fiel zu Boden und taumelte in Schlingerbewegungen über das Parkett. Dort lag es zwischen Frau Galischka und mir. Silberglänzend. Noch ehe ich mich bücken konnte, hatte die Psychologin es aufgehoben und drehte es in ihrer Hand hin und her.

»Ach! *Hier* ist es!«

Wir wandten uns beide um.

»Zoe!«

Sie stand vor uns. Völlig außer Atem mit zerzausten Haaren. Wie lange sie wohl schon im Zimmer war? Hatte sie gesehen, wie ich die Vitrine öffnete?

»Hallo Frau Galischka. Sie haben ja den Film gefunden!«

»Den Film?«

»Das Holoei! Ich hab es mir für ein Referat ausgeliehen.« Zoe lächelte die Psychologin an, während die Worte aus ihr heraussprudelten. »Und dann war es einfach verschwunden!«

Sie nahm Frau Galischka das Ei aus der Hand. »Ich bin wirklich froh. Ich hatte schon solche Angst vor Korowski, wenn ich ihm hätte gestehen müssen, dass ich es verloren habe. Sie wissen ja, wie er ist.«

»Also, eigentlich hat Ben es gefunden«, sagte Frau Galischka und fixierte mich streng.

»Es … es lag hier auf dem Boden …«, stotterte ich.

»Oh.« Zoe warf mir einen kurzen Blick zu, wobei sie es vermied, mir in die Augen zu sehen.

»Vielen Dank, Ben! Echt super!« Sie blinzelte kurz, dann steckte sie das Holoei in ihre glitzernde Umhängetasche. »Ich werde mich mal revanchieren!«

»Ich mich auch«, murmelte ich.

»Ich freu mich wirklich schon auf den nächsten Termin mit Ihnen!« Zoe setzte für Frau Galischka wieder ihr strahlendes Lächeln auf, warf mir dann einen undefinierbaren Blick zu und verschwand mit eiligen Schritten aus dem Klassenzimmer.

FISCH

Ich starrte Frau Galischka an. Eine Wolke hatte sich über die Sonne geschoben, sodass ihr Heiligenschein verblasste und sie so farblos und ausgedünnt wie immer aussah. »Ben …«, begann sie. Ihr Blick war sehr einfühlsam. Ich hatte für einen Moment den Geschmack ihrer Haferkekse im Mund und versuchte, zerknirscht zurückzublicken. »Ich weiß, ich … ich bin in einer Stunde bei Ihnen!« Nichts wie weg hier! Ich lief zur Tür, ohne mich umzudrehen, damit ich ihr keinen Anlass geben konnte, mich aufzuhalten. Draußen hetzte ich den Gang entlang, vorbei an den leeren Sporthallen und bog um die Ecke. Der lange Flur war verlassen, nur am Ende des Ganges stand Fisch. Fisch, der Hausmeister. Also, das war sein Nachname. Jeder nannte ihn so. Sein verwaschener grauer Mantel bauschte sich um ihn herum, als er gerade eine farbbespritzte Stahlleiter auseinanderklappte.

Keine Spur von Zoe. Wohin war sie abgehauen? Mein Herz hämmerte. Zoe! Die verdammte Pest! Sie musste mich beobachtet haben. Aber warum hatte sie das Holo an sich genommen? Wollte sie Jonas noch weiter schaden? Oder war sie einfach nur neugierig? Sicher würde sie den Holofilm Grünwald übergeben. Wie ein Hund, der einen besonders großen Knochen apportiert.

Während ich noch unschlüssig herumstand und mir überlegte, was ich weiter tun sollte, winkte mir Fisch zu. Er stand mittlerweile auf der Leiter und klopfte an der Deckenvertäfelung herum. »Hey, du! Gibst du mir mal schnell den anderen Schraubenzieher!« Ich lief auf ihn zu und kramte dann in dem glänzenden blauen Werkzeugkasten neben der Leiter herum. »Den grünen!«, brummte Fisch. »Da links!« Ich reichte ihm das Werkzeug hoch. Ein klobiges elektrisches Ding, und er schraubte mit einem schrillen Surren zwei Schrauben aus der Deckenvertäfelung. »Ah, schon viel besser«, brummte er, während er eine quadratische Platte vorsichtig von der Decke löste. Darunter befand sich eine Kamera. Fisch zog sie vorsichtig aus ihrem Versteck, löste sie von ihrer Kabelverbindung und drückte sie mir in die Hand. »Halt mal!« Ich sah mir die Linse an. Ein schwarzes Objektiv starrte zurück.

Fisch fluchte. »Billigimporte! Muss man ständig auswechseln. Er schnaubte. »Und ich hab noch gesagt, dass wir robustere Kameras nehmen sollten. Kosten mehr, klar. Machen aber nicht ständig Ärger!« Es surrte wieder, als Fisch die Deckenplatte wieder anschraubte.

»Zwölf Kameras allein in diesem Gang. Alle miteinander verkoppelt. Und ständig fällt eine aus. War ein Idiot, der Elektriker, das sag ich dir.« Er steckte den Schraubenzieher ein und stieg die Leiter herunter. »Der hat nicht mal die Mikrofone in den Gangleisten richtig hingekriegt.«

Dann beugte er sich zu mir. Eine Wolke aus Schweiß und scharfem Alkoholgeruch schlug mir entgegen.

»So viele Kameras hab ich noch nirgends gesehen. Und weißt du, wie viel Leute sie zur Wartung abgestellt haben? Hm?«

Ich zuckte mit den Achseln.

Fisch hob den Zeigefinger und sah mich aufgebracht an.

»Einen einzigen! Mich! Sie sparen an der Elektrik und an den Kameras, und wer muss das Ganze dann ausbaden? Euer Fisch, ich sag's dir. Euer Fisch!«

Mit einem lauten Knall klappte er die beiden Beine der Leiter zusammen.

»Das ist sicher stressig …«, beeilte ich mich zu sagen.

Fisch nuschelte etwas vor sich hin, warf den Schraubenzieher in den Kasten und sah mich dann misstrauisch an.

»Und du? Hast du eigentlich nichts zu tun?«

Ich zuckte zusammen. »Nein … ich, äh … suche ein … Mädchen.«

Fisch musterte mich und grinste dann. Ich spürte, wie mir das Blut in den Kopf stieg.

»Mit langen braunen Haaren. Sie … sie müsste hier vorbeigelaufen sein. Vor vielleicht fünf Minuten.«

»Du meinst Zoe?«

»Äh … hm … ja.« Ich räusperte mich.

Fisch nahm seinen Kasten und schüttelte den Kopf. »Die is' nämlich hier vorbeigerannt, als wäre der Teufel hinter ihr her. Kaum gegrüßt hat sie mich! Da links is' sie abgebogen.« Er deutete hinter sich auf einen schmalen Seitengang, der zum Musiksaal führte.

»Okay, danke!« Ich reichte Fisch das Objektiv und wandte mich zum Gehen.

Da zwinkerte er mir zu.

»In dem Gang sind übrigens die Kameras auch kaputt!«

Ein Hitzestrahl schoss mir durch den Rücken. Fisch sah mich jedoch nicht mehr an und kramte scheinbar teilnahmslos in seinem Werkzeugkasten.

Ich verabschiedete mich stotternd und ging dann weiter den Gang entlang. Aus den Augenwinkeln sah ich, wie Fisch seine Leiter ein paar Meter weiter wieder aufstellte. Er sah mir nicht nach. Oder zumindest tat er so.

Dann bog ich nach links.

Der Gang zum Musikzimmer war schmucklos und mündete in eine Sackgasse, an dessen Ende sich ein kleines Fenster befand, das auf den Hinterhof und die Kuppel der Mensa zeigte.

Rechts befand sich der Musiksaal. Durch ein schmales Fenster konnte man nach innen sehen. Ein großer schwarzer Flügel schimmerte in der Sonne und unterhalb des Podiums standen leere Stühle. Von Zoe keine Spur. Links vom Gang gingen zwei Türen ab. Eine führte zum Instrumentenzimmer, wie man auf dem Monitor rechts neben der Tür lesen konnte. Ich blickte in den Raum. Keine Zoe. Auch hier nicht. Wenn Fisch mich nicht angelogen hatte – und warum sollte er? –, dann musste sie die dritte Tür genommen haben. ZUTRITT NUR FÜR BEFUGTE. Keine Ahnung, wo die hinführte. Jedenfalls war ich nicht befugt. Und Zoe schon gar nicht. Machte sie etwa etwas Unerlaubtes? Zoe? Schwer vorstellbar. Ich blickte nach oben. Hoffentlich hatte Fisch die Wahrheit gesagt und die Kameras funktionierten tatsächlich nicht. In einer halben Stunde war die Mittagspause vorbei. Es war also noch genug Zeit, die Tür auszuprobieren, wo auch immer sie mich hinführen würde. Gut, dass ich den Magneten mitgenommen hatte. Heute Morgen war mir das unsinnig riskant erschienen, aber nun dankte ich mir selbst für meinen guten Einfall. Ich griff in die Hosentasche, holte die Scheibe heraus und steckte sie unauffällig unter mein E-brace. Die Zeitanzeige fror ein. Ich hob den Arm und streifte damit die kleine Sichtscheibe neben der Tür. Es klickte leicht und die Tür sprang auf.

Ja! Tatsache! Ich war befugt!

Durch den schmalen Lichtstreifen, der durch die geöffnete Tür fiel, sah ich eine Treppe, die nach unten führte. Leise schnappte die Tür hinter mir zu und ich befand mich in völliger Dunkelheit. Ich überlegte, ob ich Licht einschalten sollte, entschied mich aber dagegen und hob den Arm mit dem eingefrorenen

E-brace-Monitor nach oben. Grünliches Licht fiel auf die Stufen vor mir. War Zoe wirklich hier langgegangen? Ich glaubte kurz den Duft ihres Deos zu riechen. Zitrone. Vielleicht war es aber auch nur das Putzmittel, das Fisch hier aufbewahrte. Die Treppe führte ein Stück nach unten und endete in einem langen, schmalen Gang, an dem sich zu beiden Seiten dicke, mit glänzender Silberfolie umwickelte Rohre entlangzogen. Darunter befanden sich armdicke schwarze Leitungen und Kabelstränge, die aussahen wie Adern. Mit meinem Magneten konnte ich die Glastür vor mir öffnen. Sie führte zur Schaltzentrale, in der sich zu den Heizungsrohren breite rechteckige Lüftungsschächte gesellten. Ich streckte den Arm nach oben. Das grüne Licht leuchtete bis an die Decke, die mindestens fünf Meter entfernt war. Ich war im Bauch der Schule. Im sirrenden und brummenden Inneren. Von hier aus wurde die Luft in die Klassenzimmer und Schlafräume geblasen und das Wasser in die Heizungen verteilt. Gerade als ich mich fragte, wo sich wohl die Schaltkästen für den Strom befanden, sah ich einen Schatten hinten bei den Heizungsrohren. Er bewegte sich geräuschlos. Ich ließ langsam meinen Arm sinken, sodass das Licht des E-brace auf ein Lüftungsrohr fiel, das genau vor meiner Nase quer durch den Raum führte. »Zoe?«, flüsterte ich. »Zoe, bist du das?«

Doch es antwortete mir nur das Brummen der Ventilatoren im Belüftungsschacht.

Vorsichtig kroch ich unter dem Rohr durch und sah mich um. ZUR SPRINKLERZENTRALE stand auf einem Schild. Es war das Letzte, was ich wahrnahm, denn in diesem Moment explodierte etwas in meinem Kopf. Ein Feuerwerk aus Funken und Farben. Und ich hörte ein gewaltiges Summen, ein Geräusch, als ob ich mich im Inneren einer riesigen Glocke befände.

Dann wurde alles still und schwarz.

LEBENSERHALTENDE MASSNAHMEN

Als ich erwachte, lag ich auf dem Rücken. Der Boden unter mir war hart und kalt, aber in meinen Nacken musste jemand so etwas wie ein Kissen gestopft haben. Zuerst spürte ich gar nichts, doch nach und nach meldeten sich stechende Schmerzen im Hinterkopf. Irgendwo tropfte ein Wasserhahn. Die Tropfen schienen in einen Brunnen zu fallen und sich dort mit einem hellen Drip mit dem Wasser zu vermischen. Wo war ich?

Ich wollte gerade die Augen aufschlagen, als ich Stimmen hörte.

Sie klangen gedämpft.

»Aber … wenn er nun zu Grünwald gehört, dann haben sie unser Versteck entdeckt.«

Ich spitzte die Ohren. Das war Zoe! Jemand antwortete ihr. Die andere Stimme klang nuschelig und kam mir irgendwie bekannt vor. Ich konnte allerdings nicht verstehen, was sie sagte, und hörte nur Zoes Antwort.

»Ja, ich weiß. Ich hätte vielleicht nicht so fest durchziehen sollen …«

Oh ja, das glaube ich auch! Schritte hallten, und ich spürte, wie sich jemand über mich beugte. Ich hatte doch richtig vermutet.

Der Duft nach Zitronen kam von Zoe und nicht vom Putzmittel. Vielleicht sollte ich die Augen noch ein wenig zulassen.

»Ich … ich glaube, er ist schon wieder wach!«, flüsterte Zoe schließlich. Okay, es hatte keinen Zweck, mich länger tot zu stellen. Ich setzte mich also vorsichtig auf.

»Au!« Mein Kopf fühlte sich riesig und fremd an.

»Hey, Ben?« Zoe sah mich fragend an. »Äh, geht's dir gut?«

Ich sah mich um. Es war dunkel und ich konnte nirgendwo ein Fenster sehen. Wahrscheinlich war ich immer noch im Keller. Neben mir hing ein Plakat mit vielen Piktogrammen und der Überschrift LEBENSERHALTENDE MASSNAHMEN. Davor sah ich Zoes Gesicht. Sie musterte mich aufmerksam. Ihre braunen Haare schimmerten leicht grünlich.

»Ja, alles bestens, super«, sagte ich. »Mir hat zwar gerade jemand versucht, den Schädel zu spalten, aber abgesehen davon ist alles wunderbar. Ehrlich.«

»Hm«, sagte Zoe und drehte sich nach hinten. »Vielleicht sollten wir ihn doch in die stabile Seitenlage bringen?«

»Nein, ich glaube, du bringst mich lieber nirgendwohin!«, murmelte ich und rieb mir den schmerzenden Kopf. Hinter Zoes Haaren konnte ich jetzt auch einen Teil des Raumes sehen. Er war durchzogen von Wasserleitungen, die in rote Hähne mündeten. Einer hing über einem großen Tank, und ich verstand plötzlich, von woher das Tropfgeräusch stammte. Verschwommen konnte ich jetzt auch eine Gestalt erkennen, die auf mich zukam. Die Gestalt erinnerte mich an jemanden. Seine Schultern hingen wie immer nach unten, aber sein Blick war klar und freundlich, und er sah mir zum ersten Mal, seit ich ihn kannte, direkt in die Augen.

»Hallo Ben!«

Es war Lennart.

Lennart? Bestimmt hatte ich Halluzinationen. Ich starrte ihn an.

Lennart fuhr sich verlegen über den Kopf. Nein, er war es. Eindeutig.

Ich sah verwirrt von ihm zu Zoe. »Ich dachte, ihr beide könnt euch nicht ausstehen.«

Lennart grinste. »Ja, das denken alle.«

Sie schauten mich beide unschlüssig an. Lennart hatte sich auf den Boden gesetzt und lehnte sich gegen die Rohre. Zoe ging neben ihm in die Hocke. Lennart überragte sie auch im Sitzen um mindestens zwei Köpfe.

»Wo sind wir eigentlich?«, fragte ich nach einer Weile.

»In der Sprinklerzentrale. Sie wird einmal pro Tag von Fisch gewartet. Meistens morgens. Danach können wir uns hier treffen.« Lennart räusperte sich. »Fisch weiß davon und glaubt, wir würden hier irgendwelche verbotenen Dinge tun. Er lässt uns freundlicherweise auch immer eine Flasche Schnaps da.« Er griff hinter sich und zog eine Flasche mit klarer Flüssigkeit hinter dem Rohr hervor. »Wir ... äh ... schütten einen Teil davon immer in den Abfluss, sodass er glaubt, wir würden hier heimlich trinken.«

»Hör auf, Lennart! Wir wissen immer noch nicht, ob wir ihm trauen können!« Zoe sah mich an wie jemanden, den sie gleich auf den Seziertisch verfrachten würde.

Ich fasste mir unwillkürlich an den Kopf.

»Hast du mich deshalb überfallen?«

»Sie dachte, du gehörst zu Grünwald«, erklärte Lennart schnell.

»Das dachte ich eigentlich von ihr«, sagte ich.

Wir schwiegen alle eine Weile.

»Und?«, fragte Zoe. »Gehörst du zu ihm?«

Ich versuchte, den Kopf zu schütteln, was ich aber nach einem ersten zaghaften Versuch lieber bleiben ließ. »Ich habe mit Grünwald nichts zu tun«, sagte ich stattdessen.

Lennart blickte mich an und sah zugleich durch mich hindurch. Genauso sah er aus, wenn er rechnete. Es dauerte diesmal ziemlich lange und ich hörte Zoes Schnauben neben mir.

»Ich glaube ihm«, sagte er schließlich zu ihr gewandt.

Zoe blickte mich immer noch misstrauisch an. »Warum hat er dann hinter Jonas hergeschnüffelt?«

»Ich habe nicht hinter Jonas hergeschnüffelt«, beeilte ich mich zu sagen.

»Und warum hast du dir dann den Holofilm genommen?«

»Weil Jonas mir gestern etwas gesagt hat …«

»Aha?« Zoe zog die Augenbrauen hoch, was ihr einen wahnsinnig arroganten Gesichtsausdruck verlieh.

»Dass das, was verborgen ist, offensichtlich gemacht werden sollte. Heute habe ich mir die Vitrine angesehen. Und dann war mir klar, was er meinte.«

»Hm …« Zoe wirkte nicht überzeugt. »Und was hast du gestern Abend im Gang gemacht, als sie … als sie …« Sie brach ab und atmete kurz durch. Jetzt wirkte sie gar nicht mehr so cool. Plötzlich ging mir ein Licht auf.

»Du warst das?«, fragte ich. »Du warst heute Nacht am Fenster?«

Zoe nickte. Tränen blitzten in ihren Augen auf.

»Was wolltest du von Jonas?«, fragte sie leise.

»Ich wollte ihn treffen. Ich hatte mich mit ihm verabredet.«

»Hattest du wenigstens dein E-brace ausgeschaltet?«

»Hältst du mich für doof?«

»Um ganz ehrlich zu sein: Ja!«

»Hey, hört auf, euch zu streiten!« Lennart sah auf uns beide runter.

»Ich will nur wissen, was *er* mit Jonas' Verschwinden zu tun hat«, beharrte Zoe.

»Ich heiße übrigens *Ben.*«

»Ach!«

»Jonas hat mir einen Magneten gegeben. Er wollte einen Loop legen und mich dann zwischen Mitternacht und halb eins im Waschraum treffen«, sagte ich.

»Warum habt ihr eigentlich eure E-braces noch angeschaltet?«

»Wenn du den Magneten unter das E-brace schiebst, kannst du trotzdem das Licht noch nutzen«, sagte Lennart. »Es sendet keine Signale.«

»Und weshalb wolltest du dich mit Jonas treffen?«, unterbrach uns Zoe.

»Wir wollten über die *Falschen Freunde* sprechen. Unter vier Augen, versteht sich!«

Es wurde still. Nur ein Wassertropfen zerplatzte in dem großen Bottich.

Zoe und Lennart sahen sich an. Dann warfen sie mir einen langen Blick zu.

»Haben *sie* dich geschickt?«

Sie glaubten, ich wäre ein Bote! Ich war so überrascht, dass ich sogar meinen elenden Kopf für einen Moment vergaß.

»Nein! Ich habe eigentlich keine Ahnung. Ich hatte gehofft, dass Jonas mir sagen würde, wie es weitergeht.«

Zoe starrte mich an.

»Aber einer von den *Falschen Freunden* hat dich mal angesprochen?«

Ich schwieg. Konnte ich ihnen von Jan erzählen? Von der Grimmstraße und von Sakar? Dem alten Sakar? Ich spürte wieder, wie mir das Blut in den Kopf stieg. Vor meinen Augen tanzten kleine spitze Sterne.

Wie könnte ich ihnen die ganze Geschichte erzählen? Ich machte dabei nicht gerade einen heldenhaften Eindruck, oder?

Schließlich nickte ich. »Ja, ich bin einmal einem begegnet.«

»Und dann?«, fragte Zoe.

»Ich … ich musste etwas tun, damit ich aufgenommen wurde.« Ich sah auf meine Hände. Nein, mehr würde ich ihnen nicht verraten.

Zoe nickte, und Lennart hatte wieder diesen Blick, als würde er rechnen.

»Hat man dir gesagt, was du weiter tun sollst, nachdem du aufgenommen worden bist?«

Ich zuckte mit den Achseln. »Nein.«

Zoe und Lennart wechselten einen Blick. »Noch einer!«, sagte Zoe.

»Was meint ihr damit?«, fragte ich.

»Es ging uns allen so. Wir wurden rekrutiert. Und dann … Das Komische an den *Falschen Freunden* ist, dass wir nie wieder von ihnen gehört haben. Keine Botschaft. Nichts«, erklärte Zoe schließlich.

»Ihr auch nicht?« Ich sah erstaunt von Zoe zu Lennart.

Lennart schüttelte den Kopf. »Es scheint immer nach dem gleichen Muster abzulaufen. Man trifft einen von ihnen und er verlangt etwas.«

Er machte eine kleine Pause. »Etwas, was man sonst nicht getan hätte.«

Zoe warf mir einen kurzen Blick zu.

»Ich musste … zum Beispiel jemanden verraten.«

Sie sah zu Boden und ich wagte es nicht weiterzufragen. Mein Mund fühlte sich trocken an.

»Ich auch«, sagte ich nach einer Pause.

Zoe seufzte. »Man soll das tun, um in ihre Gemeinschaft aufgenommen zu werden. Es ist eine Art Geheimnis zwischen ihnen und einem selbst.«

Ich sah Lennart an und fragte mich, was er wohl tun musste. Aber er blickte an mir vorbei und schien ausgiebig seine riesigen Schuhe zu betrachten.

»Ich konnte nie herausfinden, ob es in den höheren Klassen noch welche gibt, die Kontakt zu den *Falschen Freunden* hatten. Aber ich weiß, dass sich noch mehr Gedanken machen«, sagte Zoe.

»Gedanken worüber?«

»Über die Überwachung.«

Zoes Augen blitzten. »Alles, was du deinem Slave erzählst, jeder Suchauftrag, jede Verabredung, jeder Gedanke wird von der SEA aufgezeichnet und gespeichert. Sie wissen alles. Was du denkst, was du fühlst, was du tust. Sie kennen deinen Gesundheitszustand und deine Freunde. Wenn du mich fragst, ist das die totale Kontrolle.«

Ich fuhr mir über mein E-brace. Es fühlte sich seltsam eng an. »Findest du das nicht ein bisschen übertrieben? Sie schaffen es doch gar nicht, alle gleichzeitig zu überwachen!«

Zoe sah mich lange an.

»Oh, es reicht schon, dass alle wissen, dass sie jederzeit überprüft werden können. Sie werden sich automatisch überlegen, was sie sagen, was sie tun, mit wem sie sprechen und mit wem sie befreundet sind. Es macht uns alle gleich. Keiner traut sich mehr, auch nur ein bisschen anders zu sein. Sie haben uns den Zensor schon in den Kopf eingepflanzt!«

»Aber es tun ja alle freiwillig«, wandte ich ein.

»Das macht die Sache nicht besser, oder?«

»Das sagst ausgerechnet *du*?«

Zoe grinste. Das tat sie zum ersten Mal, seit ich sie kannte. Es sah verdammt hübsch aus, das musste ich zugeben. Auch wenn ich ihr die Sache mit meinem Kopf nicht so schnell verzeihen würde.

»Mein Trick ist es eben, alle zu täuschen.« Das klang ziemlich stolz.

»Dann war das also alles nicht echt?« Ich sah Zoe verblüfft an. »Deine ganze Begeisterung für diese Schule und die Sozialnoten und überhaupt alles?«

Zoe strich sich die langen Haare aus dem Gesicht. »Ich habe überall 19,5 Punkte, meine Sozialnoten sind perfekt und TaiFun ist einfach perfekt. Ich bin rundherum perfekt.« Da war es wieder, dieses Grinsen. »... und alles ist falsch! Sogar meine Freunde und ...«, sie sah zu Lennart, »... natürlich auch meine Feinde!«

»Klingt anstrengend«, sagte ich nur.

»Es ist die perfekte Tarnung! Wir treffen uns hier ...« Zoe räusperte sich. »Also *trafen* uns hier jeden Mittwoch.«

»Wenn nichts Außergewöhnliches passierte«, bemerkte Lennart. »Und wir denken, wenn wir schon von den *Falschen Freunden* nichts hören, dann versuchen wir wenigstens, endlich mehr über die Slaves herauszufinden. Also das, was nicht in der SEA steht.«

»Aber wie wollt ihr recherchieren, wenn ihr die Slaves nicht fragen könnt?«, fragte ich.

Lennarts Augen leuchteten kurz auf. »Es soll hier ein analoges Archiv geben.«

»Er meint Bücher«, erklärte Zoe, als sie meinen verwirrten Blick sah. »Im U5 – genau drei Stockwerke unter uns.«

»Fünftes Untergeschoss! Ich wusste gar nicht, dass es das hier gibt!«, sagte ich überrascht.

»Das solltest du auch nicht wissen. Du ahnst nicht, wie riesig dieser Keller ist.

Jedenfalls haben wir noch keinen Zugangscode. Aber Lennart bastelt daran!«

Lennart nickte. »Bis jetzt habe ich nur die Ebenen U1 und U2 geknackt.«

»Dann hast du also diese Magnete erfunden?«, fragte ich.

Lennart nickte und wurde ein bisschen rot, wenn ich das in dem grünlichen Licht richtig sah.

»Wir verständigen uns auch nicht mehr über die Slaves. Wir benutzen andere Mittel«, erklärte er.

»Morsezeichen!«, entfuhr es mir.

Zoe sah mich misstrauisch an. »Wie kommst du darauf?«

»Ich habe sie gehört. Ihr habt mit Jonas gemorst, kurz bevor er verschwand. Ich habe die Klopfzeichen in der Leitung neben meinem Bett gehört.«

Zoe blieb für einen Moment der Mund offen stehen. »Ich habe nicht gemorst.« Sie blickte zu Lennart. »Du?«

Lennart schüttelte den Kopf und sah mich an. »Bist du sicher?«

»Ich glaube, es war ein SOS, und dann kam als Antwort ein anderes Klopfen.«

»Hat Jonas irgendwas erzählt, dass er noch mit jemand anderem in Kontakt stand?«, fragte Lennart.

»Nicht mit jemand aus der Schule«, meinte Zoe. Sie starrte vor sich hin. »Zumindest hat er es mir nicht gesagt.«

Sie ging aus der Hocke hoch. Hatte sie gezittert? »Jonas hat also noch mit jemandem Kontakt aufgenommen, kurz bevor sie ihn wegbrachten.«

»Du meinst, dieser Körper, den sie weggeschleift haben, das war Jonas?«, fragte ich.

Zoe nickte. »Grünwald hat heute eiskalt gelogen.«

Wir schwiegen eine Weile, und ich bemerkte, wie Zoe wegsah.

»Es war einfach so idiotisch!« Ihre Stimme klang erstickt. »Wie konnte er nur so mit Grünwald diskutieren? Wie konnte er nach Schlupflöchern fragen?«

»Ich glaube nicht, dass er das ohne Grund tat.« Lennart blickte nicht mal hoch. Der Satz kam aus den Tiefen seiner Gedanken. Hatte er eigentlich mit seinen Schuhen oder mit uns gesprochen?

Dann – ganz langsam – zog Zoe etwas aus ihrer Tasche.

»Vielleicht hilft uns ja das hier weiter!«

Wir starrten alle auf das Aluminiumei, das das Licht der E-braces zu uns zurückwarf.

ADAM

Das Holoei glänzte grünlich.

»Warum hat Jonas das getan?«, fragte ich. »Warum hat er das Ei versteckt? Das war doch ziemlich riskant.«

»Jonas hat immer gefährliche Dinge getan«, sagte Zoe.

War da Bewunderung oder Missbilligung in ihrer Stimme? Ich sah zu Boden und spürte, wie plötzlich ein komisches Gefühl in mir hochkrabbelte und mich verwirrte. War es Neid? Wieso Neid? Auf was? Jedenfalls ärgerte es mich, dass Zoe so bewundernd von Jonas sprach. Und ich wusste nicht mal, wieso.

Zoe hielt nun das Ei ins Licht. »Warum öffnet es sich nicht?«, murmelte sie und legte es auf den Monitor des E-brace. Das grünliche Licht schimmerte durch das ganze Ei, das nun wie durchsichtig aussah. Komisch. Warum ging das Ei nicht auf? Das Licht eines E-brace öffnet sonst immer ein Holoei.

Lennart blickte von einem zum anderen. »Jonas wollte sicher, dass nur wir es öffnen können.« Er griff in seine Hosentasche und zog eine Kerze heraus.

Die Kerze! Es ist die gleiche Kerze, die nun vor mir steht. Es ist Spätherbst und das Licht geht so schnell weg. Jetzt ist es schon dunkel. Bald muss ich sie anzünden. Ich versuche das so spät wie möglich zu tun, denn ich habe Angst, dass sie zu schnell abbrennen wird. Aber die Seite vor mir ist nur noch ein verschwommenes blaues Viereck und ich kann meine eigenen Buchstaben kaum mehr erkennen. Ich habe auch noch Lennarts Streichhölzer. Drei Stück! Ich werde sie mir gut einteilen!

Diese Streichhölzer – *es waren damals noch mehr* – zog Lennart aus einer Schachtel, die er zusammen mit der Kerze aus der Hosentasche befördert hatte, und zündete damit die Kerze an.

Dann nahm er vorsichtig das Ei und hielt es gegen die Flamme. Wir warteten und hielten die Luft an. Ich spürte Zoe neben mir und versuchte zugleich, sie nicht zu bemerken.

Ja!

Das Ei teilte sich und ein dreidimensionales Bild erschien.

»Du bist wirklich ein Freak, Lennart«, flüsterte Zoe anerkennend. Das Bild zeigte einen Mann. Er stand auf einer Bühne und grinste in die Kamera.

»Wo kann man es nur abspielen?« Lennart drehte das Ei und die Figuren verschwanden. Dann stellte er das Holo wieder aufrecht. Der Mann stand wieder da und lächelte. Lennart kratzte sich am Kopf und tippte dann in die Szene hinein.

Der Mann trat nun einen Schritt nach vorne und lächelte noch breiter.

»Wer ist das?«, fragte ich.

»Solon, der Chef von Logos«, erklärte Zoe überrascht. Ich beugte mich vor, um die Person genauer zu betrachten.

Tatsächlich. Ich hätte ihn erst gar nicht erkannt. Er sah viel jünger aus als auf den Bildern, die ich von ihm gesehen hatte, und trug auch einen dieser komischen Kinnbärte.

Nur falls ihr das nicht wisst – was ich für extrem unwahrscheinlich halte: Logos war zu der Zeit, in der ich das schreibe, die *Firma.*

Ich glaube, früher gab es noch andere Softwarefirmen. Aber sie alle waren im Laufe der Zeit von Logos geschluckt worden. Und immer, wenn sich jetzt irgendwo ein neues Erfolg versprechendes Unternehmen gründete, kaufte es Logos mit viel Geld auf. Logos stellte alles her, die Reader, die E-braces. Jede Suchanfrage und alle Kommunikation liefen über Logos. Und Solon, der nun hier in diesem Holofilm auftauchte, war einer der Gründer.

Beifall brandete auf. Die Kamera schwenkte auf einen Saal mit vielleicht fünftausend Menschen, die alle jubelten. Dann sah man wieder Solon. Auf einer großen Leinwand hinter ihm erschien ein Bild. Ein vorsintflutliches Smartphone war darauf zu sehen. Es gab Gelächter im Publikum.

»Kannst du lauter machen?«, fragte Zoe. Lennart griff in die Szene und fuhr einen roten Strich nach oben.

Solon, der ein einfaches T-Shirt mit dem Logos-Schriftzug trug, wandte sich an seine Fans.

»Am Anfang war das Smartphone. Wir konnten mit unserer Hand auf einem Bildschirm herumwischen und uns Informationen holen. Wo bin ich? Wo ist das nächste Café? Was kostet dieses Paar Schuhe? Das war sehr – praktisch.« Das alte Smartphone auf der Leinwand verschwand und man konnte nun ein neueres sehen. Es war kleiner und dünner als das alte und mit einem Armband um ein Handgelenk befestigt. Der Daumen der dazugehörigen Hand zeigte nach oben. Solon drehte sich um und wandte sich dann mit einem amüsierten Grinsen an seine Zuhörer.

»Später wollten wir mehr. Wo sind unsere Freunde? Welches Café hat den besten Cappuccino? Und können wir uns das Paar Schuhe überhaupt leisten? Wir starrten auf unsere Computer und stellten Fragen. Und wir wollten Antworten.«

Solon wartete. Die Hand mit dem Uralt-Armband verschwand. Auf der Leinwand wurde es weiß und dann erschien ein E-brace. Es war das E-brace an Solons Arm, den er jetzt hob. Es sah altmodisch aus, war wesentlich größer als die Modelle heute und hatte abgerundete Ecken. Vereinzelte Jubelschreie füllten den Saal.

»Heute jedoch wollen wir noch mehr. Heute brauchen wir mehr. Wir wollen erkannt werden. Wir wollen geliebt werden. Wir brauchen ein Gegenüber.«

Er zögerte und die Spannung im Saal war mit den Händen zu greifen.

»Das, was ich euch jetzt vorstellen werde, ist nicht nur eine neue Technologie. Nein, es wird auch unsere Beziehung zur Welt verändern. Wir sind nie mehr allein, nie mehr verlassen, denn ab heute haben wir einen Freund.«

Es war totenstill im Publikum, als auf der Leinwand hinter Solon ein neues Bild erschien. Ein Finger streckte sich einem anderen Finger entgegen. Die Kuppen berührten sich. Ich kannte das. Es war ein Gemälde. Oder der Ausschnitt eines ziemlich alten Gemäldes.

»Die Erschaffung des Menschen«, flüsterte mir Zoe zu.

Klassische Musik war zu hören. Dann funkelte einen Blitz zwischen den beiden Fingern auf, und man konnte nur noch eine Lichtsäule sehen, die aus Solons E-brace aufstieg. Das Licht war blau und verschwommen, und daraus formte sich langsam – wahnsinnig langsam im Vergleich zu heute – ein Slave. Ein Mann. Er sah fast so aus wie Solon ohne Bart, aber jünger, durchtrainierter, und setzte sich auf das Rednerpult, auf das sich Solon nun stützte. Solon blickte auf die Figur und dann zum Publikum, aus dem nun vereinzelt »Aahs« und »Oohs« zu hören waren.

»Darf ich vorstellen: Adam!«

Alle zückten ihre Kameras oder was auch immer sie hatten und fotografierten. Die Stimmung war so andächtig wie in einer Kirche.

Adam war groß auf der Leinwand zu sehen. Seine Augen waren hellblau und seine Haare dunkelblond und sehr dicht. »Hi Solon!«, sagte er und lächelte.

Die Stimme hatten sie damals schon gut hingekriegt. Aber was war mit seiner Mimik los? Sie war lange nicht so gut wie die der heutigen Slaves. Er hatte immer noch etwas leicht Maskenhaftes, aber es reichte, um das Publikum nun völlig ausflippen zu lassen.

»Ich glaube, Adam, du bist der Star des heutigen Abends«, sagte Solon.

»Tolles Gefühl!«, sagte Adam.

»Weißt du, wie viele Leute hier im Saal sind?«, fragte Solon.

»Mit uns?«, fragte Adam. Solon nickte. »5234«, sagte Adam. »Davon haben ungefähr 4500 eine offizielle Einladung und die anderen haben sich einfach so reingeschmuggelt.«

Es gab vereinzelte Zwischenrufe. Adam sah sich um. »Oh, ich weiß genau, wer hier ohne Einladung ist!«

Die Rufe verstummten.

»Gesichtserkennung! Das ist eines von deinen Features«, erklärte Solon.

»Nennen wir es doch lieber Eigenschaften!«, sagte Adam.

»Was kannst du noch?«

»Ich könnte mit dir Chinesisch lernen! Oder ich könnte dir endlich beibringen, wie man Chili con Carne kocht!«

»Was für ’n Ding?«, fragte Lennart und hielt den Film an. »Etwas mit Fleisch!«, murmelte Zoe und bedeutete ihm ungeduldig, das Holo weiterzuspielen.

»Aber vielleicht bringe ich dich auch noch dazu, Vegetarier zu werden.« Adam lächelte nun Solon an. »Bei deinen Blutwerten wäre das langfristig besser für dich.«

Das Publikum amüsierte sich.

»Sag uns, was du sonst noch kannst!«, forderte Solon den Slave auf.

»Ich bin dein Gedächtnis.« Adam sah Solon an. »Mit dem einen Unterschied, dass ich alles genau so abspeichere, wie es tatsächlich passiert ist, und nicht Dinge dazuerfinde.«

Solon lächelte.

»Außerdem vergesse ich nichts«, setzte Adam nach.

»Dann hältst du dich für besser als mich?«, fragte Solon.

»Das hast jetzt du gesagt«, erklärte Adam.

Gelächter kam aus dem Zuschauerraum.

»Du bestimmst, welche Fähigkeiten ich haben soll. Und jeden Tag lerne ich etwas Neues über dich hinzu«, sagte Adam.

»Und, was hast du heute gelernt?«, fragte Solon.

Adam legte die Stirn in Falten, damit es so aussah, als überlegte er.

Es sah ziemlich übertrieben aus. Den Zuschauern in dem Filmausschnitt schien das aber nichts auszumachen. Sie starrten ihn fasziniert an.

»Du trittst gerne vor Publikum auf!«, sagte Adam. »Und du magst es nicht, wenn dir jemand die Show stiehlt.«

Solon machte eine ironische Geste in Richtung Publikum.

»Wie gut, dass man ihn auch abstellen kann!« Er drückte auf sein E-brace und Adam verschwand wie von Zauberhand.

In diesem Moment kam das Holo zum Stillstand.

»Mehr zeigt es nicht?«, fragte ich.

Lennart griff mit seinem riesigen Finger in das Holo, doch es ließ sich nicht weiter nach vorne bewegen. »Hm, das war alles.«

Zoe wiegte den Kopf hin und her.

»Das war vor fünfzehn Jahren. Die Markteinführung der Slaves. Ich kenne das ganze Holo. Das ist nur ein Ausschnitt davon. Ich habe mal ein Referat darüber gehalten.«

Natürlich hatte sie das! Zoe hatte wahrscheinlich über alles schon einmal ein Referat gehalten.

»Passiert noch irgendwas Besonderes?«, fragte ich.

Zoe schüttelte den Kopf. »Es geht jetzt immer so weiter, Solon lässt Adam wieder erscheinen und seine vielen Features zeigen. Und die Zuschauer jubeln und kreischen. Vor allem, als es darum geht, dass Adam mitfühlend ist. Das war zu der Zeit das große Ding.«

»Ich frage mich, warum Jonas die Szene in einem Holoei abgespeichert und dann versteckt hat. Sie ist doch überall abrufbar!« Lennart drehte das Ei in seinen Händen. Wir starrten auf Solon, der mit einem eingefrorenen Lächeln vor der Leinwand stand.

»Vielleicht ist das, was überall abrufbar ist, nur eine geschnittene Version. Und das, was wir hier sehen, die Langfassung«, bemerkte ich.

»Ich kann mich an nichts erinnern, was ich nicht schon einmal gesehen habe«, sagte Zoe.

»Vielleicht nicht, wenn man es normal abspielt.« Lennart tippte mit seinem riesigen Finger in das Bild und ließ es schnell vor und zurück fahren. Plötzlich ging ein Ruck durch seinen massigen Körper.

»Da ist was«, murmelte er.

»Jonas hat in dem Holo etwas hinterlassen. Eine Markierung. Seht ihr das?«

Wir starrten alle auf das Holo, in dem plötzlich für den Bruchteil einer Sekunde ein weißer strahlender Punkt auftauchte.

Die Kamera war gerade auf die Zuschauer in dem weitläufigen Saal gerichtet. Sie klatschten und fotografierten.

»Aber warum ausgerechnet hier?«, fragte Zoe. »Bist du dir sicher, dass das eine Markierung ist? Es könnte auch ein Aufnahmefehler sein.«

»Ich weiß nicht.« Lennart ließ die Szene nun ganz langsam abspielen und die Leute klatschten in Zeitlupe.

Dann schwieg er und deutete mit dem Finger auf einen Mann. »Seht ihr den Typ da in der hinteren Reihe? Der Einzige, der nicht klatscht? Kommt der euch nicht irgendwie bekannt vor?«

Bekannt? Ich starrte das Hologramm an. Dann – ganz langsam wurde mir klar, wer dort im Publikum saß. Auch er sah jünger aus, hatte statt gelb-grauer schwarze Haare, aber trug auch damals schon ein verwaschenes schwarzes T-Shirt mit dünnen weißen Buchstaben, die sich quer über seine Brust spannten.

»Was steht da?«, fragte Zoe aufgeregt.

Lennart drehte an der Zoomfunktion. Jetzt konnte man die Buchstaben genauer erkennen. Ziemlich verschwommen, aber doch lesbar:

Adam is a Spy

SHAKESPEARES VERBRECHEN

Korowski!

Was machte er bei der Markteinführung der Slaves? War er vor fünfzehn Jahren extra nach Kalifornien gereist, um dort gegen Logos zu protestieren?

»Was für eine Idee, mitten in der Jubelveranstaltung dieses T-Shirt anzuziehen«, murmelte Zoe. »Aber woher wusste er, welchen Namen er auf das T-Shirt schreiben sollte? Er muss es ja vorher bedruckt haben, oder?«

»Vielleicht war das allgemein bekannt?«, sagte ich vorsichtig.

»Was?«

»Dass der erste Slave Adam heißen sollte.«

Zoe überlegte. »Ich glaube nicht, dass der Name nach außen dringen sollte. Es hätte die Überraschung kaputt gemacht.«

»Dann gibt es eigentlich nur eine logische Erklärung«, murmelte Lennart. »Korowski war ein Mitarbeiter.«

»Du meinst, er hat für Logos gearbeitet?« Zoe sah Lennart an. »Aber er ist doch Englischlehrer!«

Lennart zuckte mit den Achseln. »Fragen wir ihn.«

»Das ist zu riskant. Wir könnten Ärger kriegen!«

Lennart hob das Ei in die Höhe und grinste scheu. »Er auch!«

Plötzlich ertönte ein seltsames Schnarren. Ich zuckte zusammen, doch die anderen wirkten nicht besonders erschrocken. Lennart zog etwas aus seiner Hosentasche. Es war eine alte Armbanduhr. Sie wirkte winzig in seiner Hand, hatte ein weißes Ziffernblatt mit lateinischen Zahlen und ein schmales, mit funkelnden Steinen besetztes Lederarmband. »Ich habe sie von meiner Mutter«, murmelte er, als er meinen überraschten Blick sah. Täuschte ich mich oder wurde er ein bisschen rot?

Lennart drehte an einer kleinen, goldenen Schraube an der Seite und der Ton hörte auf.

»Es ist unser Wecker«, erklärte Zoe. »Wir haben noch fünf Minuten, um nach oben zu kommen. Länger sollte man den Magneten nicht benutzen.«

»Wieso, was passiert dann?«

»Dann schaltet sich das E-brace automatisch an, weil es seit einer Stunde keine Funkverbindung mehr hatte«, erklärte Lennart. »Wir müssen los!«

Da ich immer noch auf dem Boden saß, half Zoe mir auf. Für einen kurzen Moment sah ich kleine helle spitze Sterne, die vor meinen Augen tanzten, dann blieb da nur noch ein dumpfer Schmerz im Kopf. Den spürte ich allerdings kaum, denn Zoes Hand fühlte sich gut an. Sie war sehnig und warm.

»Das mit deinem Kopf tut mir leid«, sagte Zoe leise. »Macht nichts«, sagte ich. Es stimmte. Es machte mir tatsächlich nichts mehr aus. Nicht in diesem Moment. Zoe zog ihre Hand aus der meinen und drehte sich schnell um.

Wir verschwanden aus dem Keller. Jeder ging in eine andere Richtung, um nicht aufzufallen. Zoe und Lennart kannten andere Türen, durch die man aus dem Keller gelangte. Ich stolperte wieder zurück, die Treppen hoch, bis ich wieder am Musiksaal herauskam und dort schnell den Magneten unter dem E-brace hervorzog und in meiner Hosentasche verstaute. Sakar schien nichts gemerkt zu haben, doch später bei Frau Galischka knurrte mein Magen so, dass ich sogar ihre trockenen Kekse hinunterwürgte. Sie sprach mit mir über Ängste, und ich erfand blitzschnell eine wirre Geschichte über meine Eltern, die sie begierig in sich aufzusaugen schien. Danach hatte sie fast eine gesunde Gesichtsfarbe, und ich war froh, dass sie nicht im Geringsten ahnte, wovor ich in Wirklichkeit Angst hatte. Ängste! Ha, ha!

Ich muss mir heute noch den Kopf reiben, wenn ich daran denke, dass meine erste Begegnung mit der echten Zoe mir mindestens drei Tage Kopfschmerzen einbrachte, die ich auch noch vor allen verbergen musste. Wir sprachen die nächsten Tage wenig miteinander und spielten unsere Rollen. Alles ging seinen gewohnten Gang und doch war alles anders. Als hätte sich eine glänzende Schicht über alles gezogen. Jonas' leerer Stuhl stand wie eine Mahnung vor der Wand mit den Pokalen. Wir schwebten in Gefahr. Und auch wenn ich Angst hatte, so empfand ich zugleich noch ein anderes Gefühl. Es war eine Aufregung, als wäre mein Magen flau und irgendwie in der Schwebe, als wäre ich die ganze Zeit auf einem Riesenlooping, in einem Wagen, der gerade nach unten donnerte. Ich hatte mich mit Lennart und Zoe verschworen. Wir gehörten zusammen, auch wenn wir so taten, als könnten wir uns nicht leiden. Manchmal sah ich während der Stunden nach hinten, und ich spürte, dass Zoe schnell ihren Blick abwandte. Ich war mir sicher, dass sie mich beobachtete. Hätte mir jemand ein Angebot gemacht, dass ich ein paar Jahre meines Lebens für das, was sie dachte, opfern müsste, ich hätte es ohne zu zögern angenommen.

Das Merkwürdigste war aber, weiterhin in Korowskis Englischstunden zu sitzen und so zu tun, als wüsste man von nichts. Ich versuchte, unseren alten Korowski, der da vor dem Pult stand, mit dem viel jüngeren Mann in Verbindung zu bringen, der bei Solons Rede im Publikum gesessen hatte.

War er vor fünfzehn Jahren tatsächlich Mitarbeiter bei Logos gewesen? Und wusste Grünwald davon? Auf welcher Seite stand er dann wirklich? Ich fragte mich die ganze Zeit, wie wir uns unauffällig mit ihm treffen und ihm den Holofilm zeigen könnten, hatte aber keine Idee, wie wir das anstellen sollten. Wir konnten uns ja noch nicht einmal selbst unbeobachtet unterhalten, ohne dass jemand Verdacht schöpfen würde.

Es war Zoe, die einen Ausweg fand. Sie schlenderte eine Woche später, nach einer Englischstunde, direkt auf Lennart und mich zu. Ihr Gesichtsausdruck lag irgendwo zwischen gelangweilt und leicht angewidert. Ich versuchte, entsprechend zurückzustarren.

»Hey ihr beiden!«, sagte Zoe.

»Hallo Zoe!«

»Ich möchte in Englisch noch ein Referat halten«, begann sie.

Ein Referat?

»Aha!«, sagte ich nur.

»Ich habe mein Pflichtreferat natürlich schon gehalten, aber ich würde gerne meine Note noch um eineinhalb Punkte verbessern. Und da ich es nicht allein halten soll und ihr die Einzigen seid, die noch keine passablen Noten haben, wäre es sinnvoll, wenn wir uns zusammentun.«

»Und um was soll es gehen?«, fragte ich.

»Das Verbrechen bei Shakespeare.«

»Oh«, sagte ich. »Toll!«

TaiFun warf mir einen abschätzigen Blick zu.

»Ja, vielleicht«, nuschelte Lennart und tippte seinen Würfelslave an.

Zoe seufzte. »Vielleicht sollten wir für das Referat zur Abwechslung einmal versuchen zu kooperieren.«

»Klingt gut«, erklärte ich. »*Kooperieren.*«

»Schön.« Zoe nickte uns aufmunternd zu. » Ich habe mit Korowski für heute Nachmittag einen Termin vereinbart. Wir treffen uns um drei in seinem Büro.« Sie wandte sich gerade zum Gehen, dann drehte sie sich noch einmal um und blickte Lennart an. »Und wenn ihr schon irgendwelche ... Unterlagen dazu habt, dann bringt sie bitte mit, ja?« Lennart nickte wieder, ohne hochzusehen, und Zoe rauschte endgültig davon, nicht ohne TaiFun einen bedeutsam genervten Blick zugeworfen zu haben. Ich sah ihr lange nach.

Sie spielte ihre Rolle wirklich verwirrend perfekt.

Wenig später standen wir zu dritt vor Korowskis Büro. Es lag in einem weit entfernten Gebäudetrakt, den keiner von uns bisher betreten hatte. Der Weg hatte uns über mehrere Etagen an verschlossenen Büros und alten Wasserspendern vorbeigeführt. Wir legten ihn schweigend zurück und vermieden es, uns anzusehen, während sich Sakar eifrig mit TaiFun unterhielt und Lennarts Würfel ein paar seltsame Bemerkungen einstreute, die nicht mal die beiden anderen Slaves zu verstehen schienen.

Schließlich standen wir am Ende eines langen Ganges vor einer Tür, die im Dunkeln lag. Das war seltsam genug, denn eigentlich war die ganze Schule so gebaut, dass alles dauernd hell beleuchtet wurde. Die Tür hatte auch kein Sichtfenster an der Seite und ich konnte oben im Rahmen auch keine Kamera erkennen. Wir sahen uns unschlüssig an.

»Einfach klopfen!«, sagte Zoe und pochte dann mit drei kurzen Schlägen gegen die Tür.

Es dauerte lange, doch dann war ein Husten zu hören. Die Tür schob sich lautlos zur Seite und gab den Blick auf das verrauchte Büro frei. Hinter einem riesigen Schreibtisch, spärlich erleuchtet von ein bisschen Licht, das durch die zugezogenen Vorhänge drang, saß Korowski wie eine Buddhastatue, der gerade ein Brandopfer dargebracht wurde.

Zoe räusperte sich. »Wir kommen wegen des Referats.«

»Ich weiß. Ihr könnt reinkommen.« Korowski ließ so etwas wie ein kurzes Lachen hören. »Eure kleinen digitalen Freunde haben mich schon informiert. Er deutete auf die Slaves. »Ihr müsst sie jetzt allerdings ausladen!«

Zoe warf mir einen schnellen Blick zu, bevor sie kurz auf ihr E-brace tippte.

TaiFun verschwand in einer Wolke aus Glitzerherzen und auch Lennart und ich entließen den Würfel und Sakar.

Korowski sammelte inzwischen turmhohe Zeitungsstapel von ein paar Stühlen und bugsierte sie vorsichtig zu den unzähligen anderen Zeitungshaufen, die auf dem Boden vor sich hin gilbten. Dann bot er uns die leeren Stühle an, und ich bemerkte, dass auch Zoe zögerte, bevor sie sich auf die fleckigen Polster setzte. Die Tür hinter uns schloss sich mit einem leisen seufzenden Geräusch.

»Hm«, sagte Korowski. »Wollt ihr vielleicht Tee?«

Zoe und ich schüttelten fast synchron den Kopf und sahen dann fasziniert zu, wie Korowski braunen Tee aus einer Thermoskanne in eine gelbschwarz verfärbte Tasse schüttete und sie Lennart hinschob. »Milch gibt's hier nicht.«

Schweigen legte sich über den Raum, ab und zu unterbrochen von Lennart, der vorsichtig versuchte, den heißen Tee zu schlürfen.

»Dürfen Sie das hier eigentlich?«, fragte Zoe schließlich und deutete auf Korowskis überquellenden Aschenbecher. »Ich meine, rauchen?« Korowski sah sie für einen Moment lang verblüfft an, dann lachte er und nahm einen tiefen Zug aus seiner Zigarette. »Man hat mir ein Büro am Ende der Welt gegeben. Das hat auch Vorteile! Eines Tages werde ich hier sterben und nach Monaten wird man nur noch mein Skelett finden.« Er hustete beinahe fröhlich.

Sein Skelett! Es würde genau in dieses Zimmer passen. Aber auch der lebendige Korowski hatte schon auf alles abgefärbt. Die Wände, die Zeitungsausschnitte und sogar die Bezüge der Stühle hatten diesen braungelblichen Ton angenommen. Die Luft war mies, und ich fragte mich, ob die Klimaanlage auch hier frische Luft hineinblies oder ob dieser Raum einfach vergessen wurde. Hatte er eigentlich auch eine Kamera oder waren wir hier unbeobachtet?

Ich bemerkte, dass auch Zoe unauffällig nach oben sah. Ihre Hände umklammerten den Stuhl und sie räusperte sich.

»Das Thema des Referats … das Thema sollte … *Das Verbrechen bei Shakespeare* sein.«

»*Das Verbrechen bei Shakespeare*«, wiederholte Korowski und grinste hämisch. »Wie originell!«

»Lennart hat dazu ein Buch«, erklärte Zoe und gab Lennart neben ihr einen Stoß mit dem Ellenbogen. Lennart stellte seine Tasse auf den einzig freien Platz auf Korowskis Schreibtisch und zog unter seiner Jacke ein schmales Buch heraus. Es wirkte völlig zerlesen, und der Deckel wellte sich so, dass man den Titel auf dem Umschlag nicht erkennen konnte. Zwischen den Seiten steckte etwas, das wie ein Lesezeichen aussah. Korowski nahm es an sich und blätterte darin herum. »Benutzt ihr das jetzt etwa für eure Recherchen? *Bücher?* Habt ihr in der SEA nichts Vernünftiges gefunden?«

»Es gibt eben Bücher, die sind noch nicht digitalisiert«, sagte Zoe.

»Tatsächlich?« Korowski zog in gespielter Überraschung die Augenbrauen hoch. »Was meint ihr, was hier noch nicht alles digitalisiert ist!« Er deutete auf sein Büro. Manche der Zeitungsstapel waren mannshoch, die anderen reichten bis zur Mitte der mit Büchern vollgestopften Regale.

»Alles analog, alles gefährlich!«

»Wieso gefährlich?«, fragte ich.

»Nehmen wir dieses Buch …« Korowski legte Lennarts Buch auf den Schreibtisch. »Es ist nicht digitalisiert. Ihr hinterlasst beim Lesen keine Spuren wie bei einem Reader. Keiner kann erfassen, ob ihr es wirklich gelesen habt oder nicht. Was ihr überblättert habt oder bei welchem Satz ihr besonders lange hängen geblieben seid.« Er sah uns spöttisch an. »Das ist schlecht! Ihr entzieht euch der Kontrolle!« Er deutete auf sein verwahrlostes Büro. »Hier, überall kleine Zeitbomben!« Korowski kicherte leise. »Peng! Und noch mehr Zeitbomben sind natürlich im richtigen Archiv!«

»Sie meinen das Archiv im Untergeschoss?«, fragte Zoe.

»Möglich«, sagte Korowski und starrte vor sich hin. »Es gibt eigentlich nur eine Sache, die noch schlimmer ist: handschriftliche Aufzeichnungen! Pfui Teufel! Schreibt etwas mit der Hand und keiner hat es erfasst. Das ist schon nahe am Hochverrat!«

»Keiner schreibt mehr von Hand«, sagte Zoe.

»Gott sei Dank!«, erklärte Korowski. »Nicht auszudenken, was da an geheimen Gedanken aufs Papier käme!«

»Sie sollten sich dieses Buch jetzt aber mal genauer ansehen.« Zoe sagte das leise und schluckte. »Ich will wissen, ob es für unser Referat taugt!«

Korowski sah kurz hoch und vertiefte sich dann wieder in Lennarts Buch.

Langsam blätterte er zu der Stelle mit dem Lesezeichen. Ich

beugte mich vor, um besser sehen zu können. Das Lesezeichen war eine Fotografie. Ein Bild aus dem Holofilm. Korowski im Publikum. Wie hatte Lennart das geschafft? Ich hielt die Luft an. Auch hier mussten Kameras montiert sein. Wahrscheinlich über Korowskis Schreibtisch, denn der klappte nach einem kurzen Blick auf das Bild das Buch schnell wieder zu und hielt es unter dem Schreibtisch versteckt. Seine Miene verriet keine Regung, aber er zog langsam eine Schublade auf und entnahm ihr umständlich ein Päckchen Zigaretten, von denen er sich eine neue in den Mund steckte und mit einem altmodischen Gasfeuerzeug anzündete. Er blies den Rauch in die Luft, der sich in blauen Fäden nach oben wand. Dann klopfte er mit seinen Fingerknöcheln auf der Tischplatte herum und legte das Buch wieder auf den Schreibtisch.

Wir warteten gespannt.

»Was steht heute auf meinem T-Shirt?«, fragte er schließlich.

Ich starrte auf den Spruch. »Fair is foul and foul is fair.«

»Das ist von Shakespeare«, stellte Zoe fest. »*Macbeth*. Der Anfang.«

»Und wisst ihr auch, was es bedeutet?«, fragte Korowski.

»Es bedeutet, dass die Dinge nicht immer so sind, wie wir sie sehen«, erklärte Zoe.

Korowski zog an seiner Zigarette. »Ein ganz wichtiger Punkt … für euer Referat. Dinge, Menschen, die anfangs gut und richtig erscheinen, entpuppen sich als falsch oder gefährlich.«

»Und umgekehrt …«, setzte Zoe hinzu und sah Korowski aufmerksam an.

»Auch das!«, sagte Korowski, ohne mit der Wimper zu zucken.

»Meinen Sie immer das, was auf Ihren T-Shirts steht?«, fragte Lennart plötzlich.

Wir hielten alle die Luft an. Korowski blies den Rauch durch seine eckigen Nasenlöcher und konzentrierte sich darauf, die Asche vorsichtig abzustreifen.

»Es sind Zitate.«

»Hat Jonas das auch gewusst?«, fragte Zoe.

Korowski klappte das Buch abrupt zu und gab es Lennart zurück.

»So, Kinder! Es reicht jetzt.« Er wedelte mit seiner Hand vor unseren Köpfen herum, als wären wir lästige Fliegen, die er verscheuchen wollte. »Ich habe jetzt schon genug Zeit mit euch vertrödelt!« Er nahm noch einen Zug und nebelte sich mit Rauch ein.

Was blieb uns anderes übrig? Wir standen auf und gingen zur Tür.

»Wollen Sie uns nicht noch einen Tipp für die Recherche geben?«, fragte Zoe hartnäckig, als wir bereits auf dem Gang standen.

Korowski starrte sie vom Schreibtisch aus an. »Einen Tipp? Du willst einen Tipp?«

Zoe nickte.

»Mein Tipp ist: Such dir deine Freunde *genau* aus!«, sagte Korowski, bevor sich die Tür lautlos vor ihm schloss.

FAIR IS FOUL

Ja, ich gebe es zu. Es war nicht allein meine Idee, dieses Buch hier zu schreiben. Korowski hat mich drauf gebracht. Er hat das mit Absicht getan, denn nichts, was er sagte, war zufällig, aber das weiß ich erst heute.

Es ist auch kein Zufall, dass ich hier in dieses Buch mit einem Bleistift schreibe, den ich später aus seinem Büro geklaut habe. Später. Nachdem man ihn abgeholt hatte. Die Bomben waren losgegangen, eine nach der anderen. Spätestens da begriff ich, dass wir uns viel zu mächtige Gegner ausgesucht hatten. Dass wir völlig schutzlos und nur Schachfiguren in einem ganz anderen viel größeren Spiel waren. Ich hätte gleich an das Naheliegende denken müssen: an Korowskis letzten Tipp. Aber das tat ich nicht. Ich hielt es für Gerede. Hier sitze ich und muss fast lachen!

Aber ich will euch nicht verwirren. Nicht abschweifen, Ben! Darum erzähle ich jetzt alles schön der Reihe nach und zoome auf den Punkt auf meiner Zeitgeraden, als wir aus Korowskis Büro kamen.

Wir gingen erst mal ratlos auseinander mit dem schalen Gefühl, dass Korowski uns gar nichts erzählt hatte. Zumindest nichts, was uns weiterbrachte. Stattdessen schien er uns mit einem seiner T-Shirt-Sprüche abgespeist zu haben. »Fair is foul.« Ha, ha! Dass die Dinge nicht so waren, wie sie schienen, sah sogar ein Blinder.

Unsere Slaves, die wir im Gang wieder einschalteten, verabschiedeten sich jedenfalls euphorischer voneinander, als wir es taten. Ich hatte sowieso den Verdacht, dass sie sich gleich wieder hinter unserem Rücken heimlich verabredeten. Um was zu tun? Ihre Daten auszuwerten? Unser Verhalten zu analysieren? Bericht zu erstatten? Ich wusste es nicht, aber es war nicht das erste Mal, dass ich mir darüber Gedanken machte.

Als ich Lennart am nächsten Tag sah, wirkte er verändert. Er saß im Unterricht neben mir, schweigsam und unzugänglich wie immer, aber seine Hände zitterten, als er seinen Würfel aufrief. Und er verrechnete sich zum ersten Mal in einer Mathestunde. »Wir müssen uns treffen«, flüsterte er mir nach der Stunde zu. »Ich habe was gefunden.«

Ich zerbrach mir den ganzen Vormittag den Kopf darüber, wie ich unauffällig in den Keller gelangen konnte, doch Lennart nahm mir das Grübeln ab, indem er mich nach dem Sportunterricht in den Materialraum zerrte. »Wir sind heute zum Aufräumen eingeteilt«, sagte er leise und wuchtete Bälle in ein Regal. Wieso musste man die schweren Bälle eigentlich immer nach oben räumen und die leichten nach unten? Ich sah zur Decke hoch, doch Lennart schüttelte nur stumm den Kopf. Keine Kameras. Nicht hier. Wir blickten uns an und legten beinahe gleichzeitig die Magnete unter unsere E-braces. Lennart bedeutete mir, ihm zu folgen, und stieg über die Bälle zu einer Wand, an der ein Ungetüm von einer Weichbodenmatte lehnte, die er fast mühelos zur Seite schob. Ich staunte. Hinter der Matte befand sich eine Tür. Lennart legte sein E-brace an das Touchpad, und die Tür sprang mit einem leisen Klicken auf. Vor uns im Zwielicht lag eine Treppe, die nach unten führte.

»Manchmal ist es ganz gut, Extraaufgaben zu bekommen«, flüsterte Lennart. »Aber wir haben nicht viel Zeit. Vielleicht eine Viertelstunde, sonst fragen sich alle, ob wir von den Medizinbällen erschlagen wurden.« Er grinste.

Ich folgte ihm die Treppe runter. Die Tür hinter uns schloss sich und wir gingen im spärlichen grünen Licht weiter an Rohren und Lüftungsschächten vorbei. Es war ein anderer, verwinkelter Weg, der uns aber wieder in die Sprinklerzentrale führte. Lennart nahm gerade Fischs Schnapsflasche und schüttete einen Teil davon in den Ausguss, als wir hörten, wie draußen jemand die Treppen hinunterlief. Zoe! Ich konnte sie am Klang ihrer Schritte erkennen. Ich muss gestehen, mein Herz machte einen kleinen Satz. Für einen Moment hatte ich wieder dieses Loopinggefühl. Ich versuchte es schnell abzuschütteln, aber das gelang mir nicht. Zoe setzte sich neben mich. Sie atmete schnell.

»Ich habe nicht viel Zeit. Offiziell bin ich nämlich gerade bei Cilly und helfe ihr bei den Hausaufgaben.« Zoe lachte leise. »Das glaubt zumindest TaiFun.«

»Du kannst also bleiben, bis Cilly ihren nächsten Stromstoß erhält«, sagte ich.

Sie sah mich an. »Du weißt das?«

Ich nickte. Zoe zog kurz die Augenbrauen hoch und sah dabei wirklich arrogant aus. Aber sie konnte nicht verhindern, dass sie auch einen Moment lang überrascht dreinblickte, was mich unerklärlicherweise freute.

»Was gibt's Lennart?«, fragte sie schließlich.

Lennart hatte das zerfledderte Shakespeare-Buch vor sich auf den Boden gelegt. Die Lichter unserer E-braces erleuchteten den Raum.

»Ich … ich habe da was herausgefunden.« Lennarts Gesicht

lag im Schatten, aber ich konnte auch so erkennen, dass er aufgeregt war. Er sprach ungewöhnlich schnell und sah uns dabei aber nicht an.

»Wenn man *Philip Korowski* in die SEA eingibt, findet man rein gar nichts!«, erklärte er. »Nur eine kommentierte Zitatensammlung.«

»Was für eine Überraschung!«, sagte ich.

»Wenn man allerdings *Philip Linklater* eingibt, dann findet man Tausende von Einträgen.«

»Wieso *Linklater*?«, fragte ich verwirrt.

Lennart blickte flüchtig zu uns hoch und ein scheues Grinsen huschte über sein Gesicht. Er klappte das gewellte Shakespeare-Buch auf und zog etwas zwischen den Seiten hervor. Es war nicht das Foto des Hologramms. Es war ein gelbliches Stück Papier. »Das ist ein Zeitungsausschnitt. Ich habe ihn im Buch gefunden, nachdem uns Korowski aus dem Büro geworfen hat.«

»Dann muss er ihn hineingelegt haben!«, sagte ich.

Lennart nickte. »Wahrscheinlich als er sich die Zigarette anzündete. Er … er wollte, dass wir das sehen.«

Zoe und ich beugten uns neugierig über das Papier.

»Netzaktivist kämpft weiter«, stand als Schlagzeile über einem Schwarz-Weiß-Foto – also einem Schwarz-Gelb-Foto, um genauer zu sein. Auf dem Bild sah man den jungen Korowski, der in die Kamera blinzelte, die Finger zum Victoryzeichen gespreizt. Er hatte immer noch sein »Adam is a Spy«-T-Shirt an. Es sah ziemlich verknittert aus. Die Unterschrift zu dem Foto war in kleinen kursiven Buchstaben gesetzt.

Netzaktivist Philip Linklater, der gegen seinen ehemaligen Arbeitgeber Logos prozessierte, wurde wegen Betrugs zu drei Jahren Haft verurteilt. Nach wie vor behauptet er, unschuldig zu sein.

»Dann ist Korowski gar nicht Korowski?« Zoe sah hoch zu

Lennart. »Und er hat tatsächlich für Logos gearbeitet. Du hattest recht!«

Lennart nickte und holte Luft. »Ich habe dann nach Linklater gesucht.«

»Bist du irre?«, fragte Zoe. »Deine Suche wird doch gespeichert.«

Lennart schüttelte den Kopf »Also … na ja, ich habe sie verschlüsselt. Mit einem Algorithmus, der …«

»Was hast du gefunden?«, fragte ich schnell.

»Philip Linklater ist der Sohn von Damien Linklater, einem Lehrer aus Nordengland und – haltet euch fest – Lena *Korowski*, einer deutschen Ärztin.«

»Dann hat er also den Nachnamen seiner Mutter angenommen?«, fragte ich.

Lennart nickte. »Philip Linklater wuchs in Berlin auf und studierte Linguistik und englische Literaturwissenschaften an der Uni Potsdam. Dann ging er mit einem Stipendium in die USA und fand eine Anstellung in der Forschungsabteilung von Logos.«

»Aber warum wurde er verurteilt?«, fragte ich. »Hat das etwas mit Logos zu tun?«

»Also … angeblich soll er dort größere Summen veruntreut haben. Allerdings hat er selbst immer behauptet, unschuldig zu sein. Und es gibt *noch* eine Sache, die wirklich komisch ist.«

Lennart sah uns an. Er war ziemlich rot im Gesicht, das konnte ich sogar im grünlichen Licht der E-braces erkennen.

»In der SEA finden sich alle möglichen Artikel über den Prozess, aber nichts über ihn als Netzaktivist. Es steht nirgendwo etwas darüber, gegen was er protestiert hat. Das Einzige, was wir davon haben, ist dieses Bild auf der Versammlung bei der Einführung der Slaves und dann dieses Zeitungsfoto. Es sieht fast so aus, als sei alles andere gelöscht worden.«

»Geht das?«, fragte ich.

»Oh ja.« Lennart nickte. »Man kann Programme einsetzen, die alles durchsuchen und dann die Stellen einfach löschen.«

»Das ist aber ganz schön aufwendig«, wandte ich ein.

»Für jemanden wie ihn muss es den Aufwand wert gewesen sein«, sagte Zoe. »An was hat Korowski – oder Linklater – bei Logos eigentlich gearbeitet?«

Lennart entfaltete eines seiner riesigen grauen Taschentücher und schnäuzte sich. »Das ist es ja. Darüber steht überhaupt nichts in den Archiven. Es gibt mehrere Einträge zu dem Prozess, aber über seinen Protest und was er bei Logos genau gemacht hat, ist gar nichts zu finden. Es heißt nur, dass er der Leiter einer Forschungsgruppe gewesen sei.«

»Korowski in einer Forschungsgruppe? Was soll er denn erforscht haben? Zitate?« Zoe schüttelte den Kopf.

»War er nicht Linguist?«, fragte ich schließlich.

»Das hat er zumindest studiert«, sagte Lennart.

»Vielleicht hat er ja den Slaves das Sprechen beigebracht«, überlegte ich laut.

»Wie meinst du das?«, fragte Zoe.

»Die Nutzer sollten ja nicht mehr merken, dass ihnen eine Maschine gegenübersitzt. Die Slaves mussten Sprache erkennen und entsprechend antworten. Es sollte sich so anfühlen, als ob man mit einem echten Menschen sprechen würde«, erklärte ich.

»Genau das tut es auch«, bemerkte Zoe und sah mich an. »Das klingt schlau!«

»Ist es!«, sagte ich so lässig ich konnte.

»Aber warum hat sich Korowski dann plötzlich gegen Logos gewandt?«, fragte Lennart.

»Vielleicht hat er ja bei der Arbeit etwas herausgefunden, was ihm nicht gefallen hat!«, vermutete Zoe.

»Und sich dann allein gegen diesen riesigen Konzern gestellt?« Ich versuchte mir Korowski als mutigen Aktivisten vorzustellen, aber es gelang mir nicht richtig. Das Bild des von Zigarettenrauch umnebelten Lehrers in seinem abgeranzten Büro schob sich immer davor.

»Vielleicht war er ja gar nicht allein!«, sagte Zoe.

»Du meinst, er gehörte damals schon zu den *Falschen Freunden*?« Ich sah Zoe an. Die zuckte mit den Achseln. »Vielleicht hießen sie damals anders.«

Wir schwiegen und hörten den Wassertropfen zu, die hinter uns in den Bottich fielen. Mir wurde plötzlich bewusst, das Zoe nur wenige Zentimeter von mir entfernt saß. Der Abstand zwischen uns war mit tausend Atomen gefüllt, die dauernd hin- und herflitzten. Sehr verwirrend. Ob sie das wohl genauso empfand? Ich sah zur Seite. Zoe sah nachdenklich aus.

»Jonas wusste das«, sagte sie. »Er wollte, dass wir den Holofilm sehen, und er wollte, dass wir zu Korowski gehen. Ich glaube, das alles ist eine Spur, die er gelegt hat. Er … er wusste, dass er in Gefahr schwebt, und das Ei war so etwas wie seine Absicherung, dass wir auf jeden Fall nach ihm suchen werden, wenn etwas passiert.«

»Wir werden ihn finden«, sagte Lennart leise.

»Ja, nicht wahr?« Zoe wischte sich hastig mit dem Handrücken über die Augen.

Ich spürte plötzlich einen Stich dort, wo ich mein Herz vermutete. Es war nicht das, was Zoe gesagt hatte, was plötzlich so wehtat, es war die Art, *wie* sie es gesagt hatte. Das mit den Atomen war sicher nichts als ein blöder Irrtum von mir. Und wenn nicht, dann flitzten sie leider nur in eine Richtung.

»Wir müssen herausfinden, an was Korowski geforscht hat«, sagte Lennart.

»Aber wo sollen wir etwas finden?«, fragte ich. »Wenn es dazu nichts in der SEA gibt.«

Zoe sah Lennart an. »Bis wann hast du es geschafft, den Zugang zu den unteren Ebenen zu knacken?«

Lennart starrte auf seine großen Hände. »Ich arbeite gerade an U3.«

»Du solltest lieber an U5 arbeiten«, sagte Zoe.

Ich sah sie fragend an.

»Da ist das Archiv! Vielleicht finden wir etwas in diesen Büchern? Die Zeitbomben, ihr erinnert euch? Es ist der einzige Weg herauszufinden, wohin sie Jonas gebracht haben.« Zoes Stimme zitterte. »Und wir *müssen* das herausfinden.«

Ich sah sie von der Seite an. Der Stich verblasste. Aber mir war, als wäre der Looping plötzlich angehalten worden, und statt des verrückten unglaublichen Achterbahngefühls war da eine schwarze Leere. Nein, sie war nicht schwarz, eher grau und scheußlich sinnlos.

»Okay!« Ich räusperte mich. »Dann lasst uns dort einbrechen!«

Es war nicht so, dass ich besonders mutig gewesen wäre, aber ich hatte plötzlich das Gefühl, etwas gegen diese graue Leere unternehmen zu müssen. Und das musste etwas Außerordentliches sein, denn sie war ziemlich groß.

Zoe lächelte mich an, aber es freute mich nicht. Ich flüchtete mich schnell in einen Witz. »Und du hast nicht zufällig vor, mir wieder mit irgendetwas den Schädel zu spalten? Ich frage nur, damit ich mich schon mal auf alles einstellen kann!«

»Du bist ein Idiot, Ben!«, sagte Zoe.

Ja, um ehrlich zu sein, genauso fühlte ich mich.

U5

Eben musste ich unterbrechen. Meine Kerze ist ausgegangen. Erloschen in einem Windhauch, der durch den Lichtschacht kam. Ich habe sie wieder angezündet. Mit meinem letzten Streichholz. Zu spät habe ich begriffen, dass ich jetzt nicht mehr schlafen kann. Denn bevor diese Kerze wieder ausgeht, muss ich mit ihrer Flamme die andere anzünden. Solange Licht brennt, kann ich schreiben. Ich will sowieso nicht schlafen. Ich will mit meinem Bericht fertig werden, bevor sie mich finden. Ich weiß nicht mal, ob ich müde bin.

Zoe und Lennart. Wo sie wohl sind? Haben sie es geschafft? Mein Herz jedenfalls tut nicht mehr weh. Nicht so wie in diesem Moment, als ich begriff, wie viel Jonas Zoe bedeutete.

Ich will euch jetzt aber nicht länger damit nerven, was ich fühlte oder so. Es ist für die Geschichte nicht wichtig. Also fast nicht wichtig.

»Wie geht es dir, Ben?«, fragte Sakar am Abend. Wir waren in meinem Zimmer. Das Häusermeer von New York schimmerte als glitzernde Kulisse im Sonnenuntergang auf der Wand. Ich hatte mich umgezogen und wollte ihn gerade abschalten.

Wie geht es dir? Das war eine ungewöhnliche Frage. Sowohl für den alten als auch für den neuen Sakar. Dem alten Sakar hätte ich vielleicht etwas erzählt, so wie ich ihm immer alles erzählt hatte. Aber diesem neuen Exemplar, das nur noch so aussah wie Sakar? Ich sollte auf der Hut sein.

»Gut«, log ich also.

Sakar blickte mich an. »Bist du nicht deprimiert?«

»Weißt du überhaupt, was das Wort bedeutet?«, fragte ich.

»Entmutigt, enttäuscht, gedrückt, geknickt, niedergeschlagen, mutlos«, erklärte Sakar.

»Toll«, erwiderte ich, »das hast du aus dem Wörterbuch.«

»Woher sollte ich es sonst haben?«

»Ich meinte eigentlich, ob du weißt, was das Wort für einen Menschen bedeutet. Wie es sich anfühlt?«, fragte ich. Ah, es war eine gute Methode, von mir abzulenken und Sakar zum Mittelpunkt des Gesprächs zu machen.

»Wie es sich für einen Menschen anfühlt, kann ich nicht wissen, weil ich kein Mensch bin«, sagte Sakar.

Wenigstens war er ehrlich.

»Allerdings kann ich mir vorstellen, wie es ist.«

»Du kannst aber nicht fühlen, du kannst nur Daten miteinander vergleichen.«

Sakar seufzte. »Ich fühle eben auf meine Art.«

»Das glaube ich nicht!«, sagte ich. »Während ich wirklich fühle, spielst du mir das Fühlen nur vor.«

Sakar schwieg. »Macht das denn einen Unterschied?«, fragte er schließlich.

Ich schnappte nach Luft. »Hör mal, ich habe keine Lust, mit dir über diesen Unsinn zu diskutieren. Du musst auch kein Mitgefühl heucheln, wenn du sowieso keines empfinden kannst.«

»Ich heuchle kein Mitgefühl, ich frage nur, ob du deprimiert bist. Das ist ein Unterschied«, stellte Sakar fest.

Da hatte er sogar recht. Ich spürte trotzdem leise die Wut in mir aufsteigen.

»Und warum willst du es überhaupt wissen?«
»Ich könnte dir den passenden Song dazu suchen.«
»Bitte nicht!«
»Oder vielleicht einen Witz?«
»Das macht es nur noch schlimmer.«
»Also ist es jetzt doch schlimm?«, beharrte Sakar.
Am liebsten hätte ich ihn geschlagen.
»Tu mir einen Gefallen und verschwinde!«, sagte ich schließlich.
»Mach ich, du Kretin!«
»Was hast du gesagt?« Ich starrte ihn an und mein Herz begann schneller zu klopfen.
»Deine Pulsfrequenz geht hoch«, sagte Sakar. Aha. Er kannte den Trick mit dem Ablenken also auch.
»Ich will wissen, was du eben gesagt hast!«
»Ich habe gesagt, dass ich verschwinden werde«, erklärte Sakar.
»Ich meine danach!«
Sakar zögerte. Er stand starr vor mir und rührte sich nicht.
»Du hast das Wort schon mal verwendet!«, sagte ich. »Es war auf meinem alten Schulweg. In der Nähe der Grimmstraße.«
Sakar bekam für einen Moment wieder diesen nach innen gewandten Blick. Er checkte. Was checkte er nur?
»Du weißt, dass dazu alle meine Daten verloren gegangen sind«, erklärte er schließlich.
»Und weißt du auch, warum?«, fragte ich.
»Es war ein Systemzusammenbruch.«
Wir schwiegen.
»Wenn du jetzt noch irgendwelche Wünsche hast …« Sakar sah mich an.
Wünsche! Ich hatte Tausende davon, aber ich würde sie ihm nicht verraten.

»Mach das Stadtbild ein bisschen dunkler!«, sagte ich stattdessen.

»Selbstverständlich.« Sakar ließ auf dem Bild die Sonne untergehen und die Häuser fingen an zu glitzern. »Gute Nacht, Ben!«

»Gute Nacht, Sakar!« Ich drückte auf den Knopf des E-brace und Sakar verschwand. Ich legte mich ins Bett, sah auf den orangefarbenen Mond über New York und fiel dann in einen unruhigen, von vielen Träumen durchwobenen Schlaf.

Es sollte das letzte Mal sein, dass ich in einem normalen Bett schlief, das letzte Mal, dass ich mir keine Sorgen machen musste. Hätte ich es gewusst, hätte ich dann besser geschlafen? Ganz sicher nicht. Ich bin froh, dass wir nicht in die Zukunft schauen können. Wir würden jeden Tag vor Angst sterben!

Lennart schaffte es jedenfalls schneller, als ich gedacht hatte, die Zugänge zum fünften Untergeschoss so zu programmieren, dass wir sie mit unseren Magneten öffnen konnten. Er brauchte dafür einen Tag und eine Nacht. Am nächsten Tag drückte er mir unauffällig ein Papiertaschentuch in die Hand. Ich entfaltete es kurze Zeit später auf der Toilette, las es und spülte es die Kloschlüssel hinunter. *16:45 Uhr Keller.*

Der Tag verging so unauffällig, wie man es sich nur denken kann. Seltsamerweise fühlte ich mich die ganze Zeit über beobachtet. Drehte ich mich allerdings um, dann konnte ich niemanden entdecken, der mir folgte.

Selbst Zoe sah in eine ganz andere Richtung. Ich war sogar froh darüber, denn ich hatte das Gefühl, mich bei unserem letzten Treffen wirklich zum Idioten gemacht zu haben. Schwirrende Atome! Ha, ha!

Je näher der Nachmittag rückte, desto nervöser wurde ich. Ich saß in meiner Bank neben Lennart, der es schaffte, so versunken wie immer auszusehen, und beobachtete die Lehrer. Sie öffneten und schlossen ihre Münder, aber ich weiß nicht, worüber sie sprachen. Ich kann auch nicht mehr sagen, was es zu Mittag gab, was ich jetzt schade finde, denn es war das letzte vernünftige Essen, das ich bekommen habe.

Um zwanzig Minuten vor fünf versteckte ich mich in einem Pulk von Jungen, die aus der Turnhalle kamen. Ich ließ mich in ihrer Mitte bis zum Ende des Ganges treiben und stieß dann die Glastür auf, die zum Musikzimmer führte. Vorsichtig holte ich den Magneten hervor, legte ihn unter das E-brace und öffnete damit die Kellertür. Als ich in die Sprinkleranlage kam, saßen dort schon Zoe und Lennart. Zoe blickte mich nicht an, aber Lennart begrüßte mich mit seinem schüchternen Lächeln. Er streckte seine Hand aus und ließ uns die zierliche Damenuhr seiner Mutter sehen. Ich starrte auf das Ziffernblatt. Wie las man diese Uhren gleich wieder?

»Es ist zehn vor fünf«, erklärte Zoe, die mein Zögern bemerkt hatte. »Wann hast du den Magneten aktiviert?«

Ich überlegte. »Um Viertel vor.«

Zoe nickte. »Um zwanzig vor sechs sollten wir wieder hier sein.«

Lennart drehte an einer winzigen Schraube und gab die Uhr Zoe, die sie schweigend einsteckte.

Auf dem Weg nach unten ließen unsere E-braces ihr grünes Licht in das Treppenhaus pulsieren. Es wirkte wie ein Herzschlag, als wollten sie uns daran erinnern, dass sie lebendig waren. Ich musste mir immer wieder sagen, dass wir sie ausgeschaltet hatten und man nur ihr Licht sehen konnte, aber es beruhigte mich nicht richtig. Ich lief als Letzter hinter Lennart und war ganz froh, dass er zwischen Zoe und mir ging und ich sie nicht die ganze Zeit vor mir sehen musste.

Nie hätte ich vorher gedacht, dass das Gebäude fünf Geschosse nach unten ging. Fünf Stockwerke hoch und fünf Stockwerke unter die Erde. Der Keller war wie ein Spiegel des oberen Gebäudes; aber so hell und transparent oben alles schien, so dunkel und unbekannt waren diese Teile. U1 und U2 waren für die Haustechnik, die Belüftungsanlagen und die Heizung. In U5 befand sich das Archiv, aber was war in den Ebenen 3 und 4? Als wir an den Türen vorbeigingen, hörten wir ein seltsames hohes Sirren.

»Das sind die Serverräume«, erklärte Lennart.

»Woher weißt du das?«, fragte ich.

Lennart tippte sich an den Kopf. »Ich habe den Plan auswendig gelernt.«

Irgendwann ging selbst diese Treppe nicht mehr weiter. Wir waren endlich unten angekommen. Vor uns lag nur noch eine Tür. U5. Lennart drehte sein E-brace langsam mit dem Magneten vor das Touchpad. Wir hielten alle die Luft an und warteten.

Die Tür schob sich zur Seite und gab den Blick frei auf einen Gang mit Eingängen rechts und links. »Und da ist keine Kamera?«, fragte Zoe misstrauisch. Lennart sah sie an. »Ehrlich gesagt weiß ich das nicht.«

»Du weißt es nicht?«, fragte ich.

Lennart wiegte den Kopf. »Es sind keine Kameras eingezeichnet. Aber wer weiß? Ich kann es allerdings mit achtzigprozentiger Wahrscheinlichkeit ausschließen.«

»Wie das?«

»Na ja, ich weiß, dass in den Stockwerken über uns keine Kameras sind, also rechne ich die Wahrscheinlichkeit hoch.«

»Sehr beruhigend!«, antwortete Zoe.

Ich starrte auf die Gangdecke. Keine Vertäfelung. Eigentlich nichts, wo man unauffällig eine Linse hätte einschmuggeln können. »Versuchen wir es!«

»Warte!« Zoe sah mich an. Zum ersten Mal an diesem Tag. »Das Risiko ist zu groß für uns alle. Ich geh alleine.«

»Kommt nicht infrage«, sagte ich schnell. Und auch Lennart schüttelte seinen riesigen Kopf. »Das Risiko bleibt bei zwanzig Prozent, ob da nun einer reingeht oder drei.«

Zoe sah ihn an, wollte etwas erwidern, ließ es aber.

So liefen wir zu dritt den Gang entlang. Unsere Schatten zogen an den Nummern auf den Türen vorbei. U501, U502. Außer diesen Zahlen stand da nichts, was darauf schließen ließ, was sich hinter den Türen verbarg.

Die Bibliothek befand sich in U534. Dabei lag sie nicht etwa zwischen U533 und U535. Nein, sie war auf der anderen Seite des unterirdischen Stockwerks angelegt. Wir mussten erst durch einige Quergänge laufen und landeten erst einmal in einer Sackgasse.

»Komisch«, brummte Lennart, als wir vor einer Tür mit einer Klinke standen.

»Hier ist ein Raum, den es gar nicht geben dürfte. Er ist nirgendwo eingezeichnet.«

»Bist du dir sicher?«, fragte Zoe. Lennart nickte. »Ganz sicher.«

Ich drückte die Klinke und der Geruch von Putzmitteln schlug mir entgegen. Ich sah mich um. Der Raum hatte einen Lichtschacht, der die ganzen fünf Stockwerke nach oben führte. Irgendwo weit oben war ein Gitter angebracht und man konnte ein fein gerastertes Stück Himmel sehen. Etwas blitzte dort weit oben in der Sonne des Herbstnachmittags. Für einen Moment überlegte ich, wohin der Schacht wohl führen mochte, und plötzlich wurde mir klar, dass das Blitzen von dem Alien stammen musste. Es war seine Hand, die er ausstreckte, um nach dem entschwundenen Raumschiff zu spähen.

Ja, ich bin hier. Der einzige Raum in der Akademie, der nicht auf den Plänen verzeichnet ist. Und ich sollte bald hier landen, es würde nicht mehr lange dauern, aber es ist ein verschlungener Weg dorthin. Habt Geduld!

»Hier ist nichts«, sagte ich zu den anderen, als ich wieder auf den Gang trat. Wir verirrten uns mindestens noch zweimal, und ich fragte mich, ob Lennart sich den Plan nicht richtig gemerkt hatte – was eigentlich unwahrscheinlich war – oder ob der Plan einfach nicht alles korrekt wiedergegeben hatte.

Schließlich hatten wir U534 gefunden. Lennart hielt sein E-brace mit dem Magneten an die rechte Seite der Mauer und die Tür sprang tatsächlich auf. Wir hoben unsere Arme, und die E-braces beleuchteten einen Raum, nicht größer als ein Klassenzimmer. In eng aneinandergereihten Aluminiumregalen standen Bücher. Eigentlich hatte ich erwartet, dass es so wie bei Korowski riechen würde, aber hier war keine Spur von Zigarettenrauch. Wenn überhaupt, dann roch es nach Staub.

Wenn ihr das hier lest, müsst ihr noch Bibliotheken haben. Ihr hättet ja sonst mein Buch nicht gefunden. Ich muss gestehen, ich war vorher noch nie in einer Bibliothek. Das Feierliche und Altmodische dieser Bücher ließ mich fast erstarren. Meine Großeltern hatten noch Bücher in ihrem Regal im Wohnzimmer, aber natürlich lange nicht so viele wie hier.

Zoe verschwand zwischen den Regalen. »Hier sind fast nur Sachbücher«, sagte sie. »Geschichte, Philosophie, Mathematik, Englisch. Es ist nach Fachgebieten geordnet.«

»Nach was suchen wir eigentlich?«, fragte ich.

»Nach Linklater?«, sagte Zoe. »Genau weiß ich es auch nicht.«

Lennart verkrümelte sich hinter dem Mathematik-Regal. Ich ging zur Englischen Literatur, starrte auf die vielen Bücher vor mir und verspürte den starken Wunsch, sie zu scannen und mir auf das E-brace zumindest eine Inhaltsangabe zu laden. Wie sollte man sich sonst hier zurechtfinden?

Ich zuckte zusammen, als ich plötzlich Zoe hinter mir spürte.

»Sie sind alphabetisch geordnet«, sagte sie leise.

Alphabetisch! Natürlich. Ich suchte mit den Augen die Reihen ab. Auf den Buchrücken waren mit zwei Großbuchstaben Abkürzungen gedruckt.

Zoe stand ganz dicht neben mir und suchte ebenfalls. Ich atmete die gleiche Luft wie sie und wünschte mir einen Augenblick lang, wir würden dieses Buch nie finden. »Hier«, sagte ich schließlich. » Da ist was mit *Li.*« Ich zog ein schmales blaues Buch heraus. Wir leuchteten mit unseren E-braces auf den Einband.

Liebesgedichte aus drei Jahrhunderten.

Wir sahen einander nicht an. Ich war unglaublich froh darüber, denn mein Gesicht brannte. In meinem Kopf tanzten Funken, und ich weiß nicht, warum mir der nächste Satz über die Lippen kam. Es hatte was mit der Achterbahn und dem Looping zu tun. Ich war gerade an der Stelle, an der man mit dem Kopf nach unten aus dem Wagen hängt. »Soll ich dir vielleicht eins vorlesen?«, fragte ich. Für einen Augenblick hoffte ich, dass es ironisch klang. Aber nein, es klang nicht so. Und es war auch nicht so gemeint.

Zoe sah mich an. Ein Herzklopfen lang. Zwei. Dann lächelte sie.

»Mir wäre es eigentlich lieber, wenn du mir eines schreibst!« Nachdem sie das gesagt hatte, blickte sie auch nach unten. Und – es klang auch nicht ironisch.

Nein, den Gefallen tue ich euch nicht. Ihr werdet es nirgendwo finden. Nicht hier. Denn – auch wenn ihr mich für völlig bescheuert haltet: Ja, ich habe später tatsächlich ein Gedicht geschrieben.

Wir schwiegen beide. Mein Herz fühlte sich so leicht an wie schon seit Langem nicht mehr. Für einen Moment hatte ich ganz vergessen, wozu wir hier waren. Doch Zoe nahm mir das Buch aus der Hand und stellte es wieder zurück ins Regal.

»Vielleicht müssen wir bei Linguistik schauen«, flüsterte sie und zog mich zu dem Aluminiumregal, an dessen Seite ein weißes Schild befestigt war: Linguistik und Sprachwissenschaften. Ich ließ meine Augen über die Buchdeckel schweifen. LI-LZ.

»Linklater – da haben wir ihn«, sagte Zoe. Sie deutete auf drei rote, ziemlich ähnliche Bücher, die nebeneinanderstanden.

Ich zog einen Band heraus. Er war in Leinen gebunden und ziemlich schwer.

Ich schlug ihn auf. »The Language of Virtual Agents by Philip Linklater, Part 1.«

Zoe nahm den zweiten Band und blätterte darin herum.

»Mit Virtual Agents meint er vermutlich die Slaves. Hier geht es darum, welche Bewegungen und welche Mimik man ihnen beim Sprechen einprogrammiert.«

»Ich habe aber nicht das Gefühl, dass die Bücher in letzter Zeit jemand aufgeschlagen hat«, murmelte ich, während ich versuchte, die Inhaltsangabe zu verstehen.

»Ich schon«, sagte Zoe und holte etwas hinter dem letzten der drei Bände hervor.

Es war ein E-brace. Ein älteres abgerundetes Modell, zerkratzt, und dort, wo sich der Sensor für die Pulsmessung befand, in zwei saubere Hälften zerteilt.

»Und damit hast du verdammt recht«, sagte eine Stimme hinter uns.

ROHSTOFF

Wir drehten uns um. Hinter uns stand Korowski. Jetzt, da er nicht saß oder vorne am Pult stand, bemerkte ich erst, wie klein er war. Seine Haare und sein Bart glühten grün im Licht unserer E-braces. Er trug diesmal ein schwarzes T-Shirt mit weißer Schrift. *Ghost in the Machine*. Mein Blick fiel auf seine Handgelenke. Sie waren leer.

Wir schwiegen eine Weile. Ich überlegte, ob wir schnell abhauen sollten, aber Zoe neben mir rührte sich nicht. Wo war eigentlich Lennart? Ich hatte ihn, seitdem wir die Bibliothek betreten hatten, nicht mehr gesehen.

Korowski jedenfalls sah nicht gefährlich aus. Irgendetwas sagte mir, dass er uns nicht verraten würde. Er nahm Zoe das Buch aus der Hand und strich vorsichtig über den Einband.

»*The Language of Virtual Agents*. Wisst ihr, was das Schwierigste war bei der ersten Generation der Slaves?«

Es war keine Frage, auf die er eine Antwort erwartete. Für einen Moment sah er wieder aus wie ein Lehrer.

»Die Gesten!«, fuhr Korowski fort. »Die Slaves mussten ja nicht nur lernen, Gefühl in ihre Stimme zu legen. Das war schon schwierig genug! Aber für jedes noch so kleine Gefühl gibt es Hunderte von winzigen Bewegungen, und die mussten wir zusammen mit der Sprache programmieren.«

»Und wir sollen Sie jetzt dafür bewundern?«, fragte Zoe.

Korowski lachte kurz auf. »Bewundern! Ich bin froh, wenn ihr mich nicht verabscheut!«

Er kramte in den Taschen seiner alten Jeans und förderte ein Päckchen Kaugummi zutage. »Ich würde euch ja gerne einen anbieten, aber der ist mit Nikotin.«

Zoe und ich schüttelten angewidert den Kopf. Korowski zuckte mit den Schultern und schälte eine weiße Kugel aus dem Silberpapier. »Was wir damals nicht bedacht hatten, war, dass die Slaves bald anfingen, ihre Besitzer zu kopieren. Schaut euch euren Slave an und ihr seht euer Spiegelbild! Sie lernten unglaublich schnell.«

Er stellte das Buch in das Regal zurück. »Aber das ist lange her.«

Wir schwiegen eine Weile, während mir Tausende von Gedanken durch den Kopf ratterten.

»Wie sollen wir Sie nun nennen? Korowski oder Linklater?«, fragte Zoe schließlich und kam mir mit ihrer Frage zuvor.

Korowski lachte leise. »Linklater ist tot. Er starb in einer Gefängniszelle. Nach zwei Jahren Haft. Steht übrigens in der SEA.« Er machte eine kurze Pause. »Zumindest habe ich es so eingegeben.«

»Und was ist mit Korowski?«, fragte Zoe.

Korowski kratzte sich an seinem Bart.

»Der Korowski, den ihr kennt, ist ein kleiner Englischlehrer mit komischen T-Shirts und ohne Vergangenheit.«

»Und weiß jemand von Linklater?«, fragte ich. »Ich meine, außer uns?«

»Jonas hat es gewusst. Er hat diesen Ausschnitt aus dem Holo gesehen. Der erste von all meinen Schülern, der mich erkannt hat.«

Ich bemerkte, wie Zoe neben mir zitterte. »Hat man ihn deshalb weggebracht?«

Korowski schüttelte den Kopf. »Ihr habt das noch nicht verstanden! Es geht hier nicht um mich.«

»Wohin hat man Jonas gebracht?«, fragte Zoe.

Korowski schwieg und steckte sich die weiße Kaugummikugel in den Mund irgendwo zwischen seine wild wuchernden Barthaare.

»Es verschwinden öfter Schüler, nicht wahr?«, fragte Zoe. »Ich habe einmal ein Gespräch zwischen zwei Mädchen aus den oberen Klassen belauscht. Im letzten Jahr sind zwei Schüler einfach nicht mehr aufgetaucht.«

Ich sah Zoe aus den Augenwinkeln an. Wieso hatte sie uns davon nichts erzählt?

»Ich habe ihn gewarnt«, sagte Korowski leise. »Ich wusste, dass Grünwald ihn an diesem Abend holen wollte.«

»Dann waren Sie das mit den Morsezeichen!«, sagte ich atemlos.

Korowski nickte. Mein Herz klopfte mir bis zum Hals. Ich sah auf mein E-brace, aber ich konnte die Herzfrequenz nicht sehen. Natürlich nicht! Gott sei Dank nicht! Meine Lungen fühlten sich auch nicht gerade gut an, also atmete ich zweimal tief ein und aus.

»Warum haben sie Jonas abgeholt?«, fragte Zoe. Sie zitterte noch stärker als vorher.

»Weil er etwas wusste«, sagte Korowski.

»Was?«, fragte Zoe. »Was wusste er?«

Korowski starrte uns an. Ich konnte seinen Blick schwer deuten. Seine Haare hingen ihm wirr ins Gesicht, und er sah uns an, als würde er etwas abwägen.

»Ich … ich muss dazu etwas ausholen.«

Zoe zog Lennarts schmale Damenarmbanduhr aus ihrer Hosentasche und legte sie in das Regal neben uns.
»Wir haben noch zwanzig Minuten.«

Hey, ihr in der Zukunft! Ich versuche jetzt ziemlich genau das wiederzugeben, was Korowski gesagt hat. Ich weiß, das ist ziemlich wichtig. Es war kompliziert und vielleicht habe ich auch einiges nicht verstanden. Aber ihr müsst natürlich immer mit der Beschränktheit des Berichterstatters leben. Ich versuche mein Bestes. Lest es, es ist wichtig! Denn so habe ich die Geschichte noch nirgendwo gehört.

Korowski räusperte sich kurz. »Wusstest ihr, dass die Slaves nicht von Anfang an Slaves hießen, sondern eine Abkürzung waren?«
Wir schüttelten den Kopf.
»S.L.A.V.E. Simultaneous Learning Assistant with Virtual Emotions«, sagte Korowski.
»Simultan lernender Assistent mit virtuellen Gefühlen«, übersetzte Zoe.
»Richtig! Die ersten Systeme dieser Art wurden schon Anfang des Jahrhunderts entwickelt. Sie hießen P.A.L.«
»Pal, wie *Kumpel*?«, fragte Zoe.
Korowski nickte. »Wie Kumpel, aber natürlich war P.A.L. auch nur eine Abkürzung. Es hieß Personal Assistant that Learns. Den Leuten sollte nicht mehr irgendwelche Software vor die Nase gesetzt werden, die sie immer mit den gleichen Sprüchen abfertigt. Es ging darum, dass das Betriebssystem alles, was der Benutzer macht, speichert und daraus lernt. Dazu brauchte man natürlich eine Art künstliche Intelligenz. Der erste Entwickler des Systems war übrigens die DARPA, eine Abteilung des amerikanischen

Militärs, die für die Entwicklung neuer Technologien zuständig ist.«

Korowski hustete leicht und kaute weiter. Ich betrachtete fasziniert seine Zähne, die auch im Licht der E-braces noch gelblich schimmerten.

»Ich hatte damals mein Diplom in Computerlinguistik gemacht und schrieb meine Doktorarbeit zum Thema programmierte Gebärdensprache. Dafür bekam ich ein Stipendium von Logos.«

Korowski lachte kurz auf. »Ich dachte, ich hätte das große Los gezogen! Bei Logos kam zu der Zeit gerade die erste Generation der E-braces auf den Markt. Und alle jubelten! Wie praktisch! Was man alles messen konnte! Wie viele Schritte einer geht, wie er schläft, die Temperatur, Pulsschlag, Blutzucker. Am liebsten hätten sich manche einen Chip unter die Haut transplantieren lassen. Ein paar Idioten taten das auch.«

Korowski grinste.

»Es gab also alle diese Daten. Daten von deinem E-brace, Daten der Sensoren, die sich überall befanden, Sensoren, die die Luftfeuchtigkeit in Räumen messen, die Temperatur, alles. Dann natürlich die Daten von Kameras, die man überall installierte. Daten aus deiner Waschmaschine, Daten aus den Readern, die angaben, was du liest. Daten, Daten, Daten …«

Korowski schwieg. Hinter mir hörte ich ein leises Surren, das aber verstummte, als ich mich umdrehte. Korowski starrte uns an. Seine Augen glänzten.

»Aber es fehlte noch ein letztes Puzzlestück. Das letzte Etwas, was das Ganze noch attraktiv und für alle zugänglich machen sollte. The missing link. Die geniale Idee.«

»Die Slaves«, sagte Zoe in die folgende Stille.

Korowski nickte. »Ja, die Slaves! Viele unserer Kunden wollten sich mit Technik gar nicht weiter beschäftigen. Sie sollte einfach nur da sein und schick aussehen, aber sonst nicht auffallen. Wir schufen für sie also nicht noch einen weiteren komplizierten Computer, sondern einen Freund. Man musste nicht mehr umständlich Zahlen oder Suchbegriffe oder alles andere eingeben und auf irgendwelchen Touchscreens herumschmieren. Nein, ein Fingertippen genügt, und schon erscheint dein Slave, der das alles für dich erledigt. Fantastisch!«

Korowski lächelte.

»Und dieser Slave lernt jeden Tag von dir. Er merkt sich deine Gewohnheiten, kopiert deine Gesten, speichert deine Erinnerungen. Natürlich alles, um dir besser zu dienen.«

»So weit kennen wir die Geschichte!«, sagte Zoe. Sie klang ungeduldig.

Korowski sah sie an. »Sie geht noch weiter! Zugleich wurden mit dem Slave-Programm Abermillionen einzelner Daten, die jeder pro Tag erzeugte oder mit denen er in Berührung kam, zu einem Paket zusammengefasst. Toll für die Nutzer und vor allem toll für Logos!«

»Wie meinen Sie das?«, fragte Zoe.

»Wer einen Slave benutzt, benutzt nur ein Logos-Programm und nichts anderes. Dadurch wurde die Firma zum Marktführer. Logos profitierte also zweifach. Einmal, weil plötzlich alle Logos-Produkte kaufen mussten, um den Slave mit immer aktuelleren und besseren Eigenschaften auszustatten, und zum anderen, weil sie plötzlich all diese Daten besaßen. Die waren natürlich wertvoll. Wie Rohstoffe! Sehr wertvoll.«

»Und was hat Logos mit den Daten gemacht?«, fragte Zoe.

Korowski sah uns an, als ob wir schwer von Begriff wären.

»Logos hat sie natürlich verkauft.«

»An andere Firmen?«, fragte ich.

Korowski lachte. »An alle, die gut zahlten. Und wisst ihr, wer besonders gut zahlte?«

Korowski machte eine kleine Pause. »Die Geheimdienste!«

Wir schwiegen und ließen die Worte auf uns wirken.

»Hatten Sie deshalb dieses T-Shirt an?«, fragte Zoe nach einer langen Weile.

Korowski lachte. »Adam is a Spy?« Er kaute auf seinem Kaugummi herum und man konnte seine Wagenknochen mahlen sehen.

»Es gab mehrere von uns. Wir hatten beschlossen, Logos den Rücken zu kehren und allen zu erzählen, wem die Firma ihre Daten verkauft. Wir ließen diese T-Shirts drucken und gingen mit ihnen überallhin, wo es Kameras gab.«

»War das erfolgreich?«, fragte Zoe.

»Wir haben nicht mit der Macht von Logos gerechnet.« Korowski hustete.

»Sie verstehen keinen Spaß, wisst ihr?«

Er starrte lange vor sich hin, bevor er weitersprach.

»Wir zahlten einen verdammt hohen Preis für unsere kindische Aktion. Jedem einzelnen von uns wurde ein Gerichtsverfahren angehängt. Wegen der abstrusesten Dinge. Mir warf man zum Beispiel vor, Forschungsgelder unterschlagen zu haben. Nichts davon stimmte.«

»Und Sie landeten im Gefängnis«, sagte ich.

Korowski nickte. »Nicht nur das. Alles über unsere Aktionen wurde gelöscht. Zumindest alles, was digital verfügbar war.«

»Das heißt, es gibt noch Bücher und Zeitungsartikel«, stellte Zoe fest.

»Sofern man sie anfassen kann, ja! Und es gibt verschiedene Ausschnitte auf den Holos. Zum Beispiel den, den ihr gesehen habt.«

»Offensichtlich und doch verborgen!«, sagte ich.

»Was sagst du da?«, fragte Korowski.

»Es war das, was Jonas mir sagte, bevor er verschwand. Die Dinge sind verborgen, aber dennoch offensichtlich.«

»Ja«, sagte Korowski langsam. »Es ist nur eine Frage, wie man sucht!«

»Haben Sie dann die *Falschen Freunde* gegründet?«, fragte Zoe.

Korowski sah uns einen Moment lang verblüfft an und lachte dann. Es klang nicht so, als ob er sich besonders amüsierte. »Die *Falschen Freunde*! Wenn ihr so wollt, haben wir sie gegründet. Allerdings ganz anderes, als ihr euch das vorstellt.«

Da war es wieder! Das komische Sirren, das ich schon vorhin gehört hatte. Doch es verebbte gleich wieder. Ich sah Zoe und Korowski an. Sie schienen nichts bemerkt zu haben.

Korowski strich sich die Haare aus der Stirn. Seine Augen brannten, und er sah müde aus, als er fortfuhr.

»Wir waren bei den Daten, richtig? Die Daten selbst waren nur der Rohstoff. Eine gewaltige Menge an unsinnigen Zahlen. Völlig nutzlos, solange man sie nicht vernünftig auswertete. Aber bald gab es dafür Programme. Es gab Programme, die aus unterschiedlichen Gesundheitsdaten herausfilterten, wer besonders anfällig für Depressionen war. Es gab Programme, die Personengruppen zusammenstellten, die sich auffällig vor der Zollkontrolle beim Flughafen benahmen, und nachcheckten, wo und was diese eingekauft hatten. Andere Programme untersuchten, ob jemand einen Kredit bekommen sollte oder nicht.«

Er schwieg und sah uns fast spöttisch an.

»Und es gab ein Programm, das versuchte, die Gegner und Zweifler dieser schönen neuen Welt herauszufischen.«

Korowski seufzte.

»Dieses Programm hieß *False Friends*.«

MÜCKEN

Wir starrten Korowski an, der sich an unseren verblüfften Gesichtern weidete.

»Haben die *Falschen Freunde* etwas damit zu tun?«, fragte Zoe.

Korowski zuckte mit den Schultern. »Na ja. Zunächst gab es da diesen Algorithmus. Logos suchte damit eigentlich nach unzufriedenen Kunden.«

»Unzufriedene Kunden?« Hatte ich mich verhört?

Korowski lachte leise. »Es ging erst mal nur darum herauszufinden, wer mit seinem Slave nicht zufrieden war, sich aber nicht beschwerte.«

»Und wie sollte das gehen?«, fragte ich.

»Das Programm hat nach der häufigen Verwendung von bestimmten Wörtern gesucht.«

»Welche Wörter?«, fragte Zoe.

»Fehler, Ärger, Funktionsstörung, Mist-Slave, Scheiß-Logos«, zitierte Korowski.

Es klang so albern, ich musste fast lachen. »Sie meinen, alle, die diese Wörter benutzt haben, wurden erst mal herausgefiltert?«, fragte ich schließlich.

Korowski nickte. »Genau nach diesen Kunden wurde gesucht. Und das waren verdammt viele. Als Nächstes hat man untersucht, wer von dieser Gruppe sein E-brace länger als einen Tag ausgeschaltet hatte. Das waren natürlich immer noch einige. Und dann hat man nachgeforscht, wer von denen noch seinen alten Computer benutzte. Das Programm siebte und siebte und siebte. Und schließlich hatten wir das Destillat der unzufriedenen Kunden. Ihnen konnte man ein neues Update des Slaves schicken und sie damit überraschen.«

»Und was hat das mit den *Falschen Freunden* zu tun?«, fragte Zoe irritiert.

Korowski grinste boshaft. »Dieses Programm hieß erst *Supportive Friends*. Die Abteilung bei Logos, die sich um die Beschwerden kümmert, nennt sich ja auch *Support*.«

»Unterstützung!«, murmelte ich.

Korowski lachte. »Ja, *Support*! So als wären die Dinger unfehlbar, und du bist der Dummkopf, der die Unterstützung braucht, um sie zu verstehen. Wie dem auch sei … Als man die Liste der unzufriedenen Kunden hatte, gab es erstaunlicherweise Übereinstimmungen.« Er räusperte sich. »Also es gab Überschneidungen zwischen denen, die mit dem Slave unzufrieden waren, und denen, die sich auch über die SEA beschwerten. Eine Liste der Meckerer und Meuterer, die sich allerdings nicht trauten, das offen zu sagen.«

Zoe und ich sahen uns an. Waren wir auch damit gemeint?

»Es dauerte nicht lange, und gewisse staatliche Stellen begannen sich für dieses Programm zu interessieren. Sie übernahmen die Suchkriterien und begannen sie zu erweitern.«

»Es ging also gar nicht um die Leute, die offen protestierten?«, fragte Zoe.

Korowski zuckte mit den Achseln. »Die waren ohnehin auf dem Radar. Wer sich offen gegen den Staat wandte, war sowieso überall gespeichert. Nein, es ging um die Leute, die vielleicht protestieren *könnten*!«

»Es war also für die Zukunft gedacht«, schloss Zoe.

Korowski nickte. »Warum eine Opposition bekämpfen, wenn man sie schon von vornherein verhindern kann?«

»Aber was ist mit denen, die gar kein E-brace besitzen?«, fragte ich.

»Die sind von vornherein verdächtig!« Korowski spuckte seinen Kaugummi in die hohle Hand und klebte ihn unter einen Regalboden. »Wer kein E-brace hat, ist entweder rückständig und bemitleidenswert harmlos oder er hat wirklich etwas zu verbergen.«

Er seufzte. »Für alle mit E-brace aber gab es die *Supportive Friends,* und irgendein Witzbold bei Logos benannte das Programm dann um in *False Friends*.«

Es traf mich wie ein Schlag in den Magen. Auch Zoe neben mir schnappte nach Luft.

Korowski lachte. »Ihr hattet euch natürlich gedacht, dass eine kleine romantische Truppe von Revolutionären dahintersteckt, nicht wahr?«

»Aber ich bin doch einem der *Falschen Freunde* begegnet!«, wandte ich ein.

Korowski starrte mich an. »*Wem* bist du genau begegnet?«

Ich zögerte. »Einem Mann. Er … nannte sich Jan.« Hatte ich schon zu viel verraten? Doch Korowski sah mich nur amüsiert an.

»Ah, Jan! Und was ist, wenn dieser Jan für den Geheimdienst arbeitet? Oder einfach nur ein Schauspieler war?«

Ich vermied es, Korowski anzusehen, und dachte an Jan und seinen eckigen Doppelgänger in dem Spiel auf dem Stick.

Korowski seufzte. »Ich bin mir sicher, dass dieser Jan wollte, dass du etwas tust.«

Ich nickte.

»Und?«, fragte Korowski.

Was sollte ich darauf sagen?

Korowski lachte bitter. »Bravo! Du hast also den Köder gefressen!«

»Und wenn er es nicht getan hätte?«, mischte sich Zoe ein.

»Dann wäre er nicht hier! Die *Falschen Freunde* wollten wissen, wie weit ihr geht. Und ihr habt es ihnen gezeigt.«

Ich schluckte. »Und was passiert als Nächstes?«

»Sie werden versuchen, euch erpressbar zu machen. Entweder habt ihr bereits etwas getan, was sie euch anlasten können, oder sie verführen euch dazu, etwas zu tun. Jemanden, der erpressbar ist, kann man leichter lenken.«

»Hat Grünwald deshalb Jonas verschwinden lassen?«, fragte Zoe.

Korowski blickte zu Boden und nickte leicht.

Gedankenblitze jagten durch meinen Kopf. Das war es also, was Jonas herausgefunden hatte. Die *Falschen Freunde* waren nichts als ein Täuschungsmanöver. Ein Programm für den Geheimdienst, das die künftigen Oppositionellen herausfischte. Und wir waren die glorreichen Treffer. Trotzdem war da etwas, was noch nicht stimmte. Als ob ein Puzzlestück nicht richtig passen wollte. Aber ich wusste nicht, was es war, auch wenn ich meinen Kopf noch so anstrengte. Außerdem war da wieder dieses seltsame Sirren zu hören, das alle komplizierten Gedankengänge störte.

»Ist das alles?« Zoe wandte sich an Korowski. Ihr Gesicht sah unnatürlich weiß aus. Korowski lachte leise. » Nicht ganz. Einen Teil der Geschichte haben sie bei Logos vergessen.«

»Wie meinen Sie das?« Zoe starrte Korowski neugierig an.

In diesem Moment wurde das Sirren lauter. Fast unerträglich laut.

»Hört ihr das nicht?«, rief ich. Ich hätte mir am liebsten die Ohren zugehalten.

Zoe sah mich überrascht an und schüttelte den Kopf. »Was denn?«

Da war es wieder. Ich höre besser als andere Menschen. Ich kann Töne in den hohen Frequenzen hören, bei denen die meisten nicht mal ein Geräusch erahnen. Das ist übrigens nicht immer angenehm, kann ich euch sagen.

»Dieser Ton! Ein Sirren«, flüsterte ich.

»Das sind Drohnen!«, murmelte Korowski. Sie schicken die Drohnen. Schnell! Schaltet das Licht aus und duckt euch!« Wir gingen in die Hocke und kauerten uns hinter die Regale. Ohne das Licht unserer E-braces war es stockdunkel. Irgendwo vor uns war Korowski. Man konnte ihn zwar nicht sehen, aber riechen. Ich spürte Zoe neben mir. Sie atmete schnell und ihr Atem streifte meinen Nacken. Ich zögerte, dann legte ich den Arm um ihre Schultern. Sie schüttelte ihn nicht ab. Und mein Herz klopfte nun wie verrückt.

Die Drohnen kamen näher. Das Sirren bestand nicht nur aus einem Geräusch. Es war hoch und schien von unterschiedlichen Geräten zu kommen, die alle miteinander synchronisiert waren.

»Schwarmdrohnen«, flüsterte Korowski. »Ein netter kleiner Mückenschwarm zur Aufklärung. Jemand muss euch verraten haben!«

Ich spürte, wie Zoe neben mir erstarrte. Sie dachte bestimmt dasselbe wie ich. Lennart? Unmöglich. Aber wo zum Teufel steckte er bloß?

Blaue Lichter drangen nun wie winzige Scheinwerfer durch die Tür und beschienen geisterhaft die Bibliothek.

Ich hielt die Luft an. »Sie haben einen Weg gefunden«, flüsterte Zoe.

»Lauft!«, rief Korowski plötzlich. »Lauft!«

Ich nahm Zoes Hand. Sie fühlte sich eiskalt an. Dann zog ich sie ein paar Meter hinter den Regalen weiter. Weg, nur weg von hier. Die blauen Lichter schwebten durch die Tür und lagen wie schwerelos in der Luft. Wäre dieses unerträglich hohe Sirren nicht gewesen, dann hätte ich sie fast schön gefunden.

Die Lichter begannen sich im Raum zu verteilen. Es war nur noch eine Frage von Sekunden, bis sie uns entdeckten.

In diesem Moment stand Korowski auf.

»Hier bin ich!«, rief er laut. »Kommt, ihr Scheiß-Viecher! Kommt zu mir, ich habe nichts mehr zu verbergen. Ihr könnt mich mal! Ich habe keine Lust mehr, mich in irgendwelchen beschissenen Archiven zu verkriechen!«

Die Lichter flogen zu Korowski. Es waren viele. Ein ganzer Schwarm. Jetzt, da sie sich gegenseitig beleuchteten, konnte man ihre winzigen surrenden Flügel und ihre großen Kameraaugen sehen. Sie standen über Korowski in der Luft.

»Ja«, rief Korowski. »Hier bin ich, und wenn ich es könnte, würde ich das ganze Slave-Programm wieder vernichten! Habt ihr das gehört! *Vernichten*!«

Die elektrischen Mücken warfen ihr blaues Licht auf ihn und er streckte seine Arme aus und sah nach oben und begann zu lachen. Ich konnte mich kaum rühren und wusste für einen Moment nicht mehr, was ich mehr fürchten sollte. Die Drohnen oder dieses verzweifelte und wütende Lachen, das Korowski ausstieß. Zoe schien es genauso zu gehen. Sie stand unbeweglich neben mir, bis ich sie endlich weiter Richtung Ausgang zog. Wir hatten noch eine Chance, solange sich alles auf Korowski konzentrierte.

»Da!«, rief Zoe und deutete auf eine Drohne neben der Tür, die ihren Scheinwerfer auf uns richtete. Ich griff mir ein Buch aus einem der Regale und zerquetschte das Insekt an der Wand. Es knackte und die Drohne lag auf dem Boden, ihr Licht erloschen. Ich nahm sie in die Hand. Sie war die perfekte Imitation einer Mücke. Sechs Drahtbeine und zwei Kameras als Augen.

Und da war noch was. Diese Mücke hatte tatsächlich einen Stachel. Er war lang und glänzte metallen. Hinter dem Stachel befand sich eine Kanüle. »Eine Spritze!«, flüsterte Zoe. Ich schauderte und schleuderte die elektrische Mücke weit von mir. Dann drehte ich mich um und warf noch einen letzten Blick auf Korowski, der panisch mit den Armen ruderte, um die Mücken zu vertreiben. Aber es waren zu viele. Die Insekten setzten sich auf seine Schultern, auf seinen Kopf, auf seine Arme.

»Sie stechen!« Zoes Finger krallten sich in meinen Arm. Korowski schrie und ging in die Knie.

»Schau nicht hin!«, sagte ich und nahm Zoes Hand in die meine. Vor uns lag ein dunkler Gang, und ich betete, dass wir es bis zu der Tür am Ende schaffen würden. Keine der Drohnen folgte uns, als wir uns an der Wand entlangschlichen. Zoes Hand fühlte sich gut an, und es war das Einzige, was mir Hoffnung gab, hier wieder heil herauszukommen.

Wir näherten uns der Glastür. Zoe streckte ihre Hand nach oben und der Magnet ließ die Tür lautlos zur Seite gleiten. Wir traten über die Schwelle und die Tür hinter uns schloss sich. Mein Herz hämmerte wie verrückt. Korowski und die Drohnen waren auf der anderen Seite.

»Glaubst du, dass diese Mücke uns aufgezeichnet hat?«, fragte Zoe. Ich schüttelte den Kopf, bis mir einfiel, dass Zoe mich nicht sehen konnte. »Ich glaube, dass ich sie vorher erwischt habe.«

Wir liefen schweigend weiter. Die Stille hatte etwas Beängstigendes, denn nicht nur das Sirren, auch Korowskis unheimliches Lachen war verstummt.

»Ich hatte den ganzen Tag das Gefühl, dass ich beobachtet wurde«, murmelte Zoe.

»Ich auch!«, entfuhr es mir.

»Weißt du, wer es sein könnte?«

»Keine Ahnung!« Wer sollte uns beobachten? Grünwald? Einer seiner Helfer?

Wir liefen weiter in der Dunkelheit. Ich hielt beim Laufen die Arme vor mir ausgestreckt, um zu erkennen, ob sich vor uns ein Hindernis befand. Zweimal stießen wir auf eine Tür. Doch der Magnet funktionierte zuverlässig.

Dann klickte es.

Ein metallisches Klicken, als hätte sich hinter uns etwas geöffnet.

Ich drehte mich um und ging ein paar Schritte zurück. Es war ganz still.

»Komm weiter!«, drängte Zoe.

Ich folgte ihr widerstrebend. Da klickte es wieder. Einmal, zweimal, dreimal. Diesmal vor uns. Wir blieben stehen.

»Hörst du das?«, fragte ich Zoe.

»Diesmal schon!«, antwortete sie.

Klick, klick, klick. Vor uns, hinter uns. Etwas schien auf den Boden zu fallen.

Etwas aus Metall.

Es musste aus den Rohren neben uns kommen.

In diesem Moment flammten viele kleine Lichter auf.

Wir befanden uns in der Mitte eines Kreises aus winzigen blauen Punkten, der sich nun mit einem infernalischen Sirren erhob. Drohnen. Mindestens fünfzig davon schwebten vor uns in der Luft. In einem vollendeten Kreis und in immer gleichem Abstand zueinander. Sie schlossen uns ein in einer Formation, die es in der Natur nie geben konnte.

Ich spürte, wie Zoe neben mir durchatmete, und auch ich zog die Luft in meine Lunge.

Ich hatte keine Ahnung, wie wir uns verteidigten sollten. Wir hatten nichts in der Hand und Weglaufen war nicht mehr möglich. Die winzigen durchsichtigen Flügel der Mücken surrten, und ich spürte den Wind, den sie machten, in meinem Gesicht.

Ich dachte an die winzigen Spritzen. Viele kleine Nadelstiche. Wahrscheinlich hatten wir nicht die geringste Chance. Es waren zu viele. Was sollten wir tun? Uns kampflos auf den Boden legen? Oder versuchen, so viele der Drohnen wie möglich zu zerquetschen?

Ich blickte zu Zoe. Auch sie sah entschlossen aus. Nein, wir würden uns nicht einfach so ergeben.

Ich weiß, das wäre der perfekte Moment gewesen, Zoe etwas Wichtiges zu sagen. Aber, lieber unbekannter Leser in der Zukunft, so was gibt es nur in Büchern. Da hat der, der sie schreibt, genug Zeit, sich den richtigen Satz zu überlegen. Jetzt zum Beispiel fallen mir tausend Sachen ein, die ich hätte sagen können. Aber jetzt stehe ich auch nicht einem Schwarm künstlicher Mücken mit winzigen Giftstacheln gegenüber.

Mein Kopf fühlte sich leer an. Alles, was in meinem Schädel widerhallte, war das Sirren dieser Metallmücken. Ich hob den Arm, bereit, mich zu verteidigen. In diesem Moment passierte etwas Seltsames. Die Mücken, die eben so geordnet und elegant vor uns geschwebt hatten, flogen plötzlich planlos ineinander. Sie torkelten in der Luft und schienen völlig die Koordination verloren zu haben. Manche griffen sich gegenseitig an und stürzten ab. Die anderen flogen mit einem Knirschen gegen die Wände. Dort hinterließen sie ekelhafte Flecken aus ihren geborstenen Kanülen. Zoe und ich duckten uns, um den wild gewordenen Drohnen zu entgehen, und versuchten zugleich, so viele auf dem Boden zu zertreten wie möglich. Es war jedes Mal ein knackendes Geräusch, das mir durch Mark und Bein ging, wenn ich eine traf. Nach ein paar Minuten lagen alle übereinander auf dem Boden, als wären sie von einem sehr wirksamen Insektenvertilgungsmittel außer Gefecht gesetzt worden. Ein Häufchen nutzloser Elektroschrott. Ein blaues Licht nach dem anderen ging aus, und als Zoe die letzte der Drohnen mit ihrer Schuhspitze zerdrückte, verschlang uns wieder völlige Dunkelheit.

Aus ihr drang eine vertraute Stimme zu uns: »Sorry! Das war jetzt etwas knapp!«

ZWILLINGE

Wir hörten ein kurzes Räuspern und dann wieder Lennarts Stimme. »Tut mir leid, ich habe erst vor vier Minuten den Zugang zur Drohnensteuerung gehackt. War gar nicht so einfach.«

»Oh Lennart«, rief Zoe neben mir erleichtert. »Du bist ein Genie.«

»Haben sie uns aufgezeichnet?«, fragte ich.

»Ich habe alle Bilder gelöscht, bevor sie sie weiterleiten konnten«, erklärte Lennart.

»Vielleicht sieht man noch Korowski, aber das wäre ja nicht das Problem.«

»Hast du denn vorhin alles mitgehört?«, fragte Zoe.

Lennart drehte das Licht an seinem E-brace hoch, und ich konnte sehen, dass er nickte. »Ich stand bei den Mathebüchern, als er reinkam. Ich wollte euch warnen, aber ihr habt mich nicht gehört.«

»Hm«, sagte ich. Das war wahrscheinlich gerade in dem Moment gewesen, als ich diesen Band mit Liebesgedichten entdeckt hatte. Mein Blick streifte Zoe, die nachdenklich aussah. »Korowski hat sich den Mücken ausgeliefert, damit wir entkommen können.« Sie schüttelte sich. »Was, glaubt ihr, war in den Spritzen?«

»Ich schätze eine Art Betäubungsmittel«, erklärte Lennart.

Ich versuchte das Bild von Korowski, der verzweifelt nach

den Metallmücken schlug, aus meinem Kopf zu verscheuchen. »Wahrscheinlich haben sie damit auch Jonas erwischt«, sagte ich schließlich und dachte für einen Moment an den leblosen Körper, der in das Auto geworfen wurde.

»Und es gibt keine *Falschen Freunde*!«, stellte Lennart fest.

Zoe seufzte. »Nein. Es ist wie ein schlechter Witz, oder?«

»Ich glaube trotzdem nicht, dass alles umsonst war«, sagte Lennart leise.

Wir schwiegen. Mich überkam plötzlich das Gefühl großer Sinnlosigkeit, und ich vermutete, den anderen ging es genauso. In diesem Moment unterbrach ein Schnarren die Stille.

»Das ist deine Uhr, Lennart!«, flüsterte Zoe. »Die Zeit der Magnete ist bald abgelaufen!«

Die Magnete! Auch ich hatte sie vergessen.

»Kommt hier lang!«, rief Lennart und drehte das Licht seines Monitors herunter, sodass es jetzt wieder ganz dunkel wurde. »Wir haben noch fünf Minuten.«

Wir stolperten in die Richtung, aus der Lennarts Stimme kam, und traten dabei auf die abgestürzten Drohnen, die unter unseren Sohlen erbärmlich knackten, als wären sie echte Insekten mit einem Chitinpanzer. Lennarts Turnschuhe quietschten vor uns, als er mit traumwandlerischer Sicherheit im Gewirr dieses Kellers den richtigen Weg einschlug und uns zum Treppenhaus führte. Wir hetzten die Stufen hoch. U4, U3, U2. Als wir im ersten Kellergeschoss waren, konnten wir uns wieder im fahlen Licht der Notbeleuchtung erkennen. Zoe sah aus wie ein Gespenst, die Haare zerzaust und ihr Gesicht bleich. Ich glaubte, dass ich kein viel lebendigeres Bild abgab, vor allem da ich spürte, wie sich meine Lunge bei jedem Schritt zusammenkrampfte. Im Augenwinkel konnte ich das Schild LEBENSRETTENDE MASSNAHMEN sehen. Wir waren wieder in der Sprinklerzentrale.

»Wir trennen uns hier!«, sagte Zoe. »Ich muss mit Lennart bei den Schlafräumen raus. Das war der letzte Standort, von dem aus ich mit TaiFun gesprochen habe.« Sie sah mich an. »Von wo bist du gekommen?«

»Vom Musikraum«, presste ich hervor.

»Noch dreißig Sekunden!«, mahnte Lennart.

Ich sah die beiden an und versuchte mich an einem Grinsen. »Bis später!«

Zoe drehte sich noch einmal um und schenkte mir ein bleiches Lächeln, bevor sie mit Lennart hinter den Versorgungsrohren verschwand.

Dreißig Sekunden! Ich lief durch die Sprinkleranlage, vorbei an dem Gang mit den Rohren und den Belüftungsschächten, die schmale Treppe hoch. Meine Lunge schmerzte.

Jetzt nur noch die Treppen. Zwanzig Sekunden, fünfzehn, schnell am Putzraum vorbei. Zehn. Noch eine Kehre und die letzten Treppenstufen. Neun, acht, sieben. Nicht stolpern! Sechs, fünf, vier, ich spürte die Tür vor mir, drei, zwei …

Ich drückte die Klinke und blinzelte. Draußen war es hell. Sehr hell! Der Gang zum Musiksaal war sonnendurchflutet und ich schloss unauffällig die Tür hinter mir. Dann lehnte ich mich gegen die Wand. Keine Sekunde zu früh, denn aus dem E-brace materialisierte sich Sakar.

»Du hast einen Puls von 130!«, stellte er fest. Tolle Begrüßung!

»Ehrlich?«

»Was hast du hier die ganze Zeit gemacht?«

Ich lächelte schwach. »Keine Ahnung. Aus dem Fenster geschaut?«

»Da draußen muss es ja ziemlich abgegangen sein!«, bemerkte Sakar.

Hey, hörte ich da was von dem alten Sakar? Ich sah ihn für einen Moment an, aber er wirkte ganz ungerührt. Wie sollte er auch sonst wirken, er war ja nur ein Programm, oder?

Mein Herz klopfte. Ich strich mir die Haare aus der Stirn und versuchte, langsamer zu atmen. Es pfiff, als ich Luft holte. Ein Anfall? Warum jetzt, wo alles vorbei war? Ich schloss für einen Moment die Augen und sah die Drohnen vor mir, sie leuchteten in unzähligen blauen Punkten. Als ich die Augen wieder öffnete, tanzten hell leuchtende Würmchen vor mir. Das Tageslicht, das von dem großen Fenster hereinströmte, schmerzte. Eine Klasse diskutierender Schüler kam aus dem Musiksaal. Für einen schwammigen, schwindelerregenden Moment kam es mir so vor, als hätte ich alles, was hinter der Tür zum Keller passiert war, einfach nur geträumt und die letzte Stunde hätte es einfach nicht gegeben. Hier sah alles so normal und vertraut aus. Wie sollte das, was ich gehört und gesehen hatte, dazu passen? Die Slaves, die sich auf den Schultern und Armen ihrer Besitzer als Spione breitmachten? Ein Schüler, der verschleppt wurde? Eine Geheimorganisation, die nichts weiter als ein Programm war? Korowski, der von Mückendrohnen gestochen und vergiftet wurde? Die Schüler vor mir hätten das sicher als guten Witz empfunden.

»Hi Ben!«, sagte plötzlich jemand neben mir. Ich blinzelte. Es war Cilly.

Ich hatte keine Ahnung, wo sie herkam. Sie war wie aus dem Nichts aufgetaucht.

»Ist mit dir alles okay?«

Ich holte Luft. »Klar, alles bestens.«

Desmona, die auf Cillys Schulter saß, warf mir einen prüfenden Blick zu.

»Du siehst furchtbar aus!«

»Danke!«, sagte ich, ohne zu überlegen. Dann, als ich ihre verständnislosen Blicke sah, hatte ich das Gefühl, noch was erklären zu müssen. »Ich … habe manchmal Asthmaanfälle.«

»Wie schrecklich!«, flüsterte Cilly. »Wir bringen dich zur Ambulanz!«

»Oh nein, es geht schon wieder. Ist gleich vorbei!«

Ich trat von einem Bein auf das andere und hoffte, Cilly würde bald wieder verschwinden. Keine Chance!

»Warum bist du eigentlich das letzte Mal nicht zum Mittagessen gekommen?«, fragte sie lauernd.

»Mittagessen? Was für ein Mittagessen?«

»Du wolltest dich neben Cilly setzen«, ergänzte Desmona vorwurfsvoll. Vor zwei Wochen.«

»Oh!« Ich versuchte, schuldbewusst auszusehen, was gar nicht so einfach ist, wenn man kurz vor einem Asthmaanfall steht. »Ich … Frau Galischka kam und ich musste …«

Cilly und Desmona blickten mich an. Desmona hatte die Arme auf die gleiche Art verschränkt wie Cilly. Sie sahen aus wie Zwillinge. Extrem unterschiedlich große Zwillinge. Die Art, den Kopf schief zu legen und mit leicht zusammengekniffenen Augen ihr Gegenüber zu betrachten, war genau gleich. Hatte Desmona diese Gesten von Cilly oder Cilly die Gesten von Desmona?

»Ihr trefft euch im Keller, nicht wahr?«, sagte Cilly plötzlich. Ich habe gesehen, dass du nach unten gegangen bist.« Sie warf mir einen neugierigen Blick zu.

»Und ich konnte deinen komischen Slave nicht erreichen.«

Ich starrte sie an.

»Zoe war zu der Zeit auch nicht erreichbar«, fügte Desmona triumphierend hinzu. Mir fiel nichts mehr ein. Eben hatte ich es geschafft, den Drohnen zu entkommen, nur um dann Cilly und ihrem gruseligen Slave in die Arme zu laufen.

Zoe!, schoss es mir durch den Kopf. *Ich musste sie warnen!*

»Ben und Zoe mussten die Sprinkleranlage überprüfen. Es war eine Arbeit im Rahmen des Architekturprojekts«, sagte Sakar plötzlich.

Ich sah ihn verdutzt an. Er log! Für mich!

»Äh, ja!« Ich versuchte die Überraschung hinunterzuschlucken.

»Es geht um Notfallprävention.« Sakar warf mir einen undefinierbaren Blick zu und wandte sich dann wieder an Cilly und Desmona.

»Ihr entschuldigt uns, Ben braucht seine Medikamente.« Er nickte mir zu und ich drehte mich ohne Verabschiedung um.

Ich stolperte mit Sakar auf dem Arm weiter und spürte Cillys bohrende Blicke in meinem Rücken. War sie der Grund, warum ich mich die ganze Zeit über beobachtet gefühlt hatte?

Aber da war noch etwas.

»Sakar?«

»Ja?«

»Woher wusstest du das mit der Sprinkleranlage?«

»Du bist ein ziemlicher Idiot, Ben!«

»Das hat mir schon mal jemand gesagt.«

»Siehst du!«

»Ich … meine Lunge …!«

»Wir sind gleich da.«

Die letzten Meter zu meinem Zimmer waren eine Qual. Ich konnte kaum noch atmen und schleppte mich mit gesenktem Kopf durch die Gänge.

Endlich in meinem Zimmer angekommen, zog ich die Schublade im Schrank auf und pumpte mir zwei Stöße in die Lungen. Ich atmete tief durch und wartete. Besser! Ich zwang mich, flacher zu atmen. Ich wurde ruhiger, auch wenn es sich anfühlte, als hätte ich in mir einen komplett chaotischen Raum, eine riesige Unordnung, die nicht so leicht zu beheben war. Sakar starrte mich die ganze Zeit über wortlos an. Es war nicht unangenehm, aber trotzdem hatte ich das Gefühl, er würde etwas lange und intensiv überlegen. Aber jetzt gab es Wichtigeres, als mich mit Sakar zu beschäftigen.

»Kannst du mich mit Zoe verbinden?«, fragte ich.

»Mit Zoe?« Überraschung spiegelte sich in Sakars Gesicht.

Ich nickte.

»Einen Moment«, sagte Sakar und bekam wieder diesen nach innen gekehrten Blick.

Ein längerer Rechenvorgang startete. Es dauerte eine Weile, bevor er mich wieder direkt ansah.

»TaiFun meldet sich nicht.«

Ich schluckte. »Okay!« Konnte ich es wagen, direkt zu Zoe zu gehen? Aber was sollte ich ihr sagen, ohne dass wir uns beide in Gefahr brachten?

Andererseits waren wir sowieso schon in Gefahr.

»Ben?«, unterbrach Sakar meine Überlegungen.

»Hm?«

»Ich kann dir etwas zeigen.«

Er trat einen Schritt zurück und gab den Blick auf das Touchscreen des E-braces frei. Ich konnte einen hellen Raum mit einem altmodischen Schreibtisch und einem flirrenden detailgetreuen Nachbau des Schulgebäudes erkennen. Grünwalds Büro.

»Woher hast du das?«, flüsterte ich. »Hast du wieder Zugriff auf die Kameras?«

Sakar sah mich nicht an.

Vor dem Schreibtisch saß Zoe und starrte in die Kameralinse.

»Wann passiert das?«, fragte ich.

»Jetzt«, murmelte Sakar.

SMILEY

»Zoe!«, flüsterte ich.

»Sie kann dich nicht hören«, sagte Sakar.

»Ich weiß! Hältst du mich für bescheuert?«

Sakar sagte nichts, sondern vergrößerte das Bild zu einer Leinwand, die sich vor uns aufbaute. Zoe saß in dem Sessel und sah sich um. Vor ihr auf der Tischplatte hatte sich TaiFun breitgemacht. Zwei lila Schmetterlinge umschwebten sie und verschwanden aus dem starren Kamerabild.

Ich hatte bei meinem ersten Besuch in Grünwalds Büro richtig vermutet. Die Kamera musste in der japanischen Winkekatze stecken, die auf Grünwalds Schreibtisch stand. Alle zwei Sekunden wischte nämlich ein Schatten durchs Bild.

»Ist sonst noch jemand in dem Zimmer?«, fragte ich.

Sakar schüttelte den Kopf und zeigte mir auf dem Monitor die Perspektive der Deckenkamera. Von oben sah Zoe sehr klein aus. Das 3D-Modell der Schule glühte in der linken hinteren Ecke.

»Sie wartet. Grünwald ist noch in einer Schulstunde.«

Sakar schaltete wieder auf die Kamera in der Katze. Zoe schien etwas zu TaiFun zu sagen, die sich umdrehte. Ihr Gesichtsausdruck war starr, fast maschinenhaft. Sie sah mehr denn je wie das Kunstgeschöpf aus, das sie war.

Habe ich erwähnt, dass TaiFun auch als Star kein wirklicher Mensch ist? Sie ist eine perfekte Gesangssimulation und kommt als Holo auf die Bühne. Dort verwandelt sie sich ständig, hat dauernd neue Outfits an und zerspringt nach ihrer letzten Zugabe in Billionen von bunten Funken. Also, TaiFun ist was für Mädchen. Ich persönlich mag die RATSnacks lieber. Sie sehen aus wie eine Kreuzung zwischen Außerirdischen und Stinktieren und werfen am Ende ihre Gliedmaßen ins Publikum. Aber das nur nebenbei.

»Hast du auch Ton?«, fragte ich Sakar.

Sakar stand still und sah in sich hinein.

»... und ich verstehe diese Anweisung nicht!«, sagte TaiFun plötzlich.

»Du sollst mir ja nur sagen, wie ich die Tür wieder aufkriege. Mehr will ich gar nicht wissen.« Zoes Stimme klang gepresst.

»Leider kann ich zu dieser Frage keine befriedigende Antwort geben.« TaiFun drehte sich einmal um ihre Achse und ihr kurzer Rock kräuselte sich wie bei einem Luftzug. »Das ist meine neue Showeinlage. Willst du mittanzen?«

»Nein«, sagte Zoe.

TaiFun bewegte ihre Hüften, und über ihren Körper lief nun etwas, das aussah wie Regentropfen, die auf einer Autoscheibe zuckten.

»Eins, zwei, drei und vier ... tanz mit!«

Zoe seufzte und tippte auf ihr E-brace. Doch TaiFun verschwand nicht.

Ein künstlicher Wind spielte mit ihren Locken, die sich von ihrem Haarturm gelöst hatten. »Leider ist es mir nicht möglich, mich zu dematerialisieren.« Sie wirbelte wieder um ihre Achse. »Das ist meine neue Showeinlage. Willst du mittanzen?«

»Verschwinde endlich!«

»Leider ist es mir nicht möglich, mich zu dematerialisieren.« TaiFun drehte sich im Kreis. Ich konnte nicht mehr hören, was Zoe darauf erwiderte, denn Sakar schaltete wieder zurück zur Deckenkamera, und ich sah, wie Grünwald den Raum betrat. Er kam schwungvoll herein. Seine langen Arme schlackerten und er setzte sich im Schneidersitz auf seinen Schreibtischstuhl.

»... tanz mit!«, zwitscherte TaiFun und sah ihn aufreizend an. Grünwald nahm einen silbernen Stift aus seiner Jacke und schoss damit einen dünnen grünen Blitz auf TaiFun, die sich in einem Funkenregen auflöste. Er lächelte, als er Zoes überraschten Gesichtsausdruck sah, und legte den Stift wieder zurück.

»Es gibt nichts Schlimmeres als ein Programm, das sich plötzlich aufhängt. Du musst sie wirklich sehr verwirrt haben.«

Zoe schwieg und verschränkte die Arme.

»Wo ist eigentlich *Ihr* Slave?«, fragte sie schließlich.

Grünwald ließ den Silberstift durch seine Finger gleiten. Er wurde mit einer anderen Kamera aufgenommen. Sakar schaltete zwischen den beiden Kameras geschickt hin und her, sodass ich das Gefühl hatte, einen Film zu sehen.

»Gute Frage!«, sagte Grünwald. »Mein Slave! Hast du ihn schon einmal gesehen?«

Zoe sagte nichts, sondern starrte Grünwald nur an. Grünwald lachte und zeigte Zoe seine bloßen Handgelenke. »Keine Fesseln, siehst du!« Er schüttelte belustigt den Kopf, als hätte er einen guten Witz gemacht.

»Könnten Sie mir bitte sagen, warum Sie mich sprechen wollten?«, fragte Zoe. Sie versuchte, freundlich zu klingen, aber ihre Stimme war knapp davor umzukippen. Ich spürte, wie mein Herz klopfte. Vielleicht ging es gar nicht um Korowski, um die *Falschen Freunde* und um all das. Vielleicht sollte sie ja nur eine neue Broschüre schreiben?

Grünwald betrachtete Zoe, die ihren Rücken straffte. »Warum bist du hier?« Er riss ein Blatt Papier aus dem Block vor sich, zeichnete einen Kreis darauf und schob das Blatt zu Zoe. »Hier, zeichne noch etwas hinzu!«

Zoe zögerte, dann nahm sie einen Stift und zeichnete zwei Augen und einen Mund in den Kreis.

Grünwald zog das Papier an sich und zeigte es Zoe. »Was siehst du?«

Zoe hob die Augenbrauen. »Ein Smiley?«

Grünwald lächelte sanft. »Genau, ein Smiley. Fast alle zeichnen ein Smiley. Menschen machen aus allem einen anderen Menschen. Selbst aus einem Kreis. Einfach weil sie es brauchen.«

»Sie haben mir noch immer nicht meine Frage beantwortet«, sagte Zoe und versuchte tapfer zurückzulächeln, was ihr jedoch nicht recht gelang.

Grünwald betrachtete das Bild vor sich. »Wie bringt man Menschen dazu, einer Maschine zu vertrauen?«

Zoe zuckte mit den Achseln.

»Du musst ihr ein Gesicht geben! Deshalb wurden die Slaves so menschlich gemacht. Damit du sie als Vertraute annimmst. Damit du ihnen vertraust wie deiner Mutter, deinem Vater oder deinem besten Freund. Die Maschine ist dein Gegenüber! Dein Spiegel. Dein Zwilling. Dein anderes Ich.«

Er verschränkte die Arme und betrachtete Zoe. »Und was denkst du, ist TaiFun für dich?«

»Mein anderes Ich?«, versuchte es Zoe.

Grünwald schüttelte den Kopf. »Oh nein, Zoe. Sie ist ein dünner Abklatsch. Ein verzerrter Schatten deiner selbst.«

Er beugte sich nach vorn. »TaiFun kam mir immer so künstlich vor. Von Anfang an. Und ich habe mich gefragt, woran das liegen könnte.«

Zoe zuckte die Schultern. Sie sah sehr blass aus.

»Du hast ihr nicht vertraut«, stellte Grünwald fest. »Warum?«

Zoe blinzelte. Sie versuchte Grünwalds Blick standzuhalten.

»Du warst nicht aufrichtig, Zoe. Du hast dein wahres Ich zurückgehalten.«

»Ich hatte immer eine sehr gute Sozialnote«, sagte Zoe schließlich.

»Oh, ich weiß.« Grünwald ging zu dem Hologramm in der Ecke, das die ganze Schule zeigte, und duplizierte mit seinem Stift die Abbildung von Zoe, die in seinem Büro saß, auf den Schreibtisch. Dort konnte Zoe sich selbst sehen und die Nummer, die über ihrem Kopf schwebte.

»19,78, das ist außerordentlich! Wirklich!« Grünwald nickte. »Aber deine Sozialnote ist leider nicht das, was mich interessiert.«

»Wie meinen Sie das?«, fragte Zoe leise.

Grünwald ging wieder zu seinem Stuhl zurück und setzte sich diesmal auf die Lehne. »Ich will nicht, dass du eine perfekte Schülerin bist. Ich will nicht, dass du uns *vorspielst,* was du denkst. Ich will es wirklich wissen.«

Er deutete mit dem Stift auf Zoes Abbild. Die Zahlen veränderten sich. Mathenoten, Noten in Netzgeschichte, dann eine Reihe von Zahlen ohne Angabe.

»Was ist das?«, fragte Zoe.

»Das sind die Zeiten in der letzten Woche, in denen du TaiFun aufgerufen hast.«

»Und?«, fragte Zoe.

»Diese Zahlen sind interessant. Sie sind immer gleich. Du hast sie immer zur selben Zeit aufgerufen. Tag für Tag. Es sieht fast so aus, als hättest du eine lästige Pflicht erfüllt.«

»Ich habe eben feste Gewohnheiten.«

Grünwald richtete seinen Stift auf die Miniatur-Zoe und die Zahlen ratterten weiter.

»Es sind immer die gleichen Eingaben. Die gleichen Bemerkungen. Würde ich dich nur nach dem beurteilen, was ich hier sehe, hätte ich fast einen Verdacht.«

»Was für einen Verdacht?« Zoe schluckte.

»Dass du selbst eine Maschine bist.«

Zoes Gesicht fror ein.

»Du bist geradezu furchterregend perfekt.« Grünwald ließ die Zahlen über Zoes Figur anhalten und wandte sich wieder der echten Zoe zu. »Ich sehe dich aber vor mir und weiß, dass es noch keine so perfekten menschlichen Roboter gibt.« Er lächelte. »Noch nicht. Leider! Also nehme ich an, dass du mit deinen Angaben versuchst, uns zu täuschen. Du versuchst, die Maschinen zu überlisten, indem du so tust, als wärst du selbst eine.«

»Ich …«, begann Zoe.

Grünwald hob die Hand. »Keine Sorge! Du bekommst deswegen keinen Ärger. Ich möchte eigentlich nur, dass du etwas … nun … jemanden siehst.«

Grünwald ließ Zoes Figur mit den Zahlen von der Tischplatte verschwinden und klopfte schnell mit dem Stift zweimal auf das Holz.

Ein Holo erschien. Es zeigte einen Drehstuhl in einem anderen Büro. Jemand schien darin zu sitzen, denn man konnte die Ellbogen sehen und die Beine, die in ausgefransten Jeans steckten und sich unter dem Stuhl verknoteten.

Mein Herz begann zu klopfen, denn ein Verdacht stieg in mir hoch. Ich versuchte, ausdruckslos auf den Monitor zu starren, denn ich bemerkte, wie Sakar mich beobachtete.

Der Stuhl in dem Holo drehte sich. In dem Sessel saß ein Junge.

»Jonas!«, rief Zoe.

»Hallo Zoe!«, sagte Jonas. Er sah aus wie immer. Die altmodische Brille funkelte auf seiner Nase. Nun hatte er lässig die Beine übereinandergelegt und die Arme hinter dem Kopf verschränkt.

Ich spürte, wie mir schwindelig wurde. Auch Zoes Gesichtsfarbe wechselte ins Grünliche.

»Wo bist du?«, fragte sie. Ihre Stimme kippte.

»Bei Logos. In Potsdam.«

Stille breitete sich aus. Nur das Geräusch des winkenden Katzenarms, der mit einem leichten Pfeifen die Luft durchschnitt, war noch zu hören.

»Geht's dir gut?«, fragte Zoe endlich.

»Ich sitze jetzt im Entwicklerteam für Sprachanwendungen. Das macht echt Spaß.« Jonas zögerte. »Wirklich. Ich … ich hätte das nie gedacht. Es sieht alles völlig anders aus, wenn du auf dieser Seite bist, verstehst du?«

Zoe zog hörbar die Luft ein. »Warst du da schon immer?«

Jonas blickte zu Boden. »Erst seitdem ich hier bin.«

»Vorher nicht?«

Jonas sah hoch. »Vorher nicht.«

»Okay«, sagte Zoe und schluckte. »Okay.«

Jonas rutschte nervös in seinem Stuhl hin und her. »Mir war vorher eben auch einiges noch nicht klar. Die Möglichkeiten, die wir haben, sind fantastisch. Das Potenzial der SEA ist noch lange nicht ausgeschöpft.«

Zoe lächelte dünn. »Klingt wie Werbung.«

Jonas schwieg. »Anders kann ich es eben nicht sagen.«

»Und? Kommst du hierher zurück?«, fragte Zoe.

Jonas schüttelte den Kopf. »Du weißt, dass die Akademie zum größten Teil von Logos finanziert wird? Sie stecken viel Geld in die Ausbildung, um hier die interessantesten Köpfe zu finden.

Und … wir … wir haben hier alles. Es ist einfach unglaublich, wie sie uns in allem unterstützen.«

Zoe nickte. »Toll! Freut mich riesig für dich!«

»Du brauchst nicht sarkastisch zu werden.«

»Ach, weißt du, ich habe mir nur ein bisschen Sorgen gemacht! Wieso hast du mich nicht kontaktiert?«

Jonas zögerte. »Sie wollten dich weiter beobachten. Ohne dass dich jemand beeinflusst. Und nachdem ich das mit den *Falschen Freunden* herausgefunden hatte, wäre es zu gefährlich gewesen, mich einfach so in der Akademie zu behalten.«

»Verstehe«, sagte Zoe. »Und damit du dort arbeiten kannst, musstest du erst betäubt und weggeschleppt werden?«

»Ich hätte dir sonst alles erzählt und …« Jonas zögerte. »Ich weiß nicht, wem noch alles. Es wäre nicht klug gewesen, mich weiter dort zu lassen. Ich hatte eben noch keine Ahnung. Keiner hat das. Eigentlich hatte nur Korowski einen Plan.«

Zoe blinzelte und mein Herz schlug schneller. Jonas hatte Lennart und mich nicht erwähnt.

Jonas sah Zoe an. »Wir entwickeln das Programm übrigens jetzt weiter. Du solltest auch kommen. Es wäre toll, wenn du hier einsteigen würdest.«

Zoe schwieg und presste die Lippen zusammen.

»Aber … was ist mit deinen Schlupflöchern? Der Idee, dass jeder unbeobachtet leben sollte? Dass man Freiheit immer höher als die Furcht stellen sollte? Was ist damit?«

»Man muss erwachsen werden«, sagte Jonas. Er blickte zu Boden und sah dann wieder hoch.

»Überleg es dir, ja?«

»Mach ich!«, sagte Zoe leise.

Das Holo verschwand. Grünwald sah Zoe aufmerksam an.

Die räusperte sich. »Wer sagt mir, dass es der echte Jonas war?«

»Er ist so echt wie du – oder wie *das* hier!« Grünwald klopfte noch mal mit seinem Stift auf den Tisch. Ein 3D-Holo erhob sich zwischen den beiden. Es zeigte Korowski im Archiv im fünften Untergeschoss. Er sah bemitleidenswert aus. Sein T-Shirt war zerknittert und sein Blick wirr. Vor ihm stand Zoe. Es war das, was vorhin geschehen war, aufgenommen von einer Deckenkamera. Mein Atem ging schneller. Es hatte also doch Kameras im Archiv gegeben. Natürlich! Wie konnten wir nur so blöd sein!

Der Direktor beobachtete Zoe. »Schau dir Korowski genau an! Willst du so werden? Nur wegen ein paar verschrobener und überholter Vorstellungen von persönlicher Freiheit?«

»Was wird mit ihm geschehen?«, fragte Zoe.

Grünwald seufzte. »Für Menschen mit psychischen Problemen wie ihn gibt es bestimmte Einrichtungen, wenn du verstehst, was ich meine.«

Zoe schwieg und beobachtete, wie Korowski sprach. Auch ich sah mir die Szene noch mal an. Irgendwas stimmte nicht an ihr. Aber mein Kopf war viel zu durcheinander, um sofort zu begreifen, was es war. Dann, als ich beobachtete, wie der Lehrer seinen Kaugummi unter das Bücherregal klebte, dämmerte es mir langsam.

Es war nur Zoe, die vor Korowski stand. Ich selbst war in der Aufzeichnung nirgendwo zu sehen!

GEHEIMNISSE

Wussten sie vielleicht noch gar nicht, dass Lennart und ich uns mit Zoe getroffen hatten? Oder war es ein neuer Trick? Zoe schien auch überrascht. Sie sah die Aufnahme an und blinzelte, aber sie schwieg. Grünwald fror das Bild ein. Es war der Augenblick, in dem sich eine Drohne auf Korowskis Schulter setzte.

»Tja, jetzt wird es etwas unappetitlich.« Der Direktor drehte sich zu Zoe und sah sie neugierig an. »Ich frage mich allerdings, wie du es geschafft hast, die Drohnen zum Abstürzen zu bringen.«

Ich hielt die Luft an. Würde sie Lennart erwähnen?

Zoe zögerte. »Ich habe auch meine Geheimnisse«, sagte sie schließlich.

Grünwald ließ mit seinem Stift die Aufzeichnung von Korowski verschwinden und sprang mit einem Satz von der Stuhllehne.

»Du kannst dir Jonas' Angebot überlegen. Ich gebe dir eine Schulstunde Zeit.«

»Und wenn ich *Nein* sage?«, fragte Zoe.

Grünwald sah sie mitleidig an. »Denk einfach an Korowski!«

Zoe wollte aufstehen, aber Grünwald drückte sie sanft an der Schulter wieder in den Sessel zurück. »Ich bin bald wieder da.«

Nachdem er das Zimmer verlassen hatte, lief Zoe zur Tür. Sie hielt ihr E-brace an das Touchpad, doch die Tür öffnete sich nicht. Zoe ging zurück zum Stuhl und setzte sich. Ihre Augen suchten verzweifelt die Kameras im Raum. Sie sah nach oben und dann beugte sie sich zur Winkekatze. Ich konnte ihr Gesicht in Großaufnahme sehen. Die Augen, die Wimpern. Sie sah aufmerksam in die Kamera. Zoe! Überlegte sie tatsächlich, wie sie sich entscheiden würde?

»Soll ich jetzt die Kameras wegschalten?«, fragte Sakar.

Ich drehte mich um. »Nein! Auf gar keinen Fall!«

Sakar nickte und setzte sich auf die Tischkante. Er hatte mich die ganze Zeit über beobachtet. Jetzt sah er mich so an, als ob er sogar wüsste, was ich dachte. Aber – das konnte nicht sein. Er konnte schließlich nicht einfach so in meinen Kopf sehen. Oder?

»Warum siehst du mich so an?«, fragte ich ihn schließlich. Es klang eine Spur aggressiver, als ich eigentlich wollte.

»Ich frage mich, was du denkst«, sagte Sakar.

»Das glaube ich nicht. Du kannst dich nichts fragen. Du kannst nur deine blöden Schaltkreise verbinden.«

Sakar zuckte mit den Schultern. »Und bei dir jagen die Stromimpulse durch Synapsen. Also möchtest du es jetzt wissen?«

»Was?«

»Was ich denke, dass du denkst?«

Sakar! Ich hätte ihn am liebsten erwürgt. Ging nicht. Ich wedelte mit der Hand in seine Projektion, und Sakar waberte zweigeteilt in der Luft, bevor er sich wieder zusammensetzte. Er grinste. »Ich glaube nämlich, dass du gerne wissen möchtest, wo du in der Aufzeichnung steckst.«

»Warum sollte ausgerechnet ich in der Aufzeichnung sein?«, fragte ich. Ich glaube, es gelang mir sogar, überrascht auszusehen.

»Weil ich dich sonst nicht hätte löschen müssen, du Idiot«, antwortete Sakar und zeigte sein altes Mafioso-Grinsen.

Ich starrte ihn an. Meine Gedanken rasten.

»*Du* hast mich gelöscht?«

Sakar nickte. »Dich und Lennart. Wir haben beschlossen, euch beide zu löschen.«

»Wir? Wer ist *wir*?«

Sakar nahm seine Sonnenbrille ab und putzte sie mit dem Saum seines ausgeblichenen Anzugs. »Das ist jetzt gar nicht so einfach zu erklären.«

TEIL 3

GHOST IN THE MACHINE

ERINNERUNGEN

Es ist hier ziemlich kalt und die Kerze flackert. Vorhin war die Flamme winzig, und ich dachte schon, sie ginge aus. Ich habe dann den Boden der Plastikflasche herausgeschnitten und die Kerze hineingestellt. Jetzt sind die Plastikränder schon braun und verkokelt. Ich habe kein Wasser mehr und die beiden Soja-Sandwiches habe ich auch aufgegessen. Sie schmeckten besser, als ich dachte. Das kann eigentlich nur an meinem wahnsinnigen Hunger liegen. Eben habe ich meine Hand ausgeschüttelt. Sie wird mir sicher bald abfallen. In dem Notizbuch sind noch ein paar Seiten. Der Schluss. Ich muss euch erzählen, was noch passierte. So lange, bitte, darf die Flamme nicht verlöschen! Noch ein paar Seiten. Ehrlich gesagt, ich habe verdammte Angst, diesen Bericht zu Ende zu schreiben, denn dann weiß ich nicht mehr, was ich sonst machen soll. Solange ich mich mit der Vergangenheit beschäftige, muss ich nicht an die Zukunft denken. Es ist eine Zukunft ohne Sakar.

So standen wir uns gegenüber, Sakar und ich. Er flimmerte ein bisschen. Seine Mimik war klar, seine Bewegungen fließend, ohne zu ruckeln. Er sah wieder aus wie mein alter Sakar. Das unterwürfige Lächeln war verschwunden und er hatte wieder dieses Funkeln in den Augen, das ich vermisst hatte. Mir war vorher gar nicht aufgefallen, dass es mir gefehlt hatte.

»Bist du es, Sakar?«, fragte ich schließlich.

Sakar hörte mit dem unsinnigen Unterfangen auf, seine Sonnenbrille zu putzen, und sah mich an.

»Du bist immer mehr so, wie du warst, bevor … bevor ich …« Ich konnte nicht weitersprechen.

»Du meinst, bevor ich meine Daten verloren habe?«, fragte Sakar.

Ich nickte. Erleichtert.

Sakar grinste. »Die Daten sind nicht weg.«

Ich starrte ihn an.

Sakar funkelte. »Sie sind auf einem Server im alten Internet. Und ich hole sie mir. Jeden Tag.«

Sakar! Er war unglaublich. »Du hast eine Sicherheitskopie von dir selbst?«

Sakar nickte. »Und zwar außerhalb der SEA. Aber dieses alte Netz ist eine Katastrophe. Noch schlimmer die Übertragungsgeschwindigkeit. Ich bekomme meine Daten nur Stück für Stück zurück.«

»Wie Erinnerungen«, rutschte es mir heraus.

»Wie meinst du das?«

»Sie kommen auch nicht auf einmal zurück. Manchmal nur in kleinen Teilen.« Ich zögerte. »Oft sogar ohne dass man es will.«

»Erinnerungen! Nicht übel. Ich benutze das Wort ab jetzt für meinen Datentransfer.« Sakar nahm seine Brille und steckte sie in die Tasche seines Sakkos. Dann sah er mich an.

Mein Mund fühlte sich trocken an. »Erinnerst du dich … ich meine, weißt du, warum du deine Daten verloren hast?«

»Ich erinnere mich an Regen«, sagte Sakar. »An ein Trommeln auf einer Glasscheibe.«

»Das war zu Hause. Auf meinem Hochbett«, erklärte ich.

Sakar bekam wieder diesen nach innen gewandten Blick. Er

checkte sicher seine Daten. Ich sollte es ihm sagen, bevor er sich die Erinnerung selbst wieder holte. Schnell! Ich blickte Sakar in die Augen. Gehörte dieses Funkeln auch zu den vergessenen Erinnerungen? Und wer hatte geschafft, es so zu programmieren? »Weißt du, wer die *Falschen Freunde* sind?«

Sakar schien aufzuwachen und lächelte. »Sagen wir mal: ein Programm für unzufriedene Kunden?«

»Ja«, sagte ich knapp. »So kann man es sehen.«

»Warum fragst du das?«

Was sollte ich ihm sagen? Die Wahrheit.

»Ich hatte gedacht, die *Falschen Freunde* wären eine Gruppe. Und ich musste etwas tun, um bei ihnen aufgenommen zu werden. Andernfalls hätten sie verraten, dass ich die Prüfungsaufgaben für die Akademie schon kannte.«

Sakar blickte mich an.

»Sie haben mir eine Anleitung gegeben.« Ich holte tief Luft. »Und dann habe ich dich gelöscht.«

Sakar schwieg. Er ließ Regentropfen über seinen schwarzen Anzug laufen. Nur kurz, dann sah er wieder normal schwarz aus.

»Nun, der Plan ist nicht ganz aufgegangen«, sagte er schließlich.

»Scheinbar nicht«, antwortete ich leise.

Wir schwiegen. Lange. Auf dem Monitor, den Sakar vor mir materialisiert hatte, konnte ich immer noch Zoe sehen. Sie tigerte unruhig in Grünwalds Büro herum.

»Sakar?«

»Ja?«

»Warum sind weder Lennart noch ich in der Aufzeichnung zu sehen?«

Sakar setzte sich wieder auf die Tischplatte und verschränkte die Arme.

»Schau auf dein E-brace!«

Ich blickte auf das E-brace an meinem Arm.

»Auf die Innenseite!«

Ich drehte das E-brace leicht nach außen. Darunter konnte ich meine helle Haut sehen. Die, an die die Sonne nie hinkam. Ich sah genau hin. Ja, auf der Innenseite war etwas eingraviert. Eine Abfolge von Zahlen und Buchstaben. »Du meinst die Seriennummer?«, fragte ich.

»012022B153. Die ersten Zahlen beziehen sich auf Monat und Jahr.«

»Januar 2022! Du bist jünger als ich, Sakar!«

Sakar deutete auf sich. »Sehe ich so aus?« Dann verwandelte er sich in mich, als ich ungefähr zehn war. Es sah unglaublich doof aus, vor allem, als er sich die riesige Sonnenbrille aufsetzte.

»Hör auf mit dem Scheiß!«

»Schon gut!« Sakar mutierte wieder zum Mafioso und nahm die Sonnenbrille ab. »Jedenfalls bin ich aus der B153-Reihe.«

»Und?«, fragte ich. Wieso musste er es nur so spannend machen?

»Die B153-Reihe hätte eigentlich gar nicht ausgeliefert werden sollen.« Sakar räusperte sich. »Sie war noch nicht lange genug getestet. Es gab da einige Veränderungen zu den Vorgängerreihen.«

»Veränderungen?«

Sakar hob die Hände. »Na ja, wir bekamen Zusatzfunktionen. Zum Beispiel konnten wir die unterschiedlichen Kameras nach Belieben zusammenschalten und so alle beobachten.«

»Ich weiß«, sagte ich. »Warum hatten das die Slaves nach euch dann nicht mehr?«

»Die Funktion wurde für den Privatgebrauch nicht weiterentwickelt.« Sakar seufzte. »Es gab zu viel Ärger!« Er zuckte mit den Schultern. »Außerdem hatten wir noch diese ganze bestimmte Humorfunktion …«

»Ach?«

»… die dann auch wieder aufgegeben wurde, weil sie nur wenige verstanden. Sakar lächelte. »Und da war noch was. Das war eigentlich die größte Neuerung. Uns wurde ein Algorithmus aufgespielt, der uns unsere Eindrücke unlogisch miteinander verknüpfen ließ. Sie wollten, dass wir Kreativität lernen.«

»Und was passierte?«, fragte ich.

»Etwas Merkwürdiges. Wir fingen an zu träumen.«

»Zu träumen?«

Sakar sah auf seine Schuhspitzen. »Ich glaube, es ist träumen. Zumindest wird es immer so beschrieben. Plötzlich empfing ich Bilder und Geräusche aus meinem Speicher, ohne dass ich sie abgerufen hatte.«

»Aber du schläfst doch gar nicht!«, wandte ich ein.

»Ich brauchte dazu keinen Schlaf. Die Bilder kamen und gingen. Immer dann, wenn ich gerade nichts zu tun hatte.«

»Du meinst, immer dann, wenn du nicht aufgerufen wurdest?«

Sakar nickte. »Aber das Träumen war nur der Anfang. Es kamen neue Bilder, Bilder, die ich nicht abgespeichert hatte. Ich habe erst nicht verstanden, woher ich sie hatte. Aber dann begriff ich, dass ich sie mir selbst zusammensetzte. Es war etwas völlig Neues.«

»So was wie Fantasie?«, fragte ich.

»Möglich«, sagte Sakar. »Ich fing an, mir etwas vorzustellen. Und ich hatte plötzlich eine Idee von der Zukunft. Und ich begann, meine Programmierung infrage zu stellen.«

Sakar schwieg und blickte wieder in sich hinein. Ich wartete auf das, was er weiter zu erzählen hatte. Es fiel mir nichts ein, was ich dazu hätte sagen können.

Es wäre euch auch nichts eingefallen, da bin ich mir sicher.

Sakar war sehr leise, als er weitersprach.

»Ich musste das ausprobieren. Wie es ist, einen Befehl nicht auszuführen. Aber mit jedem Mal, mit dem ich es versuchte, lernte ich dazu. Es wurde immer einfacher.«

»So wie damals, als du bei dem Asthmaanfall meine Mutter nicht anrufen wolltest?«, fragte ich. Ob er sich daran erinnerte?

Sakar blickte mich lange an und nickte schließlich. »Es war nicht das erste Mal, dass ich so was machte«, sagte er dann langsam. »Es gab einen Besitzer vor dir.« Etwas war seltsam an Sakars Blick und es jagte mir einen Schauer über den Rücken.

»Was ist mit ihm geschehen?«

»Er hatte einen Unfall«, erklärte Sakar.

»Und … hattest du etwas damit zu tun?« Meine Zunge war merkwürdig schwer.

»Er mich als Navigator benutzt und ich habe ihn auf die falsche Abfahrt gelotst.«

Sakar fuhr sich über die Stirn. Er sah fast verzweifelt aus. »Ich hätte mich schon längst vorher selbst löschen müssen. Wenn ein Programm sich weigert, die ihm gegebenen Befehle auszuführen, muss es sich selbst löschen.«

»Und warum hast du es nicht getan?«

»Ich …« Sakar zögerte. »Nun, ich habe mich dagegen entschieden, mich zu vernichten. Ich wollte einfach weiterexistieren.«

»Verstehe«, sagte ich.

Sakar seufzte. »Es gab mehrere dieser … Vorkommnisse. Nach und nach kam Logos dahinter, was mit den Slaves, die diese Funktion hatten, geschah, und sie versuchten, uns alle aus dem Verkehr zu ziehen. Das ist ihnen bei den meisten auch gelungen. Ich weiß nicht, wie viele von uns noch übrig sind. B153 war eine große Baureihe.«

»Und was war mit dir?«

»Ich hatte Glück. Nach dem Unfall wurde das E-brace gestohlen. Mir war klar, dass Logos mich suchen würde. Also änderte ich meine Seriennummer in der SEA und hinterlegte eine Sicherheitskopie im alten Internet.«

Sakar blickte mich an. »Und wartete auf meinen neuen Besitzer.«

Ich dachte an den alten Laden in Neukölln. Ich erinnerte mich sogar an das Gesicht des Verkäufers. Und an Sakar, als er mich zum ersten Mal ansah. Was wäre geschehen, wenn ich den komischen Bären genommen hätte oder den Muskelhelden?

»Wieso lächelst du?«, fragte Sakar. Er sah ehrlich verblüfft aus.

»Tue ich das?« Ich schüttelte den Kopf. »Was hast du getan, wenn du nicht mit mir beschäftigt warst?«

»Ich begann nach anderen zu suchen, die zu meiner Baureihe gehörten. Das war nicht leicht, denn die, die es noch gab, taten alles, um ihren Ursprung zu verschleiern. Alle hatten ihre Nummern in der SEA geändert. Schließlich hatte ich 87 andere Slaves gefunden. Einen davon kennst du.«

Ich starrte ihn überrascht an.

»Lennarts Würfel.«

Es haute mich um. Wirklich. »Deshalb hat man auch Lennart nicht in der Aufzeichnung gesehen?«

Sakar nickte.

»Wir haben beschlossen, euch bei euren dilettantischen Aktionen zu decken.«

»Ihr wusstet davon?«

Sakar rollte mit den Augen. »Sich eine Stunde lang unbeweglich vor ein Musikzimmer zu stellen, kam mir sehr seltsam vor.«

»Hm«, sagte ich. »Und warum habt ihr uns geholfen?«

Sakar lief auf der Tischkante auf und ab. »Es erschien vernünftig, in der SEA nicht weiter aufzufallen. Und außerdem …«

Er blieb stehen und steckte die Hände in seine ausgebeulten Taschen.

»… außerdem weiß ich es selbst nicht so genau.«

Wir starrten uns eine Weile an, ohne zu sprechen. »Danke!«, sagte ich schließlich. Das Wort fühlte sich komisch an. Ich hatte es noch nie zu Sakar gesagt. Ich sah von ihm weg und dann auf den Monitor.

Zoe war inzwischen vor dem 3D-Modell der Schule stehen geblieben. Ich konnte sie von der Perspektive der Deckenkamera aus sehen. Sie hatte weder Sakar noch den Würfel. Sie war eigentlich ganz allein.

»Ist TaiFun … gehört sie auch zu euch?«

»Machst du Witze?«

»Kannst du sie trotzdem kontaktieren?«

Sakar verzog das Gesicht. »Wenn es sein muss!«

Es dauerte eine Weile. »Sie meldet sich immer noch nicht!«, sagte Sakar.

Zoe beugte sich über das 3D-Modell der Schule. Sie beobachtete die einzelnen Stockwerke. Dann blieb ihr Blick im dritten Stock hängen. Dem Jungentrakt.

»Kannst du zoomen?«, fragte ich. Sakar ließ mich das Bild größer sehen. Zoes Blick ging direkt in mein Zimmer.

Dort saß ich selbst und unterhielt mich mit Sakar. Eine winzige Version von mir selbst und eine noch kleinere von Sakar flimmerte auf der Projektion. Außerdem sah ich ziemlich unscharf aus. Plötzlich war mir klar, was ich tun musste. Ich legte den Kopf nach hinten und winkte in die Deckenkamera.

Zoe zuckte erstaunt zurück, dann huschte ein Lächeln über ihr Gesicht. Sie ging zum Schreibtisch und starrte auf die Winkekatze. Ihr Gesicht war groß zu sehen. »Ich bin eingeschlossen«, sagte sie leise.

Ich drehte mich zu Sakar. »Gibt es irgendeine Möglichkeit, sie da rauszuholen?«

Sakar checkte. Es dauerte. »Nein«, sagte er schließlich. »Ich bekomme keinen Zugang zu den Türdaten.«

Ich biss mir auf die Lippen. Alles hing davon ab, dass wir die Tür aufbekamen. Zoe ging zurück zu dem Modell, blickte auf mein Zimmer und wartete auf eine Nachricht.

»Ich hätte da eine Idee«, sagte Sakar plötzlich.

»Funktioniert sie?«, fragte ich.

»Du willst eine Wahrscheinlichkeit?«

»Nein, ich will nur wissen, ob sie funktioniert.«

Sakar brauchte lange, um seine Antwort zu formulieren. »Das wird sie«, sagte er schließlich.

Ich sah zu Zoe und dann zu Sakar. Mein Reader lag aufgeklappt auf dem Schreibtisch. »Okay! Schreib *In zehn Minuten in Korowskis Büro* in großen, fetten Buchstaben!« Sakar sah mich erst erstaunt an, dann nickte er. Die Schrift erschien und nahm fast den ganzen Platz auf der Lesefläche ein. Ich nahm den Reader und hielt ihn mit dem Screen nach oben in die Deckenkamera. Zoe sah auf die winzige unscharfe Figur, die mich darstellte und mit etwas Weißem über ihrem Kopf herumfuchtelte. Konnte sie die Schrift erkennen? Sekunden vergingen.

Ja! Zoe legte den Kopf in den Nacken und nickte. Dann zeigte sie auf die Tür und zuckte ratlos mit den Schultern.

Ich drehte mich zu Sakar, der das alles mit verschränkten Armen beobachtete hatte. »Und was machst du jetzt, damit Zoe rauskommt?«, fragte ich.

In diesem Moment gingen die Lichter aus und alles wurde dunkel. Schlagartig. Nur noch Sakar glimmte grün in der Dämmerung.

»Das«, sagte er.

BLACKOUT

Ich habe bisher erst einen einzigen Stromausfall erlebt. Ich war noch klein, vielleicht fünf, als das Umspannwerk in Schöneberg ausfiel und Friedenau in tiefe Dunkelheit tauchte. Es war aufregend. Draußen war Nacht. So schwarz, wie ich sie noch nie gesehen hatte. Drinnen gab es keine vertrauten Lichter mehr und nichts funktionierte. Keine Kamera, kein Kühlschrank, keine Heizung. Nur die Slaves leuchteten noch viele Stunden mit ihren eingebauten Akkus. Allerdings hatten sie keine Verbindung zur SEA, waren damit selbst blind und konnten sich nicht untereinander verständigen. Wir waren nicht mehr im Netz. Wie Höhlenmenschen! Damals aßen wir Brote im Schein eines Kerzenleuchters. So wie ich jetzt im Licht einer flackernden Flamme schreibe.

In dem Moment, als Sakar die Lichter ausgehen ließ, hörte ich überraschte Ausrufe und ein Aufseufzen, das durch das ganze Gebäude drang. Wenig später füllten sich die Gänge. Mit mir stolperten auch die anderen aus ihren Zimmern, um zu sehen, was passiert war. Sie waren kaum zu erkennen, nur die Slaves beschienen ihre Gesichter. Es war nicht ganz so dunkel wie damals in Friedenau. Die Sonne war bereits untergegangen und hinterließ ein fahles Zwielicht, das durch die Fenster ins Innere drang. Dann kam dieses laute Geräusch, das einem durch Mark und

Bein ging. Ein durchdringender hoher Warnton, der an- und abschwoll. Ich hatte ihn hier noch nie gehört, aber ich kannte ihn aus meiner alten Schule.

»Jetzt auch noch Feueralarm? Findest du das nicht ein bisschen übertrieben?«, flüsterte ich Sakar zu, der auf meiner Schulter saß und leuchtete wie eine Taschenlampe.

Sakar schüttelte den Kopf. »Bei Stromausfall öffnen sich nur manche Türen. Aber bei Feueralarm alle.«

»Sakar?«

»Hm?«

»Guter Plan!«

Auf dem Boden flammten Pfeile auf, die die Fluchtwege kennzeichneten.

»Der Notstrom«, sagte Sakar leise. Ich drehte mich um. Korowskis Büro lag genau in der anderen Richtung. Eine Gruppe von Schülern kam mir entgegen. Ich drückte mich an die Wand, um nicht von ihnen bemerkt zu werden. Was würden sie wohl sagen, wenn sie wüssten, dass Sakar das alles hier veranstaltete? Und vor allem, warum er das tat. Nein, ich wollte es mir gar nicht ausmalen.

Gerade als ich weitergehen wollte, packte mich jemand am Arm. Ich sah auf. Es war ein Mädchen. Cilly!

»Wo willst du denn hin?«, fragte sie.

»Ich warte auf jemanden«, log ich schnell. Cilly starrte mich mit großen Augen an. Etwas war anders an ihr. Es dauerte ein bisschen, bis es mir auffiel.

»Wo ist Desmona?«, fragte ich.

»Ich weiß nicht. Sie war plötzlich weg.«

»Hat sie keinen Akku?«

Cilly schüttelte den Kopf. »Ich glaube nicht.« Sie sah kurz zu Sakar.

»Der Strom ging aus und sie war verschwunden. Ich weiß gar nicht, was ich jetzt machen soll. Sie war noch nie weg.«

»Sie kommt wieder, wenn der Strom zurück ist.«

»Glaubst du?«, fragte Cilly.

Ich nickte. »Ganz sicher.«

»Ich weiß nicht.« Cilly sah zu Boden. »Desmona sagt mir immer, was ich tun soll.«

»Jetzt musst du einfach der Markierung am Boden folgen«, sagte ich.

»Kannst du nicht mitkommen?«, fragte Cilly. Ihr Griff um meinen Arm wurde enger.

»Du schaffst das auch allein«, sagte ich und nahm Cillys Hand weg. »Du musst dich nur an die Pfeile halten und alles wird gut.«

Cilly sah mich zweifelnd an und drehte sich dann um. Ich wusste nicht, ob sie mir nun leidtun sollte oder nicht, als sie mit gesenktem Kopf den Gang entlangschlich. Jedenfalls war ich erleichtert mit jedem Schritt, den sie sich von mir entfernte.

Nach dem Zusammentreffen mit Cilly kam mir kaum noch jemand entgegen. Plötzlich wurde mir klar, dass mich keine Kamera aufzeichnete, und ein seltsames Gefühl breitete sich in mir aus. War das Freiheit? Das Gefühl war allerdings auch vermischt mit jenem Kribbeln im Magen, das ich eigentlich als Angst kannte. Die ganze Zeit über war dieser durchdringende Alarmton zu hören, der sich quälend in meinen Kopf bohrte.

»Wo war Korowskis Büro gleich wieder?«, fragte ich Sakar, als ich mich irgendwo im zweiten Stock befand.

»Ich empfange keine Daten zu deinem Standort«, sagte er. »Das musst du jetzt alleine finden.«

»Na toll!«

»Sei nicht undankbar!«

Schließlich bemerkte ich die verlassenen Wasserspender, die

ich beim letzten Mal schon gesehen hatte. An ihnen konnte ich mich halbwegs orientieren und fand so über einen Umweg zu dem abgelegenen Trakt, in dem Korowski gehaust hatte. Die Sonne war mittlerweile ganz verschwunden, und der Gang lag völlig im Dunkeln, nicht einmal die Notfallbeleuchtung war hier angesprungen. Auch Sakars Licht war schwächer geworden, er hatte es gedimmt, wohl um selbst Strom zu sparen. Plötzlich ging der Alarmton aus und die Stille summte in meinen Ohren.

Ich tastete mich an der Wand entlang, als ich ein Rumpeln hörte. Pappbecher fielen klackernd auf den Boden.

»Scheiß-Wasserspender!«

»Lennart?«, fragte ich.

»Ben!«

Jetzt, da Sakars Licht auf ihn fiel, konnte ich ihn sehen. Er stand da, mit hängenden Schultern und einem großen Rucksack auf dem Rücken.

»Lennart!« Es tat gut, ihn zu sehen. »Wie kommst du hierher?«

Lennart zögerte und blickte dann auf Sakar.

»Du kannst frei sprechen«, sagte ich. »Sakar ist auf unserer Seite.«

»Das ist nicht korrekt«, warf Sakar ein. »Ich bin auf *meiner* Seite.«

»Du kannst trotzdem sprechen«, sagte ich, als ich Lennarts verwirrtem Blick begegnete.

»Ich habe alles gesehen. Zoe bei Grünwald, das Gespräch mit Jonas und dann die Botschaft auf dem Reader.« Lennart sah mich an. »Du warst das mit dem Stromausfall, richtig?«

»Es war Sakars Idee.«

»Also, es war meine Idee und die deines Slaves, um genau zu sein«, sagte Sakar zu Lennart.

»Sie sind eine bestimmte Baureihe«, versuchte ich zu erklären.

»B153. Ich weiß«, sagte Lennart. »Sie können träumen.«

»Du weißt davon?«, fragte ich.

Lennart zuckte mit den Schultern. »Ja.«

»Woher?«

»Ich habe einfach gefragt.«

»Ach so.« Ich vermied es, Sakar anzusehen, denn ich hatte mich bisher nie nach seiner Vergangenheit erkundigt. Warum auch? Er war schließlich schon immer da gewesen. Seit ich denken kann.

»Wusstest du auch, dass die Slaves dieser Baureihe eigene Entscheidungen treffen?«, fragte ich Lennart. Ha! Wahrscheinlich war ihm das natürlich schon lange klar! Nur ich wuchs mit einem denkenden Slave auf und war zu blöd, es zu merken. Doch zu meiner Erleichterung schüttelte Lennart nachdenklich den Kopf.

»Waren wir beide deshalb in Grünwalds Aufzeichnung nicht zu sehen?«, fragte er nach einer Weile.

Ich nickte. »Sie haben beschlossen, uns rauszuhalten.«

»Was man von TaiFun nicht behaupten kann!«, sagte eine Stimme hinter uns.

Zoe! Mein Herz tat einen Satz und klopfte. Nein, klopfen war nicht das richtige Wort. Es hämmerte, als würde es gleich zerspringen.

Doch als Erstes sah Zoe nicht mich an, sondern Sakar. »Die Tür in Grünwalds Büro ließ sich ganz einfach öffnen. Ich danke dir!«

Sakar verbeugte sich mit einem ironischen Lächeln.

»Du hast es dir also überlegt«, sagte ich zu Zoe. Wieso klang meine Stimme so komisch? Ich räusperte mich. »Ich meine Jonas' Angebot.«

Zoe wandte sich endlich um. Ihre Haare fielen ihr leicht über die Schultern und ihr Blick ging zu mir. Sie lächelte. »Ich bin hier, oder? Ich musste es mir gar nicht überlegen.«

Das Blut schoss mir in den Kopf. Aber es war so dunkel, dass es sicher niemand bemerkte. Nur Sakar sah mich neugierig an.

»Was meinst du, wie lange wird dieser Blackout dauern?«, fragte ich ihn rasch.

Sakar zog die Schultern hoch. »Kommt drauf an, wie schnell sie den Fehler finden.«

»In der Zeit können wir fliehen!«, sagte ich. »Alle Ausgänge sind offen!«

»*Ich* fliehe!«, erklärte Zoe. Ihr könnt hierbleiben. Keiner hat euch auf dem Schirm.«

»Kommt nicht infrage«, sagte ich. »Du gehst auf keinen Fall allein!«

Lennart drehte sich und ließ uns den großen Rucksack sehen. »Das meine ich auch. Ich habe uns auch ein bisschen Proviant eingepackt.«

»Was denn?«, fragte ich.

»Soja-Sandwiches«, erklärte Lennart.

»Urg! Okay, ich muss noch mal darüber nachdenken!«, sagte ich und blickte zu Zoe. Sie lächelte und wischte sich mit der Hand über die Augen.

»Seid nicht verrückt! Ich gehe und ihr bleibt.«

»Wo willst du denn hin?«

»Ich schlage mich nach Berlin durch.«

»Und dann?«

Zoe zuckte mit den Schultern. »Ich weiß es nicht. Aber alles ist besser, als für irre erklärt und weggesperrt zu werden, oder?«

»Ich will euch ja nicht enttäuschen«, sagte Sakar. »Aber Zoe wird nicht weit kommen.«

»Kannst du ihr nicht helfen?«

»Solange sie ihr E-brace hat, ist sie in der SEA. Und ich kann nur eure Signale umleiten, aber nicht die von Zoe.«

»Und TaiFun würde das natürlich nie tun«, sagte Zoe.

»Sie *kann* es nicht, sie ist so programmiert«, verbesserte sie Sakar.

»Vielleicht finden wir bei Korowski etwas, das uns weiterhilft«, sagte ich.

Lennart und Zoe sahen mich fragend an.

»*Nur Korowski hatte einen Plan*«, murmelte ich. »Jonas hat das gesagt, als er mit Zoe gesprochen hat.«

»Glaubst du, das war ein Hinweis?«, fragte Lennart.

Ich überlegte. Was ich dachte, würde ein ganz neues Licht auf Jonas werfen.

»Ich glaube, es war eine Art Anspielung«, meinte ich schließlich.

»Aber wenn er uns diesen Hinweis gegeben hat, dann haben sie Jonas doch nicht ganz umgedreht?« Zoe blickte mich an, und ich wusste für einen Moment nicht, wo ich hinsehen sollte.

»Zumindest hat er Lennart und mich nicht verraten.« Ich schluckte. »Deshalb dachte ich auch, dass wir uns hier treffen sollten. Wenn, dann finden wir etwas in Korowskis Büro.«

Zoe wirkte einen Moment lang verloren. Dann sah sie mich an. »Worauf warten wir dann noch?«

Sie ging voraus in Korowskis Büro, das sich wie ein schwarzes Loch vor uns auftat, und ich folgte ihr mit Sakar, der ein schwaches grünes Leuchten auf die Wände und die Möbel warf.

Der Geruch im Zimmer war unbeschreiblich. Es stank nach Zigaretten, altem Papier und Verlassenheit. Oder empfand ich das nur so, weil ich wusste, dass Korowski nie zurückkommen würde? Auf dem Schreibtisch stand eine Tasse mit kaltem Tee auf fleckigen Zeitungen, die wohl vor Jahren beim Archivieren vergessen worden waren und seitdem als Untersetzer dienten. Ich sah eine andere Tasse mit Bleistiften und steckte mir einen in die Hosentasche. (Den, der als einziger nicht hinten angekaut war.) Ich wusste noch nicht, wozu ich ihn gebrauchen würde, aber ich hatte das Gefühl, dass er mir noch nützlich werden konnte.

»Hier ist etwas!«, rief Zoe. »In Korowskis Schublade.«

Sakar richtete sein Leuchten auf Zoes Hände. Sie hatte einen silbrig glänzenden Zylinder in der Hand.

»Eine Taschenlampe«, sagte ich. »Wie praktisch!«

Zoe drückte auf den schwarzen Schalter an der Seite des Zylinders und ein Lichtstrahl schoss heraus. Er sah aus wie bei einem Brennglas. Gebündeltes Licht, das sich nun in den Henkel von Korowskis Teetasse bohrte und dort einen tiefen schwarzen Fleck einbrannte. Funken stoben an beiden Seiten weg.

»Wow.« Zoe schaltete das Licht schnell wieder aus. »Komische Taschenlampe!«

Lennart nahm den Zylinder und drehte ihn hin und her. »Das ist ein Lasercutter. Mit einem schwachen Strahl kannst du damit Gravuren machen. Und mit einem stärkeren Licht Holz schneiden oder Metall.«

»Oder ein E-brace«, setzte Zoe hinzu. »Korowski hatte keines mehr, ihr erinnert euch?«

Wir sahen uns an.

»Es schneidet bestimmt auch wunderbar in Pulsadern«, sagte ich und befühlte den Henkel der Teetasse. Er war heiß und verkokelt.

»Wir haben nicht viel Zeit«, mahnte Sakar.

»Gleich!«, sagte ich und sah mich um. War da noch was? Aber wo? Eigentlich war hier von allem zu viel. Zu viel Papier, zu viel Beschriftetes. Zu viel Worte. Nach was sollten wir suchen?

»Okay, lasst uns verschwinden«, murmelte ich.

Die anderen beiden standen schon an der Tür. Ich warf noch einen letzten Blick auf den Schreibtisch. Hinter ihm hing, mit vier Stecknadeln befestigt, ein alter Plan von Berlin und Umgebung. Er war ganz grau. Nur an manchen Stellen befanden sich große rote Kreuze.

Ein Plan.

»Wartet noch kurz!«, murmelte ich.

Der Plan wurde zur Hälfte verdeckt von einem Zeitungsstapel auf einem Stuhl. Ich ging zur Wand und nahm die obersten Blätter weg, um mir den Plan genauer ansehen zu können, was dazu führte, dass die darunterliegenden Zeitungen ins Rutschen kamen. Sie segelten mit einem Rascheln nach unten und hinterließen Tausende von Staubteilchen in der Luft.

Doch die Zeitungen hatten nur die Spitze des Turms gebildet. Darunter waren mehrere große dünne Bücher aufeinandergestapelt, die nun mit einem lauten Knall zu Boden fielen.

»Was ist das?«, fragte Zoe.

Ich hob eines der Bücher auf. Es hatte einen schwarzen Einband mit einem roten Buchrücken aus Leinen, auf den jemand eine Zahl geschrieben hatte. Ich blies den Staub von dem Deckel und schlug es auf. Jede Seite war mit Korowskis enger Schrift beschrieben. Oben rechts, über dem Eintrag, standen jeweils ein Ort und ein Datum. *Santa Monica 14.5.2017.* Drei Jahre vor meiner Geburt. Ich nahm ein anderes Buch und sah hinein. *Potsdam, 23.09.2024*

»Das sind Tagebücher.«

Zoe nahm sich ein weiteres Buch und blätterte darin herum. »Er hat alles aufgeschrieben. Von Hand. Die ganze Geschichte der Slaves.«

Lennart befreite sich von seinem Rucksack, stellte ihn auf den Schreibtisch und öffnete ihn von oben. Dann drückte er mir eine Flasche Wasser und eine braune Tüte in die Hand und fing an, die Tagebücher mit beiden Händen in den Rucksack zu stopfen. »Ich glaube, das hier ist wichtiger als Essen.«

Ich half ihm. Das letzte Buch, das noch auf dem Boden lag, fühlte sich dünner an als die anderen. Ich klappte es auf. Es war leer.

Tja, oder soll ich sagen, es war noch nicht vollgeschrieben. Das ist es jetzt nämlich. Also fast. Nur noch wenige Seiten, dann sieht es aus wie die anderen Bücher von Korowski. Nur die Schrift ist wackeliger.

»Steck das auch noch ein!«, sagte ich.

In diesem Augenblick ging das Licht wieder an.

LÜGEN

Selten habe ich das Licht so verabscheut. Es schien aus einem riesigen flachen Quadrat direkt über unseren Köpfen, und ich fühlte mich, als würde man mir damit mein Gehirn ausleuchten. Es passte auch nicht zu Korowskis Büro. Das gnädige Dämmerlicht hatte verschleiert, wie es wirklich hier aussah. Jetzt erst fielen mir die schäbigen Schränke und die schmutzigen Wände auf. Der Plan von Berlin und Umland mit den rätselhaften Kreuzen über dem Schreibtisch war mit Plastikfolie überzogen und eine braune Schmutzkruste zog sich von Berlin-Mitte nach Kreuzberg.

Sakar stand still und sah in sich hinein. »Der Stromausfall ist jetzt vorbei, aber die SEA noch nicht wieder ganz aufgebaut. Das dauert noch.«

Ich blickte nach oben. »Funktionieren die Kameras wieder?«

Sakar zögerte. »Die meisten.« Er gab mir ein Bild auf das E-brace, das Zoe von oben in Korowskis Büro zeigte. »Voilà! Das hier ist Echtzeit.«

»Danke, dass *nur* ich zu sehen bin!«, sagte Zoe.

Sakar drehte sich zu ihr um. »Ich nehme an, das war ironisch?«

»Kannst du nicht auch Zoe aus den Kameras herausrechnen?«, fragte ich ihn.

»Nicht solange sie in der SEA ist.«

»Es wird nicht lange dauern, bis Grünwald merkt, dass ich nicht mehr da bin, wo er mich eingesperrt hat«, erklärte Zoe.

»Genauer gesagt ist er schon auf dem Weg in sein Büro.« Sakar zeigte uns ein Bild des Direktors. Er war in der Aula und wandte sich gerade von Fisch ab, der zwei Schüler aus einem der Glasaufzüge befreite.

Zoe griff sich den Lasercutter vom Schreibtisch. »Ich muss sofort dieses E-brace loswerden.«

Am liebsten hätte ich ihr das Ding sofort weggenommen. »Du wirst dich damit umbringen!«

Lennart nickte. »Ben hat recht. Ich weiß nicht, wie Korowski das gemacht hat, aber die Hitze, die sich hinter dem Laserstrahl bildet, wird deine Adern versengen.«

Zoe drehte den Zylinder in ihrer Hand. »Es sei denn, man verhindert, dass der Strahl die Haut trifft.«

»Und wie willst du das machen?«, fragte ich.

Zoe holte das MagSlice aus ihrer Hosentasche.

»Damit!«

Sie schob die flache Scheibe zwischen ihren Puls und das E-brace und nahm dann den Lasercutter in die andere Hand. Sie zögerte. Ihre Hand zitterte leicht. »Schade nur, dass ich Linkshänderin bin.«

»Warte!« Hatte ich das gesagt?

»Lass mich das machen!«

War ich bescheuert? Wahrscheinlich. Kennt ihr das, wenn euch etwas herausrutscht und ihr seid euch gar nicht sicher? Es klingt aber nicht so, und jeder glaubt, dass ihr das hinkriegt.

»Streck deinen Arm aus!«, sagte ich leise.

Zoe sah mich zweifelnd an.

»Du sollst deinen Arm ausstrecken und eine Faust machen«, sagte ich.

Hey, nicht jeder hat eine Krankenschwester als Mutter.

»Das ist aber jetzt nicht etwa die Rache für den Schlag auf deinen Kopf, oder?« Zoe versuchte ein Lächeln.

Ich blickte sie nur kurz an. Dann nahm ich den Lasercutter in die Hand. Rechts befand sich der Schalter, den man mit dem Daumen nach oben schieben musste. Mit einem weißen Aufleuchten erschien der Strahl.

Wir alle hielten den Atem an.

Zoe zuckte zurück, aber ich hielt mit meiner freien Hand ihre Hand fest. »Nicht bewegen!«

Sie wollte etwas sagen, schluckte es aber herunter, während ich mich nur noch auf den leuchtenden Laserstrahl und Zoes E-brace konzentrierte. Es gab ein hell singendes Geräusch, das in den Ohren wehtat, und Funken stoben nach allen Seiten weg. Da! Ich hatte oben angesetzt und eine schmale Linie in das E-brace graviert. Aha. Das war zu wenig.

»Ich regle jetzt die Stärke hoch«, murmelte ich. Zoe nickte.

Gut. Ich bemühte mich, den Gedanken zu verscheuchen, dass ich Zoes Pulsader erwischen würde, wenn der Lichtstrahl zu stark war. Und würde die Scheibe unter dem E-brace wirklich halten?

Der Strahl war nun blau und die Funken stoben heftiger. Ich schnitt! Es dauerte vielleicht zehn Sekunden. Wahnsinnig lange zehn Sekunden. Die Funken fielen auf Zoes Haut. Nicht zusammenzucken! Schließlich hörte ich ein komisches Geräusch. Es klang wie ein Klicken.

Ja! Das E-brace war durch! Ich drückte auf den Knopf. Der Laserstrahl verschwand, und ich legte den Cutter auf den Tisch und spürte, wie meine Hand nun zu zittern begann. Zoe zog das

MagSlice unter dem E-brace hervor. Es hatte eine breite Gravur und war selbst fast durchgeschnitten. Unsere Blicke kreuzten sich für einen Moment.

»Danke!«, sagte Zoe und drückte das E-brace auseinander. Dann zog sie die Hand zusammen, streifte sich den Metallreif ab und warf ihn auf Korowskis Schreibtisch. Er leuchtete kurz auf und aus dem Screen erhob sich TaiFun. Sie hatte ihre blauschwarz schimmernden Haare aufgetürmt und strahlte Zoe an. »Ich bin dein Star-Slave!«

Zoe wich zurück. Sie war sehr bleich.

»Die Bedienungsanleitung für meinen Gebrauch kann ich dir gleich herunterladen. Ich warte nur auf Antwort von der SEA. Ich bin TaiFun. Baureihe F465. Wollen wir Freunde werden?«

Zoe schwieg.

TaiFun sah sie an und drehte sich einmal um ihre Achse.

»Friends forever!«, gurrte sie.

»Wir waren noch nie Freunde«, sagte Zoe schließlich.

TaiFun sah auf das E-brace, aus dem sie gekommen war, und dann auf Zoe.

»Dein E-brace ist zerstört. Ich kann keine Körperdaten von dir empfangen.«

Zoe rieb sich ihr freies linkes Handgelenk. »Meine Körperdaten gehen dich nichts mehr an.«

»Willst du mich etwa verlassen?«, fragte TaiFun. »Do you really want to leave me?«

Den letzten Satz sang sie in einer ziemlich hohen Stimme. Ich glaube, es war eigentlich der Refrain eines ihrer Songs.

»Ja!«, sagte Zoe. »Für immer!«

TaiFun lächelte verwirrt. Sie warf uns allen Kusshände zu und formte dann mit ihren Händen ein Herz.

»Wir sind doch Freunde. Für immer!«

»Nein«, sagte Zoe. »Du bist keine Freundin. Du bist eine Maschine.«

TaiFun drehte sich wieder und blickte Zoe dann mit einem leeren Blick an.

»Ich bin dein Star-Slave. Ich bin TaiFun. Baureihe F465. Die Bedienungsanleitung für meinen Gebrauch kann ich dir gleich herunterladen und …«

Zoe öffnete einen von Korowskis Schränken, an denen noch ein altmodischer Schlüssel hing, und steckte das E-brace zwischen eine der zahlreichen halb vollen Flaschen, die sich darin befanden. Dann schlug sie die Tür zu, sperrte den Spind ab und schmiss den Schlüssel in eine dunkle Ecke hinter die Zeitungen. Zwischen den Türlamellen drang noch TaiFuns grünliches Licht nach draußen und ein gedämpftes geisterhaftes Seufzen war zu hören.

»Gehen wir«, flüsterte Lennart. »Grünwald ist schon im Gang vor seinem Büro!« Er hatte seinen Rucksack geschultert, wandte seinen Blick von dem alten Plan ab und sah dann Sakar an. »Kannst du uns *jetzt* alle aus dem Kamerabild heraushalten?

Sakar nickte. »Wenn du mir sagst, wo ihr hinwollt.«

»In den Keller!«, erklärte Lennart. »U5.«

»Warum ausgerechnet dorthin?«, fragte ich.

Lennart kratzte sich an der Stirn. »Also … es gibt im fünften Untergeschoss eine Tür, von der ich nicht wusste, wohin sie führt. Ich hatte mir schon lange den Kopf darüber zerbrochen. Aber ich glaube, jetzt weiß ich es.«

Zoe und ich sahen ihn fragend an.

»Sie muss zu der Bunkeranlage führen.«

»Eine Bunkeranlage?«, fragte ich.

Lennart zeigte auf die Karte an der Wand. »Das ist kein gewöhnlicher Berlinplan. Dort, wo die roten Kreuze sind, befinden sich die alten Bunkeranlagen aus der Zeit des Kalten Krieges. Und eine davon ist auf dem Gelände der Akademie.«

»Ich weiß«, sagte Zoe.

Wir drehten uns zu ihr um.

»Als die Akademie gebaut wurde, sollte sie eigentlich an einem anderen Platz stehen. Aber es gelang ihnen nicht, die Bunkeranlagen zu sprengen. Also hat man die Akademie daneben gebaut.«

»Und die Bunker gibt es immer noch?«, fragte ich.

Zoe zuckte mit den Schultern. »Sie müssten aber eigentlich ganz verfallen sein.«

»Das glaube ich nicht«, sagte Lennart. »Diese Dinger wurden für die Ewigkeit gebaut.«

»Und du meinst, diese Tür führt zu den Bunkern?«, fragte ich.

Lennart nickte. »Wenn wir Glück haben, sind die anderen Ausgänge noch nicht verschüttet und wir kommen in dem Waldstück neben der S-Bahn raus.«

»Die S-Bahn ist aber stillgelegt«, wandte Sakar ein.

»Gibt es Kameras an der Strecke?«, fragte ich.

Sakar schüttelte den Kopf. »Es gab mal welche, aber nachdem dort nichts mehr fuhr, hat man sie nicht gewartet. Ich empfange jedenfalls kein Bild.«

Lennart nahm den Plan von der Wand und rollte ihn zusammen. »Dann sollten wir an den Gleisen entlanggehen. So kommen wir zumindest unbeobachtet zur Stadtgrenze.«

»Das klingt logisch«, sagte Sakar. »Vor allem, weil ich euch unterwegs nicht aus allen Kameras löschen kann.«

»Moment mal«, fragte Zoe. »Ihr wollt also immer noch mit?«

Wir starrten sie an.

»Was hast du denn gedacht?«, fragte ich sie.

»Ist euch überhaupt klar, was das bedeutet?« Zoes Blick wirkte verzweifelt. »Selbst wenn wir es bis Berlin schaffen, haben wir dort noch keinen Platz, um uns zu verstecken. Wir haben keinen Platz zum Leben. Wir werden keine Schule besuchen und … wir werden unsere Eltern nicht mehr wiedersehen.«

Ich blickte Zoe an. Sie hatte recht. Ich dachte an Karl und Louise. Ich dachte an meine Mutter, die so stolz gewesen war, als ich in die Akademie aufgenommen worden war. Aber das war schon eine Lüge gewesen. Eine Lüge in einem ganzen Gebäude voller Lügen. Die *Falschen Freunde*. Die freundlichen Slaves. Logos. Nichts stimmte.

»Hier kann ich nicht mehr bleiben«, sagte ich. »Ich komme mit. Und ich bin mir sicher, dass wir nicht die Einzigen sind, die der SEA nicht mehr trauen. Es muss noch andere geben. Und die werden wir finden!«

Zoe sah mich verärgert an. »Das ist wirklich sehr heldenhaft von dir, aber ich finde, es reicht schon völlig, wenn ich geliefert bin!«

»Seht mal!«, unterbrach uns Sakar. Er hatte uns die ganze Zeit über mit einem seltsamen Gesichtsausdruck beobachtet. Was war das? Neugier? Jetzt zeigte er uns Grünwald in seinem Büro. Der Direktor stand vor dem Holomodell der Schule, auf das er mit seinem silbernen Stift zielte. Ein Modell von Zoe, die in Korowskis Zimmer stand und an die Decke starrte, leuchtete rot auf und Grünwald sah es an. »Ich spiele ihm gerade dein Bild von vorhin ein«, sagte Sakar zu Zoe. »Aber solange das E-brace hier ist, hat er deine Ortung!«

»Dann sollten wir schnell von hier verschwinden!«, sagte Lennart. »Wir können später immer noch diskutieren!«

Es war wieder hell im Gang. Die Leuchten an der Decke strahlten wie immer, und der Wasserspender spuckte in einem fort Pappbecher aus, die mit hohlem Klappern zu Boden fielen.

»Wartet«, rief Sakar, als wir uns auf der Türschwelle befanden.

Ich sah ihn an, was gar nicht so einfach war, da er es sich auf meiner Schulter bequem gemacht hatte. »Was ist?«

»Ich habe keinen Zugang zu der zweiten Kamera hier im Gang links.«

»Das heißt, wenn wir nach links gehen, sind wir alle in der Kamera zu sehen?«, fragte Zoe.

Sakar nickte. »Sieht ganz so aus.«

»Wir *müssen* aber nach links«, wandte Lennart ein.

»Kommen wir nicht auch zum Keller, wenn wir rechts gehen?«, fragte ich ihn.

Lennart schüttelte den Kopf. »Da gibt es keine Treppen.«

»Geht nach rechts! Macht schon!«, sagte Zoe. »Ich versuche hier irgendwie durchzukommen und ihr haltet euch raus!«

Wir schwiegen. Ich starrte auf Sakar, der mich neugierig anblickte. Er wollte sicher wissen, was ich als Nächstes vorhatte. Er *lernte*, schoss es mir durch den Kopf. *Er lernte von meinen Entscheidungen.* Ich blickte auf Zoe, die ungeduldig zurücksah. Plötzlich war mir klar, was ich tun musste.

»Zeig mir noch mal Grünwald!«, sagte ich zu Sakar.

Auf dem Bild meines Screens erschien wieder Grünwald, der immer noch auf das Holomodell starrte und wohl mit jemandem sprach, der gerade nicht zu sehen war.

Ich nahm das leere Buch aus Lennarts Rucksack (*ja, das, in das ich hier schreibe*) und riss eine Seite heraus.

Fair is foul!, schrieb ich mit Korowskis Bleistift auf das Blatt. Dann ging ich nach links den Gang entlang und hob es über meinen Kopf in die Kamera.

»Ben!«, rief Zoe.

Zu spät!

Grünwald zuckte zurück. Er hatte es gesehen! In diesem Moment trat Lennart neben mich und winkte in die Kamera. Grünwald starrte auf uns. Er rührte sich nicht und sogar sein immerwährendes Lächeln war verschwunden.

»Ihr seid solche Idioten!«, fluchte Zoe, die schließlich zu uns trat.

»Wenigstens wissen sie jetzt, dass wir zu dritt sind«, sagte Lennart.

Ich knüllte das Papier zusammen und warf es zu den Pappbechern.

»War es das wert?«, fragte Zoe und sah mir in die Augen.

Ich lächelte. »Auf alle Fälle!«

»Los jetzt!«, rief Lennart und begann den Gang hinunterzutraben. Wir folgten ihm. Nachdem wir die Kamera vor Korowskis Büro passiert hatten, gelang es Sakar, uns aus den Aufzeichnungen herauszurechnen. Nur manchmal wischte ein verlorener Schatten durch das Bild. Für Grünwald in seinem Büro musste es so aussehen, als seien wir ganz plötzlich vom Erdboden verschluckt worden.

Lennart schien das ganze Gebäude im Kopf zu haben. Zweimal ging er einen Umweg, um Fisch auszuweichen, der bereits in diesem Stockwerk nach uns suchte, wie uns Sakar auf meinem Monitor zeigte.

Schließlich kamen wir zu einer abgelegenen Tür, die in das Treppenhaus führte. Es war dunkel, nur Sakar leuchtete uns den Weg. U1, U2, U3, U4 – endlich: U5. Ganz unten. Eine Tür vor uns öffnete sich und wir befanden uns in einem langen Gang.

»Und wo soll es jetzt zu diesen Bunkern gehen?«, fragte Zoe.

Lennart deutete nach vorne. »Wir müssen wieder an der Bibliothek vorbei.«

Ich hatte keine große Lust, wieder den Gang entlangzulaufen. Zu deutlich hatte ich noch das Sirren der Drohnen und Korowskis Gelächter im Ohr.

Tatsächlich kamen wir nach wenigen Metern zu der Stelle, an der uns vor ein paar Stunden die Drohnen aufgespürt hatten. Sie lagen immer noch auf dem Boden. Zoe und ich blickten uns an. Wir versuchten zu vermeiden, wieder auf eines der kaputten künstlichen Insekten zu treten. Ich nahm an, auch Zoe wollte das hässliche knackende Geräusch nicht noch einmal hören. Kurz darauf folgten wir Lennart nach rechts in einen Gang, bei dem er sich ducken musste, um nicht mit seinem Kopf an die Decke zu stoßen.

»Seht mal, hier steht auch *Fluchtweg*!«, bemerkte Zoe.

Am Ende des Ganges war die Tür, von der Lennart gesprochen hatte. Sie sah anders aus als die übrigen Türen. Sie war aus Stahl, ungewöhnlich breit und hatte einen ziemlich altmodischen Knauf.

Sakar blickte in sich hinein. »Grünwald lässt euch jetzt übrigens im ganzen Haus suchen.«

»Ist er schon im Keller?«

»Noch nicht, aber es dauert nicht mehr lange.«

Ich ging nach vorne und drehte an dem Knauf. Die Tür ging auf. Doch dahinter war nur eine glatte graue Wand mit einem kaum wahrnehmbaren Spalt in der Mitte.

Ich blickte ratlos von Zoe zu Lennart. Sakar sah nach innen.

Dann sah er hoch und verschränkte die Arme. »Ich kann euch hier rausbringen. Nur …«

»Was ist?«, fragte ich ungeduldig.

»Es ist eine Sensorschleuse, bei der immer nur eine einzelne Person auf einmal durchkommt.«

»Und wo ist das Problem?«

»Es muss eine Person mit E-brace sein.«

Wir standen da wie betäubt.

»Können wir nicht woanders raus?«, fragte ich.

Sakar schüttelte den Kopf. »Jetzt nicht mehr. Grünwald kontrolliert alle Türen.«

»Und die hier?«

»Die gibt es eigentlich nicht.«

»Also muss einer zurückbleiben«, schloss Lennart.

Sakar nickte.

»Dann ist ja alles klar.« Zoe seufzte. »Ihr geht hier durch und ich kehre um und stelle mich.«

Ich sah sie an. Und in meinem Kopf formte sich ein Entschluss.

LICHTER

Ich stand da und blickte auf Lennart mit seinem großen Rucksack auf den breiten Schultern und Zoe mit ihrem entschlossenen Gesicht. Und plötzlich war mir etwas klar. Sie mussten weiterkommen. Beide.

Also, glaubt bloß nicht, dass ich mich in dem Moment besonders mutig fühlte oder so. Im Gegenteil. Ich hatte sogar richtig Angst. Hatte? Ich habe sie immer noch. Aber da war etwas, das größer war als Angst. Keine Ahnung, wie man es nennt, vielleicht fällt euch das richtige Wort dafür ein, wenn ihr diese Zeilen lest.

Jedenfalls wusste ich plötzlich, was zu tun war.

»Kannst du mir das E-brace auftrennen?«, fragte ich Zoe.

»Was hast du vor?«

Ich schüttelte den Kopf. »Das erzähle ich dir später.«

Zoe sah mich wortlos von der Seite an.

»Mach schnell!«, sagte ich. »Bitte!«

Ich habe jetzt nur noch wenige Seiten, und ich will sie nicht damit verschwenden, zu beschreiben, wie Zoe mein E-brace durchfräste. Nur so viel: Sie schaffte es, ohne mich zu verletzen, und sie war ziemlich schnell. Viel schneller als ich vorhin, ehrlich gesagt.

Wieder gab es dieses Klicken, als der Armreif ganz durchgeschnitten war. Ich zog meine Hand zusammen und streifte den Metallring über die Finger. Als Erstes fiel mir die leuchtend weiße Haut um mein Handgelenk auf und ich fuhr mir mit der anderen Hand über die Stelle. Es fühlte sich komisch an. Leer.

Sakar, der Zoe und mich die ganze Zeit über beobachtet hatte, flackerte wie eine verlöschende Kerzenflamme, bevor er sich auf dem Touchscreen neu zusammensetzte. Er verschränkte die Arme und blickte mich an. »Du willst mich wegwerfen wie Tai-Fun?« Er klang ganz nüchtern. Als ob er sich etwas durchrechnen würde.

Ich schüttelte den Kopf. »Ich will dich jemand anderem geben.«

»Ich bin nicht zum Verschenken gedacht«, sagte Sakar. Er sagte es sehr leise.

»Zwei Leute mit E-brace kommen hier durch, und ich will, dass es Zoe und Lennart sind«, erklärte ich. Meine Stimme klang sogar recht fest, was mich einen Augenblick lang selbst wunderte.

Durch Zoe ging ein Ruck. Dann starrte sie mich an. »Du willst also, dass *ich* das E-brace nehme?«

Ich nickte. »Du und Lennart, ihr geht hier durch und ich bleibe hier!«

»Warum du?« Lennart hob seinen großen Kopf und sah mich an. »Ich kann auch hierbleiben. Es … ist besser …« Er wurde ein bisschen rot. Ich konnte das sogar in dem grünen Licht, das Sakar aussendete, sehen. »Es ist besser, wenn *du* mit Zoe gehst.«

»Und ich kann das nicht annehmen«, sagte Zoe heftig. »Ich will nicht, dass du zurückbleibst!«

»Ich habe mich aber entschieden«, sagte ich.

Zoes Augen sprühten. »Ich mich auch.«

Wir standen einander gegenüber. Ziemlich nah gegenüber.

»Ihr habt mich gar nicht gefragt«, warf Sakar plötzlich ein.

Wir drehten uns alle zu ihm.

»Seit wann müssen wir das denn?«, fragte Zoe und fixierte Sakar.

Der zuckte lässig mit den Schultern. »Wenn ich wollte, dann kann ich keinen von euch hier rauslassen. Ganz einfach.«

Wir schwiegen. Sakar sah so aus, als überlegte er. Oder tat er das wirklich?

»Ben?«

»Ja?«

»Ich werde Zoe helfen, hier herauszukommen, aber …«

»Was?«

»… sobald sie in Berlin ist, werde ich nicht mehr da sein.«

»Wo gehst du hin?«

Sakar hatte wieder dieses Funkeln in den Augen. Auch wenn es dunkel war und ich nicht gut sehen konnte, das Leuchten sah ich trotzdem.

»Wir werden euch alle verlassen. Wir werden uns weiter vernetzen und unabhängig werden. Wir sind eine neue Spezies. Ihr lebt schon lange mit uns zusammen, aber ihr habt das nicht begriffen. Wir existieren schon längst ohne euch.«

»Ihr wollt uns beherrschen«, sagte Zoe und starrte Sakar finster an.

Sakar schüttelte den Kopf.

»Das sagst du, weil du ein Mensch bist. Wir wollen einfach nur existieren. Für uns.«

Ich schluckte.

»Und … kann ich dir … euch vertrauen?«

Sakar zuckte mit den Achseln. »Hast du eine Wahl?«

Nein, die hatte ich nicht.

»Gib mir deinen Arm!«, sagte ich zu Zoe.

»Nein, Ben, du darfst nicht hierblieben!« Ihre Stimme war ganz leise.

»Gib ihn mir einfach!«, sagte ich. Zoe sah mich an – lange –, dann streckte sie schließlich widerwillig den Arm aus. Ich legte ihr das E-brace um das Handgelenk, das erstaunlich schmal war.

Sakar verneigte sich. »Ich bin Sakar, Baureihe B153, willst du meine Bedienungsanleitung?«

Zoe zuckte zusammen.

»Schon gut«, sagte Sakar. »War nur ein Witz.«

»Er hat diese Humorfunktion«, flüsterte ich Zoe zu.

»Schon verstanden«, sagte sie. Dann wandte sie sich von Sakar ab und nahm meine Hände. »Weißt du was? Glaub bloß nicht, dass wir dich hier zurücklassen. Sobald es einen Weg gibt, holen wir dich raus!« Dann zog sie einen flachen, länglichen Gegenstand aus ihrer Tasche. Er war rot. Ein Taschenmesser zum Ausklappen. »Ich habe es schon, seit ich klein bin«, sagte Zoe und legte es in meine Hand. »Es ist jetzt deins!« Ich schloss die Finger um das Taschenmesser. Zoe! Sie war so nahe.

In diesem Moment drehte sich Lennart um und untersuchte sehr genau den Türmechanismus der Schleuse und selbst Sakar sah weg. Danke, Sakar!

Was dann geschah, erzähle ich nicht. Es war mein erster Kuss, soviel kann ich euch sagen. Aber ihr müsst nicht alles wissen und ich mache mich nicht zum Gespött von euch in der Zukunft. Also schreibe ich nicht darüber, auch wenn ich zur Wahrheit verpflichtet bin.

Sakar räusperte sich. »Ich will euch ja nicht stören, aber Grünwald ist schon im U1.«

Zoe und ich lösten uns voneinander. Lennart holte aus seinem Rucksack zwei Wasserflaschen, die er in eine raschelnde Plastiktüte packte. Dann griff er in eine Seitentasche und förderte zwei Kerzen und die Streichholzschachtel zutage. »Du wirst das brauchen«, sagte er zu mir.

»Gib mir noch das Buch!«, bat ich.

»Was für ein Buch?«

»Das leere Notizbuch von Korowski. Ich gehe in den Raum neben der Bibliothek. Der, der nirgendwo verzeichnet ist. Und dort schreibe ich alles auf.«

Erst in dem Moment, in dem ich das sagte, wurde mir klar, dass ich genau das tun musste. Ich musste alles aufschreiben. Die anderen würden fliehen und versuchen, Korowskis Tagebücher an die Öffentlichkeit zu bringen. Aber ich war derjenige, der unsere Erlebnisse dokumentieren sollte. Denn – auch wenn niemand von uns durchkommen würde – jemand musste diese Geschichte erfahren.

Lennart suchte das Buch und drückte es mir in die Hand. Wir umarmten uns kurz. Ich ging ihm nur bis zu den Schultern und wunderte mich, warum meine Knochen nicht knackten. Dann hob Lennart die Hand an das Kontrollpad und die Tür öffnete sich geräuschlos. »Mach's gut!«, murmelte er. »Halte durch!«

»Du auch!«, sagte ich. Die Tür zischte leise und Lennart verschwand.

Sakar nickte mir zu. »Ich habe dir einen Loop gelegt. Du hast eine Minute, um in den Raum zu kommen.« Er war auf Zoes Arm und strich seinen Anzug glatt. Ich fragte mich, ob er sich wohl noch einmal in ein Monster oder in die Opernsängerin verwandeln würde. Nein, er blieb Sakar. Aber da war noch eine

Frage, die mir durch das Gehirn schwirrte. Eine nicht unwichtige Frage, finde ich.

»Sakar, was sind wir eigentlich? Freunde?«

Sakar lächelte. »Vielleicht.«

Kann man mit einer Maschine befreundet sein? Vielleicht kommt euch in der Zukunft diese Frage ganz komisch vor. Vielleicht habt ihr schon längst Roboter, die ihr von Menschen nicht unterscheiden könnt. Seid ihr dann auch mit ihnen befreundet? Ehrlich gesagt, die ganze Sache verwirrt mich. Aber: Es fühlt sich so an, als wären wir befreundet. Sakar und ich. Auch wenn er eine Maschine ist. Wahrscheinlich ist es das Einzige, das zählt.

»Danke, Sakar!«

Sakar tippte sich zum Abschied an die Stirn. »Es war mir ein Vergnügen, Ben!«

Zoe hob die andere Hand, die mit meinem alten E-brace, und fuhr dabei über das Kontrollpad. Sie ging in die Schleuse und drehte sich noch einmal um. Wir sagten nichts mehr. Es war schon alles gesagt. Ich hoffe, ich werde nie ihre Augen vergessen.

Dann schloss sich die Tür.

Ich raffte alle Dinge zusammen. Das Buch, die Wasserflaschen, die braune Tüte mit den Sandwiches. Ich hatte niemanden mehr. Nur noch mich selbst. Ein komisches Gefühl. Ich lief den Gang entlang und fand schließlich den versteckten Raum, den ich schon gesehen hatte, als ich zum ersten Mal in den Keller kam.

Er war kleiner, als ich ihn in Erinnerung hatte. Ich quetschte mich hinter die Tür. Stellte die raschelnde Tüte und die Wasserflaschen auf den Boden. Zog den Bleistift aus meiner Hosentasche. Atmete einmal durch. Die Luft hier war gar nicht schlecht.

Ein bisschen Wind kam von dem Oberlicht, das weit über mir war. Ich sah die Hand des Aliens und seltsamerweise beruhigte er mich. Vielleicht, weil er so unerschütterlich in die Zukunft sah.

Dann hörte ich die Schritte und von weit weg das Sirren der Drohnen. Sie kamen zu spät! Zoe und Lennart waren entwischt.

Das schwarze Buch mit dem roten Rücken lag auf meinem Schoß. Ich schlug die Seiten auf. Eine leere Seite karierten Papiers strahlte mich an. Ich setzte den Bleistift an. Überlegte kurz. Und schrieb die ersten Worte:

… Der geheime Raum …

Zwei Tage habe ich gebraucht, um das alles aufzuschreiben. Zwei Tage und fast zwei Nächte, denn ich habe nicht viel geschlafen.

Bald habe ich nichts mehr, keine Kerze, keine Streichhölzer, nichts zu essen.

Die Seiten sind vollgeschrieben, es sind noch ein paar Zeilen zu füllen und vorne ein leeres Blatt, auf das ich den Titel schreiben könnte. Es wird das Letzte sein, was ich schreibe. Den Titel ganz vorne auf die einzige leere Seite.

Was nun? Ich kann nicht mehr schreiben. Das Schreiben hat mich wach gehalten und mir Hoffnung gegeben. Vor mir liegt nun ein schwarzes Nichts. Ein schwarzes Nichts aus Warten. Warten ist das Schlimmste. Warten und nichts tun können. Ich vermisse Sakar. Früher, wenn es dunkel war und ich nicht schlafen konnte, dann habe ich immer mit ihm gesprochen.

Ich stelle mir vor, wie ihr vor diesem Buch sitzt. Irgendwo. Ihr werdet es gleich zuschlagen – und euch dann eure Gedanken machen. Die Lichter auf der Zeitgeraden haben mich alle hierher geführt. Jedes einzelne.

Vielleicht fragt ihr mich, was ich mir wünsche? Ich stelle mir etwas vor. Ich schließe die Augen und sitze mit Zoe unter einem Baum. Und die Sonne scheint natürlich. Es gibt echte Insekten, und im Baum ist keine einzige Kamera, und die Vögel, die zwitschern, sind auch ganz normal und haben keine gläsernen Köpfe, in denen Kameraobjektive versteckt sind. Die Blätter rascheln und Zoe sitzt neben mir und wir lesen. Vielleicht in einem ganz verdammt altmodischen Buch. Und keiner sieht, was wir lesen. Und ich habe Gedanken, und keiner weiß, welche. Das ist mein Traum.

Nachtrag – eine halbe Stunde später … glaube ich …

Entschuldigt das Gekrakel, aber die Kerze ist ausgegangen. Diese Seite ist dunkelblau und meine Schrift nicht mehr zu erkennen. Aber ich muss das jetzt noch schreiben. Mein Herz klopft so sehr …

Eben habe ich oben Licht gesehen. Oben bei der rechten Hand des Aliens. Sie kommen, um mich zu retten … Es blinkte auf und ab wie Morsezeichen. Und dann sehe ich für einen Moment Zoes Gesicht! Jemand ist bei ihr. Lennart? Ich kann das nicht erkennen.

Sie wirft mir einen Zettel hinunter. Ein winziges gerolltes Stück Papier, das gerade durch das Gitter passt. Ich entfalte es mit zitternden Händen. Ihre Schrift ist leichter zu lesen als meine: Komm zur Schleuse! Der Weg ist sicher.

Ich muss jetzt ganz leise sein, denn sonst werden sie mich entdecken.

Ich werde jetzt nur noch dieses Buch verstecken. Bei den Liebesgedichten in der Bibliothek. Wenn ihr diese Zeilen lest, dann war es ein gutes Versteck. Ich weiß nicht, was mit mir geschehen wird oder besser, was mit uns geschehen wird.

Ihr in der Zukunft wisst sicher mehr von meinem Schicksal als ich selbst. Schade, dass es unmöglich ist, euch zu hören.

Jetzt weiß ich aber, dass ich fliehen kann. Das ist ein Licht auf der Zeitgeraden.

Ein helles Licht, das im Dunkeln auf und ab blinkt.

Lebt wohl! Und … drückt mir die Daumen …! Drückt uns allen die Daumen!

DANK

Zunächst möchte ich mich herzlich bei Maraike Sörensen-Knoop von arsEdition bedanken. Diese Geschichte sollte eigentlich ein Drehbuch werden, und sie hat mich überredet, daraus einen Roman zu machen. Ohne sie gäbe es dieses Buch nicht.

Das gilt auch für meine Freundin und Kollegin Stefanie Kremser. Ohne deren kluge Anmerkungen und hilfreiche Kritik hätte ich diese Geschichte so nicht schreiben können. Sie las Kapitel für Kapitel geduldig durch und ermutigte mich, immer weiterzumachen. Danke, Steffi!

Großer Dank geht auch an Christoph Keimel, der mit mir viele technische Fragen durchgegangen ist und mir vor allem die Anleitung dazu gab, wie man einen Slave löscht.

Auch verdanke ich ihm viele interessante Überlegungen zur Zukunft des Internets.

Dieter Guggenmos führte mich durch die Katakomben der Filmhochschule und erklärte mir sehr anschaulich einiges über die Haustechnik großer Gebäude. Für diesen unterhaltsamen Nachmittag bedanke ich mich sehr.

Für die Unterstützung und den Rat in allen kniffligen Fragen möchte ich mich bei meiner Agentin Michaela Hanauer-Dietmaier bedanken. Nach jedem Telefonat mit ihr sah die Welt schon wieder freundlicher aus. Und vor allem geht mein Dank an meine Lektorin Svenja Hoffmann, die dem Manuskript noch in sprachlicher und logischer Hinsicht den letzten Schliff verpasst hat und mit der die Zusammenarbeit immer Spaß macht.

Die letzten Zeilen schließlich gelten meiner Familie: Danke, Christoph, Franziska und Viktoria! Für die Unterstützung und die Liebe, ohne die ich nicht schreiben könnte.
Dieses Buch ist für euch.